10/18

12, AVENUE D'ITALIE. PARIS XIIIe

Sur l'auteur

Lauren Haney a été rédactrice technique au sein d'une entreprise californienne d'aéronautique durant quelques années avant de se consacrer à l'écriture. Férue de romans policiers et passionnée par l'Égypte antique, elle publie, en 1977, *La Main droite d'Amon*, la première enquête du lieutenant Bak. *L'Ombre d'Hathor* est le dernier roman en date de cette série. Lauren Haney vit aujourd'hui à Santa Fe.

LAUREN HANEY

L'OMBRE D'HATHOR

Traduit de l'américain
par Corine DERBLUM

INÉDIT

10/18

« Grands Détectives »

dirigé par Jean-Claude Zylberstein

Du même auteur
aux Éditions 10/18

Titre original:
A Path of Shadows

ISBN-2-264-04103-x

Remerciements

Comme toujours, je désire exprimer ma gratitude à Dennis Forbes, rédacteur en chef de *KMT : A Modern Journal of Ancient Egypt*, pour son généreux soutien, le temps qu'il m'accorde sans compter et l'érudition dont il me fait profiter. Je tiens aussi à remercier Tavo Serina pour sa lecture du premier jet de ce roman et pour ses commentaires avisés.

Je dois en outre maints remerciements au Dr W. Raymond Johnson, directeur d'Epigraphic Survey, l'Institut oriental de l'université de Chicago à Louxor, qui m'a autorisé le libre accès à la bibliothèque lors de mon dernier séjour en Égypte ; ainsi qu'au bibliothécaire égyptologue Steven Shubert, qui m'a procuré les ouvrages nécessaires à mes recherches et m'a apporté les réponses à quelques questions de dernière minute.

Enfin, merci aux rares explorateurs qui, ayant parcouru la région que traverse le lieutenant Bak dans ce roman, ont publié des récits de leurs voyages. J'ai vu beaucoup des lieux visités par mon héros, mais pas tous. Sans leur témoignage, cette œuvre n'aurait pas été possible.

Toute erreur éventuelle m'incombe.

Personnages

De la forteresse de Bouhen
Bak : lieutenant, chef de la police medjai.
Imsiba : sergent medjai, son second.
Psouro : sergent medjai.
Thouti : ancien commandant de Bouhen.
Neboua : capitaine, son second.
Nebrê, Rona, Kaha et Minmosé : policiers medjai.
Hori : jeune scribe de la police.

À Keneh et dans le désert oriental
Inebny : commandant à la garnison de Ouaset, ami de longue date du commandant Thouti.
Minnakht : son fils, explorateur.
Senna : guide de Minnakht.
Ouser : explorateur.
Dedou : son guide.
Amonmosé : marchand, patron d'une entreprise de pêche.
Nebenkemet : charpentier.
Ani : joaillier de la maison royale.
Ouensou : jeune aventurier.
Ahmosé : explorateur.
Nefertoum : chef nomade.
Hor : son frère.

Amset : enfant du désert.
Kherouef : capitaine d'une barge de transport.
Noufer : commandant d'un bateau de pêche.

Par-delà la mer orientale
Pouemrê : officier du port desservant les mines de turquoise et de cuivre.
Nebamon : officier des caravanes.
Souemnout : son sergent.
Houy : lieutenant.
Teti : surveillant des mines de turquoise.
Nenouaf : surveillant des mines de cuivre.

Ceux qui marchent dans les couloirs du pouvoir à Kemet
Maakarê Hatchepsout : souveraine de Kemet.
Menkheperrê Touthmosis : neveu de la reine, avec qui il partage officiellement le trône.

Dieux et déesses
Amon : dieu prééminent durant la majeure partie de l'histoire égyptienne, et surtout au début de la XVIIIe dynastie, époque où se situe ce roman. Il revêt une apparence humaine. Le bélier est son symbole.
Mout : son épouse. Déesse-mère, toujours représentée sous forme humaine.
Khonsou : leur fils. Dieu lunaire, dépeint tel un jeune homme enveloppé de bandelettes.
Maât : déesse de l'ordre et de la vérité, symbolisée par une plume.
Hathor : dotée de nombreux attributs, mais en l'occurrence Maîtresse de la turquoise ; elle apparaît sous l'aspect d'une femme aux cornes de vache.
Osiris : dieu de la mort, de la résurrection et de la fertilité, figuré telle une momie entourée de bandelettes.
Hapy : personnification du Nil.

Rê : le dieu-soleil.
Kheprê : le soleil levant, représenté par un scarabée.
Thot : patron des scribes, dépeint sous la forme d'un ibis ou d'un babouin.
Sopdou : dieu protecteur des déserts orientaux.
Seth : dieu symbolisant la violence, le chaos et le désert ; figuré tel un homme à tête de chien.
Onouris : dieu guerrier, parfois identifié à Chou, le dieu de l'air.

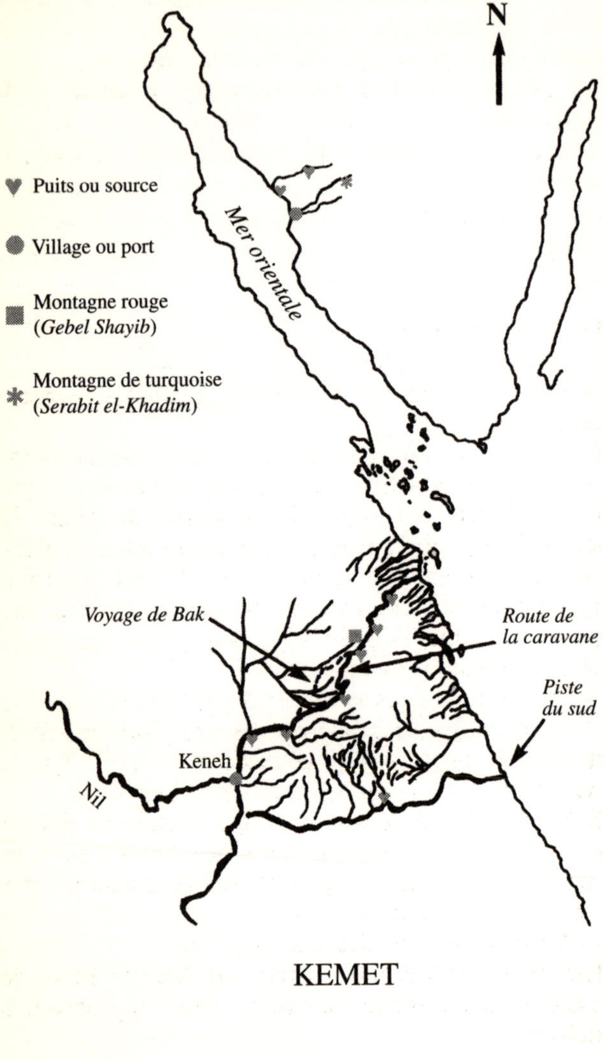
N
Puits ou source
Village ou port
Montagne rouge (Gebel Shayib)
Montagne de turquoise (Serabit el-Khadim)
Mer orientale
Voyage de Bak
Route de la caravane
Piste du sud
Keneh
Nil
KEMET

1

Un ordre résonna :

— Attrapez-le ! Vite !

— On va lui donner une leçon, gronda une autre voix.

Le lieutenant Bak, chef d'une unité de police medjai venant de la frontière sud, fut frappé par la cruauté qui perçait dans cet appel. Il parcourut du regard le front de l'eau, imité par Imsiba, son sergent, et le lieutenant Karoya, chef de la patrouille du port. Au loin, trois hommes étaient campés devant l'entrée d'une impasse où l'objet de leur haine était pris au piège.

Une troisième voix retentit :

— Rejetons-le dans le désert d'où il vient.

— Ça ne suffit pas ! lança le premier d'un ton sec. Il faut envoyer un message à ceux de son espèce. Qu'ils ne viennent plus souiller les rues de notre reine.

S'étant consultés d'un coup d'œil, Bak, Imsiba et Karoya s'élancèrent dans la rue large, bordée sur leur droite par des navires à quai et, sur leur gauche, par des bâtiments mitoyens.

— Châtrons-le ! vociféra le deuxième.

Les trois gredins, concentrés sur leur victime, se glissèrent dans la ruelle sans remarquer l'approche des policiers.

Bak posa l'index sur ses lèvres pour recommander le silence à ses compagnons, puis il se faufila jusqu'au coin de l'étroit passage baigné d'ombres. Au-delà des vauriens, il distingua, tout au fond, un homme vêtu d'un pagne marron, les épaules enveloppées d'une étoffe plus sombre. Il tenait un long bâton de berger à l'horizontale pour leur barrer le passage. Derrière lui, une femme se cachait à demi derrière un âne bâté, les mains crispées sur le licou.

— Regardez ce qu'il a amené avec lui ! gloussa l'un des hommes. Sous la crasse, un morceau de choix !

— Débarrassez-vous de lui ! ordonna le meneur, brandissant un fouet court aux lanières de cuir terminées par des nœuds. Alors nous nous occuperons d'elle.

— Ça, c'est ce qu'on va voir ! répliqua durement Bak, nimbé par la lumière.

Assez grand et tout en muscles, il arborait son bâton d'officier supérieur. Un symbole de pouvoir qui, entre des mains résolues, devenait une arme mortelle.

Les hommes se tournèrent, stupéfaits. Le chef, plus prompt à recouvrer son sang-froid, lâcha avec dédain :

— Qui es-tu pour nous donner des ordres ?

— Jetez vos armes ! lança Karoya.

Le jeune officier medjai à la silhouette élancée se planta à côté de Bak en brandissant sa lance. Et, afin que nul n'ignore son autorité, il tint devant lui le bouclier noir et blanc de la patrouille du port, passé dans son bras gauche orné d'un tatouage tribal.

Imsiba prit place à leurs côtés. Il était le plus grand des trois, souple tel un léopard. Il portait une longue lance et le bouclier noir qu'avait choisi la compagnie de Bak pour la désigner lorsqu'elle était cantonnée à Bouhen.

— Nous aurions peur de trois hommes ? railla le chef. Bah ! Les chances sont en notre faveur.

Bak réprima un sourire en voyant combien il surestimait sa force et celle de ses complices. L'un d'eux hasarda :

— Kamès, on ferait peut-être mieux de…

— Ne t'inquiète pas, mon ami trop timide. On va leur flanquer une raclée qu'ils n'oublieront pas de sitôt.

Il s'avança vers les policiers, faisant claquer son fouet sur le sol en terre battue.

— L'un d'eux est de la patrouille…

— Et alors ?

Bak affermit sa prise sur son bâton et observa le trio. Le meneur approchait avec une détermination mauvaise, ses compagnons dans son sillage, l'un prêt à se battre, l'autre traînant les pieds. Le lieutenant les jaugea du regard.

— Combien de temps cela nous prendra-t-il de leur enseigner le respect de leurs semblables ? Le temps de compter jusqu'à dix ?

— Moins, à mon avis, répondit Karoya en souriant. Imsiba, tu commences, ou bien moi ?

— Il sait que tu es officier et me prend pour un homme du rang. S'il croit désarmer le mieux entraîné, sa confiance ne connaîtra plus de bornes.

— Alors, à moi de jouer ! décida Bak.

Sur la frontière sud, où passaient tant de caravanes, ses hommes et lui avaient souvent employé la même méthode afin de désarmer les conducteurs qui abusaient du fouet.

Il buta sur un obstacle. Karoya le retint pour l'empêcher de tomber et Imsiba s'avança seul. Kamès, croyant profiter de leur faiblesse, se rua vers eux. Un rictus aux lèvres, il ramena son fouet en arrière, écarta du bras la lance d'Imsiba et frappa de toutes ses forces. Le sergent esquiva le coup cependant que Karoya, se jetant en avant, plaçait sa lance entre eux. Les lanières s'enroulèrent autour de la hampe. Kamès tenta de dégager son fouet, mais Karoya fit tourner sa lance, l'emprisonnant encore davantage. Bak n'eut plus alors qu'à assener un coup de bâton sur le crâne du gredin, qui s'écroula et demeura inerte.

Bak l'enjamba et fonça avec Imsiba sur les deux complices. Du plat de son fer de lance, le sergent frappa le plus proche sur la tempe, tandis que Bak plongeait vers le troisième, qui tourna les talons pour s'échapper. Le berger s'interposa, tenant son bâton telle une massue. À la vue de ses traits déformés par la fureur, le fugitif, pris de panique, fit volte-face et courut vers Bak, qui lui envoya alors son poing au creux de l'estomac. L'homme tomba à genoux et se plia en deux en gémissant.

Karoya regagna l'entrée de l'impasse et appela ses Medjai d'un sifflement perçant. L'écho de pas accourant en cadence annonça leur approche et, peu de temps après, les trois vauriens étaient emmenés sous bonne escorte.

Tandis que le silence retombait dans la ruelle, celui auquel ils avaient porté secours inclina la tête en signe de gratitude. Long et maigre, presque émacié, il était plus foncé de peau qu'Imsiba. Son pagne était de cuir, usé comme l'étoffe grossière sur ses épaules. Il avait les mains calleuses à force de labeur, les plantes des pieds endurcies par la marche sur le sable et les rochers. Il paraissait avoir une trentaine d'années, cependant il était sans doute plus jeune. Bak reconnut en lui un nomade du désert oriental.

— Nous vous devons la vie.

L'homme parlait avec lenteur la langue de Kemet, pour lui peu familière. Les nomades faisaient parfois paître leurs troupeaux à la limite de la vallée, mais ils entraient rarement dans la cité.

— Vous ne nous devez rien, affirma Bak. Nous sommes policiers. Nous n'avons fait qu'accomplir notre devoir en servant la déesse Maât.

— Ils m'auraient tué. Quant à ma femme…

Le nomade poussa doucement l'âne contre le mur, afin de passer un bras protecteur autour de sa jeune épouse. Elle baissait la tête, la main posée sur son ventre rond où palpitait la vie.

— Elle aurait subi une forme différente de mort.

Elle devait comprendre quelques mots, car elle leva les yeux vers son sourire rassurant. Ses cheveux et ses épaules étaient couverts d'une étoffe rouge qui encadrait des traits gracieux. Son regard effleura ses sauveteurs puis se détourna, soit par pudeur, soit par embarras.

De coutume, les femmes nomades restaient à garder les bêtes tandis que les hommes, eux, s'aventuraient dans le monde extérieur. Bak aurait bien aimé savoir ce qui avait incité ce berger à amener son épouse avec lui, toutefois il ne pouvait se montrer indiscret.

— Quand retournez-vous dans le désert ?

— Nous nous y préparions lorsqu'ils sont arrivés.

— Je suis le lieutenant Bak, officier de police de passage à Ouaset. Je commande une compagnie medjai pour l'instant désœuvrée. Si tu le permets, quelques-uns de mes hommes faciliteront ton chemin à travers la ville.

L'homme se redressa, fier, intransigeant.

— Non, je te remercie. Depuis quatre jours que nous sommes ici, c'est la première fois que…

La jeune femme posa une main tremblante sur son bras et l'implora des yeux. Il n'en fallut pas plus pour qu'il se ravise.

— Nous acceptons ton offre généreuse.

— Je vous suis reconnaissant de votre aide, déclara Karoya. Si j'avais dû alerter mes hommes, ces vils individus auraient pris la fuite, et si je m'en étais abstenu… Amon seul sait jusqu'où ils seraient allés.

— Tu ne pouvais pas les affronter seul, approuva Imsiba d'un air sombre.

— Grâce aux dieux, nous sommes arrivés à temps, conclut Bak. Mais quelle haine effrénée, qui se nourrit d'elle-même et sans le moindre motif !

Il évita des tessons de poterie au milieu d'une flaque d'huile, vestiges du grand marché qui s'était tenu le long du front de l'eau durant la Belle Fête d'Opet. Marquant le retour à la normale, une dizaine d'étals suffisaient à présent aux habitants du quartier et aux marins de passage.

Les trois amis reprirent leur promenade sans éprouver le besoin de parler, la pensée du crime qui aurait pu survenir effacée par le plaisir d'être ensemble. Une brise sporadique atténuait la chaleur de midi. Les navires oscillaient à peine sur l'eau calme. Les marins de faction restaient assis, luttant contre le sommeil ; d'autres ronflaient dans un coin d'ombre.

— Quand partez-vous pour Mennoufer ? demanda Karoya.

— Après-demain, répondit Bak.

Amarrée en amont, la grande barge dont l'épouse d'Imsiba venait de faire l'acquisition les emporterait vers leur nouveau poste, et vers une vie très différente de celle de la frontière sud. Deux navires de taille plus modeste transporteraient les hommes et les provisions que la barge ne pouvait contenir.

— Le commandant Thouti doit se présenter devant la reine afin de lui renouveler son allégeance avant de prendre ses nouvelles fonctions. Le vizir lui a conseillé de se rendre au palais demain matin.

— Tu me manqueras.

— Toi aussi, admit Bak qui, détestant les au-revoir, ajouta d'un ton enjoué : Nous nous reverrons sûrement. Peut-être un jour seras-tu affecté à Mennoufer.

— Je comptais aller chasser avec toi dans le désert. Si j'invitais le commandant Thouti, repousserait-il ton départ ?

— Mieux vaut partir tout de suite, avant qu'Amonked trouve un autre prétexte pour retenir Bak à Ouaset ! remarqua Imsiba, ne plaisantant qu'à demi.

Amonked, cousin de Maakarê Hatchepsout, s'était pris d'amitié pour Bak, auquel il s'adressait chaque fois qu'un crime sérieux survenait dans la capitale du Sud. Thouti, bien décidé à garder son lieutenant auprès de lui, ne connaîtrait le repos qu'une fois Ouaset loin derrière eux.

— Amonked nous a fait ses adieux hier soir, souligna Bak.

— Sait-on jamais…

Bak laissa échapper un petit rire. Désormais, il ne voyait vraiment pas ce qui aurait pu l'empêcher d'aller à Mennoufer.

— Je suis sidéré par tout ce que vous avez accumulé depuis notre arrivée. À peine un mois ! reprocha Bak, balayant du regard les paniers, coffres et paquets amoncelés dans la cour du bâtiment où ils avaient établi leurs quartiers. Moi qui croyais que les femmes surtout se laissaient tenter… !

Ses Medjai au grand complet se tenaient au garde-à-vous, incapables de le regarder dans les yeux.

— Je sais, vous êtes restés longtemps sur la frontière, loin des mille babioles que l'on trouve à Ouaset, mais il y en aura autant, sinon plus, à Mennoufer. Je propose que vous vous débarrassiez de…

Un concert de plaintes et de protestations l'interrompit. Les sergents Psouro et Pachenouro s'encourageaient l'un l'autre à prendre la défense des hommes, en se lançant des coups d'œil éloquents. Enfin, Pachenouro, un Medjai robuste et trapu qui dans la hiérarchie venait juste après Imsiba, se racla la gorge.

— Chef, tu leur as remis des jetons afin qu'ils en fassent libre usage pendant la fête d'Opet. C'est bien à leur honneur qu'ils aient préféré acheter des objets agréables ou utiles, au lieu de tout engloutir dans la bière et les filles.

— Il valait mieux dépenser les jetons ici, chef, près de la garnison d'où ils provenaient, ajouta Psouro, son visage grêlé par une maladie infantile trahissant son manque de conviction.

Bak réprima un sourire.

— Que diront le commandant et son épouse, en trouvant si peu de place pour leurs propres effets ?

— Ils sont déjà à bord, annonça Imsiba, qui passait sous le portail de la rue. Mes affaires aussi. Vos objets lourds devront être entreposés dans la cale des deux autres bateaux. Quant au reste, on le casera où l'on pourra.

Hori, le scribe joufflu, arriva à son tour, suivi du gros chien blanc aux oreilles tombantes qu'il avait recueilli alors que ce n'était qu'un chiot.

— Vous êtes prêts ? Bien ! On va tout charger, excepté vos nattes et les marmites. Gardez-les ici, car vous en aurez besoin cette nuit.

Bak resta à l'écart pendant que ses hommes emportaient leurs paquets et restituaient les armes à l'arsenal de la police. Ses propres possessions avaient été chargées plus tôt, ainsi que celles d'Hori et les quelques rapports provenant de Bouhen. Il comptait aller dire au revoir à son père sur l'autre rive du fleuve, au crépuscule. Il avait songé à emmener ses deux pur-sang à Mennoufer, puis il avait décidé de voir d'abord ce que lui réservait l'avenir. Un avenir riche de promesse. Malgré sa tristesse à l'idée de quitter son père, il avait hâte de poursuivre son voyage et de commencer une nouvelle vie dans la capitale du Nord.

Tandis qu'il observait ses Medjai, si détendus en sa présence qu'ils bavardaient sans retenue, son cœur s'emplit d'une affection qu'il savait réciproque. Grâce à la générosité de Thouti, ils avaient la chance de rester ensemble au lieu que leur unité soit démantelée.

Un grand policier à la mine farouche s'avançait vers la sortie, un faisceau de lances sur l'épaule et, à la main, une cage en bois contenant deux colombes qu'il chérissait par-dessus tout. Un bruit de pas dans la ruelle l'incita à s'écarter du portail.

Thouti pénétra dans la cour. Son regard glissa sur le Medjai trop chargé pour saluer et s'arrêta sur Bak.

— Te voilà, lieutenant ! Nous te cherchions.

En dépit de sa petite taille, des muscles noueux jouaient sous sa peau ointe d'huile. Sa bouche, toujours marquée par un pli inflexible, exprimait encore plus de dureté que d'habitude.

Le capitaine Neboua, son second, franchit le seuil derrière lui, donna une claque amicale sur l'épaule libre du Medjai et salua Bak d'un signe du menton. Il n'attachait aucune importance aux détails du quotidien et son apparence s'en ressentait. Son large collier de perles était de travers et la lanière d'une de ses sandales traînait. Toutefois, ce fut sa morosité, aussi flagrante que l'air renfrogné de Thouti, qui éveilla la curiosité de Bak.

— Je croyais que tu serais à la garnison, mon commandant, pour dire au revoir aux hommes que tu connais.

Et pour introduire Neboua auprès de ceux qui favoriseraient sa progression au sein de l'armée. Le capitaine avait toujours vécu sur la frontière sud et y était resté cantonné depuis le début de sa carrière militaire. En matière de diplomatie, il n'était qu'un enfant, et Thouti lui donnait des leçons intensives sur l'art de faire son chemin dans un environnement périlleux.

La cour se vida rapidement, la présence intimidante de Thouti ayant réduit les Medjai au silence. Il remarqua la marmite posée sur des braises, d'où montait un fumet d'agneau aux oignons.

— Est-ce du ragoût, lieutenant ?

— Oui, mon commandant. En veux-tu ?

— Depuis Bouhen, je n'ai pas eu l'occasion de savourer un bon ragoût medjai.

Pendant que le commandant et Neboua s'asseyaient par terre et trempaient du pain dans la sauce épaisse, Bak déboucha trois cruches de bière, puis s'installa auprès d'eux. Pour quelle raison semblaient-ils aussi contrariés ? Thouti espérait depuis longtemps cette promotion et son prestige accru rejaillirait sur Neboua, qui pouvait compter sur de l'avancement.

— Nous venons de passer une heure avec le commandant Inebny, à la garnison, indiqua Thouti en pêchant un morceau d'agneau. Un ami de longue date qui a grand besoin d'aide. Son fils, Minnakht, a disparu.

Il regarda Neboua, dont la réprobation manifeste ne lui fut d'aucun secours, et prit son temps pour avaler ce qu'il avait en bouche.

— Lieutenant, reprit-il enfin, tu sais combien je tenais à ce que tu m'accompagnes à Mennoufer. Mais parmi tous ceux que je connais, c'est toi qui as le plus de chances de le retrouver.

Bak remarqua sa réticence à formuler sa requête de manière simple et directe. Son embarras n'avait rien d'étonnant ! Après avoir refusé que Bak reste encore quelque temps à Ouaset comme l'aurait souhaité Amonked, c'est lui qui venait le prier de différer son départ !

— Où a-t-il disparu, au juste ? Et dans quelles circonstances ? interrogea Bak à contrecœur.

S'il ne partait pas avec ses Medjai, serait-il un jour à même de les rejoindre dans le Nord ?

— Minnakht est un explorateur, expliqua Thouti avant d'ingurgiter une longue rasade de bière. Il a disparu quelque part entre Keneh et les mines de turquoise qui se trouvent de l'autre côté de la mer orientale.

Le village de Keneh, situé sur une courbe du fleuve en aval de Ouaset, marquait le début d'une piste peu empruntée qui traversait une région sauvage pour rejoindre la mer.

— Je ne connais pas du tout ce désert-là, objecta Bak, atterré. Quel espoir aurais-je de réussir ?

— Inebny t'attend dans moins d'une heure. Il t'apprendra tout ce que tu dois savoir.

Thouti plongea son morceau de pain dans le ragoût. En ce qui le concernait, l'affaire était réglée.

— J'ai un fils remarquable, dont j'ai tout lieu d'être fier.

Le commandant Inebny se leva de son tabouret pliant pour faire les cent pas sous la tente, trahissant son agitation.

— Quand a-t-il disparu ? s'enquit Bak, cachant sa réticence à se charger de cette enquête.

Inebny s'affala sur le tabouret, qui craqua sous son poids imposant.

— La dernière fois que je l'ai vu, c'était il y a quatre mois. Le jour où il a quitté Ouaset pour naviguer vers Keneh. Il vérifiait le matériel et les provisions qu'il allait emporter, afin de ne rien oublier. C'est tout lui, commenta Inebny en souriant. Toujours à vérifier et à revérifier. Il ne laisse rien au hasard.

Bak sentit que Neboua, debout près de lui en face de l'officier supérieur, était traversé par la même pensée : Minnakht avait dû laisser quelque chose au hasard, sans quoi il serait revenu à Kemet.

— Qui a signalé sa disparition ?

— Son guide nomade, Senna.

— Minnakht possède une rare expérience du désert, d'après le commandant Thouti, avança Bak, pensant tirer du militaire un peu plus d'informations.

Inebny redressa la tête. Une sonnerie de trompette signalait une manœuvre aux troupes qui s'entraînaient sur la plaine sablonneuse. Plutôt que d'entendre une seconde fois les explications de son ami, Thouti était allé observer les soldats. Inebny en conservait une pointe de ressentiment et, trop contrarié ou trop absorbé, il avait négligé d'offrir un siège et des rafraîchissements à ses visiteurs. La brise agitait le toit et les parois de toile, mais un pan de lin étant rabattu sur l'ouverture, pas un souffle d'air ne pénétrait à l'intérieur. La tente était étouffante.

Assuré que l'exercice se déroulait bien, Inebny répondit :

— Il voyageait dans le désert deux ou trois fois par an depuis sa première expédition. Il n'avait alors que dix-sept ans, précisa-t-il, la poitrine gonflée d'orgueil. Il en a vingt-cinq, à présent. Un jeune homme exceptionnel par son courage et sa soif de connaissance.

— Garde-t-il toujours le même guide ? demanda Neboua.

Un léger pli creusa le front d'Inebny.

— Jusqu'à l'année dernière, il employait un homme plus âgé qu'il considérait comme un oncle. Celui-ci est mort. Depuis, Senna l'accompagne.

— Est-il resté longtemps à Keneh ? interrogea Bak, intrigué malgré ses réserves.

Inebny reprit ses allées et venues. Il souleva le pan de lin de l'entrée et regarda au-dehors. Une voix braillait des instructions aux soldats qui avançaient au pas cadencé.

— Deux jours. Le temps d'acheter des ânes et quelques articles qu'il préférait se procurer auprès des nomades. Le guide l'a rejoint là-bas pour le conduire jusqu'à la mer.

— Le commandant Thouti disait que Minnakht avait disparu entre Keneh et les mines de turquoise. Senna ne l'a-t-il pas accompagné jusqu'au bout ?

— Il a fait la traversée avec lui, mais, une fois au port, sa présence s'est révélée inutile. Mon fils a voyagé avec une caravane militaire qui allait ravitailler les mines, et il est revenu avec une autre, convoyant des turquoises et du cuivre vers la côte. J'en ai eu confirmation par le responsable du port, le lieutenant Pouemrê.

Inebny s'affala à nouveau sur son siège. Neboua, incapable de dissimuler son impatience, le questionna à nouveau :

— Quelle a été la dernière personne à voir Minnakht ?

— Senna, du moins à ce qu'il prétend.

— Tu doutes de son honnêteté ? remarqua Bak.

— Dans quelle mesure peut-on se fier à ces nomades ? rétorqua le commandant, haussant les épaules.

— Certains sont intègres et dignes de confiance, d'autres pas – comme dans tous les peuples, je suppose, riposta Neboua avec irritation.

Bak s'empressa de poursuivre avant qu'Inebny ait pu réagir devant cette attitude insolente.

— Où Minnakht et Senna se sont-ils séparés ?

— Au port, un ou deux jours après que mon fils est revenu des mines. Le guide affirme que Minnakht a regagné le désert oriental en bateau, car il comptait reprendre le même chemin qu'à l'aller.

— Était-ce bien prudent de partir seul ? s'étonna Neboua.

— Il avait exploré tant de fois cette région que la route lui était familière. Il pensait sans doute arriver plus vite.

Il resta pensif, puis hocha la tête.

— Oui, je parie qu'il a craint d'être ralenti par un compagnon de voyage et un train d'ânes.

— Pourquoi tant de hâte ? objecta Bak. Il était parti depuis de nombreuses semaines. Quelle différence pouvaient faire quelques jours de plus ?

— Il a pu s'impatienter de la lenteur des ânes. Ou alors, pour quelque raison, il préférait se dispenser des services de Senna.

— Quand a-t-il quitté le port ?

— Il y a deux mois, m'a dit le guide, ce que m'a confirmé le lieutenant Pouemrê.

— Deux mois pour traverser le désert ? dit Bak, levant un sourcil sceptique. J'ai cru comprendre qu'un voyageur pas trop encombré peut le parcourir en une semaine par la piste du sud, qu'empruntent les caravanes en partant de Ouaset.

Inebny se permit un faible sourire.

— Mon fils préférait un chemin plus long et ardu, qu'évitent en général les habitants de Kemet.

Bak entendit un reniflement presque imperceptible. Il comprenait l'agacement de Neboua. La fierté d'un père envers son fils était légitime ; mais poussée à un degré aussi extrême, elle devenait exaspérante. C'en était à se demander si les faits qu'Inebny exposait n'étaient pas faussés par ses sentiments.

— Quel chemin ont-ils pris, exactement ?

— Ils ont suivi une série d'oueds vers le nord-est, pour contourner par le sud l'un des plus hauts sommets du désert. Cette route coupe en diagonale les pistes que nos caravanes empruntent de coutume.

Cela n'aurait pas dû demander plus de deux semaines, mais ils s'écartaient souvent, le temps d'explorer des formations de terrain intéressantes.

Neboua exprima la pensée de Bak :

— Tu as dit au commandant Thouti que tu étais informé depuis cinq jours de la disparition de Minnakht ; pourtant, voici deux mois qu'il a quitté le port de l'autre côté de la mer orientale. Pourquoi Senna a-t-il tardé à se manifester ?

Inebny se leva et s'approcha de l'entrée. L'arrière de son pagne était trempé de sueur.

— Il a passé des semaines à questionner les nomades et à tenter de retrouver mon fils.

Il drapa le pan de lin autour d'un étai du toit. Aussitôt, la brise apporta un soupçon de fraîcheur.

— Lorsque Minnakht jugeait un endroit prometteur, il passait de longues journées à chercher la trace de pierres précieuses ou de minerais sans plus penser à rien d'autre. Cela occupait son esprit tout entier.

— Que cherchait-il au juste ? voulut savoir Bak. De l'or ?

— Certes, mais pas seulement. Il rêvait de présenter un jour à notre reine une carte indiquant l'emplacement d'une mine ou d'une carrière digne de son divin père, Amon.

Toujours sceptique, Neboua demanda :

— A-t-il déjà trouvé un filon ?

— Rien qui vaille la peine d'installer une mine, hélas. Cette fois, cependant, il avait très bon espoir, ajouta Inebny, le visage éclairé par un brusque sourire. Il ne m'a rien dit de sa découverte, mais je lui ai vu plusieurs fois un petit air content, le même qu'il avait, enfant, lorsqu'il connaissait un secret que son cœur contenait à grand-peine.

— Avait-il déjà paru si confiant ? interrogea Bak.

L'expression du commandant se teinta de tristesse.
— Souvent.

— Je ne suis pas l'homme qui convient pour cette mission, insista Bak. Le commandant Inebny devrait s'adresser à quelqu'un qui connaît bien le désert oriental. Un explorateur comme son fils.

Thouti s'arrêta à l'intersection où leurs chemins se séparaient.

— Si, toi, tu ne parviens pas à retrouver Minnakht, lieutenant, alors personne ne le pourra.

— Bak a raison, chef, intervint Neboua. C'est comme s'il menait cette enquête les yeux bandés.

— Dans deux jours, tu embarqueras avec nous pour le nord, décréta Thouti. Nous irons à Keneh et, là, nous interrogerons Senna. Minnakht a disparu sans lui payer son dû, et Inebny a promis de tout régler. Le guide nous y attendra. Une fois que tu l'auras entendu, la décision t'appartiendra. Je n'insisterai pas davantage.

Bak marmonna un juron. Tôt ou tard, Thouti finissait toujours par obtenir ce qu'il voulait. Le nœud au creux de son estomac semblait l'avertir que cette fois-ci ne ferait pas exception.

2

— Comment as-tu pu laisser mon fils repartir seul ? lança Inebny d'une voix vibrante de colère.

Senna baissa la tête, un éclair de ressentiment au fond des yeux.

— Il insistait. Devais-je lui imposer ma volonté ?

— Ne sois pas impertinent !

— Mon commandant ! s'interposa Bak, qui ne pouvait blâmer le nomade d'être blessé par l'attitude de l'officier. Je comprends que tu sois tourmenté par l'incertitude. Néanmoins, il ne sert à rien de s'en prendre à quelqu'un qui essaie de nous aider.

Le teint violacé, Inebny toisa le guide avec méchanceté.

— Quant à essayer de nous aider…

Des braiments firent écho à son rire ironique, exacerbant sa fureur. Thouti lança à Bak un regard d'excuse pour le comportement de son ami et prit celui-ci par les épaules.

— Viens, Inebny. Laissons Bak et Senna parler ensemble.

Avec autorité, il entraîna son compagnon vers l'enceinte du petit village.

Leurs barges avaient quitté Ouaset la veille de bon matin. Après un trajet rapide, les équipages avaient jeté les amarres contre la rive bourbeuse de Keneh peu avant midi. Les modestes maisons en brique crue semblaient desséchées sous le soleil implacable. Dès que le navire personnel d'Inebny, qui avait suivi les voyageurs, s'était accolé à la poupe de la barge principale, une ribambelle d'enfants s'étaient rassemblés sur le rivage pour assister, bouche bée, à cet événement rarissime.

Thouti et Inebny s'étaient aussitôt mis en quête de Senna, suivis de Bak, d'Imsiba et de Psouro. Ils avaient trouvé le nomade devant la muraille, où le marché hebdomadaire se terminait. Quelques cultivateurs remballaient leurs produits déjà flétris, rassemblaient le menu et le gros bétail n'ayant pas trouvé preneur ; des groupes d'hommes et de femmes bavardaient avec des amis qu'ils ne reverraient pas avant une semaine ou une année. Des tout-petits couraient en riant au milieu des ballots et des paniers, des fruits et des légumes écrasés, près de briques séchant au soleil au pied d'un mur en construction.

Bak fit signe d'approcher à Imsiba et à Psouro, qui avaient préféré rester à l'écart pendant que les deux officiers supérieurs étaient là.

— Je ne tenterai pas d'excuser l'attitude du commandant Inebny, Senna. Lui seul le peut. Pour ma part, je pense sincèrement que tu t'efforces de nous aider.

Le nomade esquissa un bref hochement de tête, signe qu'il comprenait, à défaut d'accorder sa confiance.

— C'est Minnakht qui a décidé de partir seul, lieutenant. Tu dois me croire.

À peine plus âgé que Bak, Senna avait un corps mince aux muscles allongés. Une cicatrice blanche et plissée courait du haut de son épaule droite à son aisselle, comme si on avait voulu lui découper le bras.

— Il avait sûrement ses raisons pour ne pas te prendre avec lui.

— Il n'en a rien dit, déclara Senna en regardant ses mains.

Bak fut certain qu'il éludait la vérité ; à voir l'expression d'Imsiba et de Psouro, ils pensaient de même.

— Tu avais déjà voyagé avec lui. Deux hommes cheminant nuit et jour dans le désert, sans rien de mieux à faire que de lier connaissance. Même s'il n'a pas donné d'explication, tu devais bien savoir, au fond, pourquoi il te laissait ?

Bak laissa la question en suspens, tel un voile que nul hormis Senna ne pouvait lever. Le nomade fut lent à se décider. Enfin, la tête basse, il avoua avec réticence :

— C'est vrai, il avait une bonne raison de ne pas m'emmener. Et je n'en suis pas fier.

— Explique-toi.

Senna affronta le regard de Bak.

— Pendant qu'il visitait les mines de turquoise, je suis tombé malade. Un mets avarié. À son retour, j'étais pâle, amaigri, pas encore rétabli. Il voulait partir sur-le-champ, mais il pensait que je n'étais pas en état de l'accompagner. Il m'a assuré que nous nous retrouverions plus tard. Et je l'ai cru.

— Pourquoi en avoir honte ? s'enquit Imsiba. N'importe qui peut tomber malade.

— Je m'étais engagé à l'accompagner à chacun de ses voyages. Rompre un tel vœu ne se fait pas sans regret.

— C'est lui qui a rompu le vœu, pas toi, souligna Psouro, qui s'appuyait contre le mur, les bras croisés.

— Vous aviez rendez-vous à un endroit précis ? demanda Bak.

— Près d'une source, au pied de la montagne rouge.

Senna s'humecta la lèvre supérieure.

— J'ai attendu là-bas plus d'une semaine, interrogeant tous ceux qui y menaient leurs troupeaux. Personne ne l'avait vu.

— Ça me paraît assez simple, résuma Psouro. Quoi qu'il lui soit arrivé, cela s'est passé entre le port où tu l'as vu pour la dernière fois et cette oasis.

— Entre la mer orientale et la montagne rouge ? Non. Quelqu'un l'aurait vu. Ce n'est pas le cas.

Bak supposait que le désert oriental était aussi sauvage que celui qui s'étendait autour de Bouhen. Néanmoins, les nomades le parcouraient tout entier et ils échangeaient quantité d'informations. Minnakht n'aurait pu aller loin sans être vu. À moins qu'il ait choisi de se rendre invisible.

— A-t-il embarqué seul ?

Le guide se dandina sur ses pieds avec embarras.

— Non. Avec deux pêcheurs que je ne connaissais pas.

— Et lui, les connaissait-il ?

— Il ne l'a pas précisé. Il s'est borné à m'assurer de leur honnêteté.

— Mon fils n'est pas parti vers le monde souterrain, affirma Inebny, planté devant Bak les poings sur les hanches. Il est sain et sauf. Sinon, je le sentirais.

— Senna s'inquiète beaucoup, mon commandant.

— Moi aussi, je m'inquiéterais, riposta l'officier, narquois, si j'avais laissé disparaître l'homme que j'étais payé pour protéger.

Bak ne pouvait rien contre l'agressivité d'Inebny, cependant rien ne l'obligeait non plus à la subir de trop près. Il se réfugia dans un passage étroit entre la cargaison et la rambarde, et s'assit sur un coffre en jonc tressé qui, d'après l'étiquette en terre cuite, contenait du linge appartenant à la maison du commandant Thouti.

Excepté sur les côtés, dégagés pour que l'équipage puisse manœuvrer, la proue était encombrée de hautes piles de coffres, de paniers, de sacs et de ballots. À la poupe, tout aussi chargée, les marins et les passagers s'étaient assis en attendant de reprendre le voyage. Le capitaine, impatient, faisait les cent pas sur le château arrière.

— Il se sent fautif, certes, reprit le policier. Néanmoins, je ne le crois pas responsable de ce qui est arrivé à ton fils. Dans le cas contraire, il aurait disparu, comme lui.

— Bak a raison, approuva Thouti, assis sur les marches du château arrière. Si Senna avait fait du mal à ton fils, il ne serait pas là. Le désert est vaste. Il pourrait s'y cacher jusqu'à ce qu'il meure de vieillesse et d'infirmité.

— C'est un nomade ! bougonna Inebny. Ces gens-là ne connaissent rien à notre déesse Maât, à la loi, l'ordre et la simple décence. Mon fils les aimait comme sa propre famille. Je l'avais pourtant mis en garde. Et plus d'une fois ! Tu veux savoir si je crois que ce Senna l'a abandonné dans la détresse ? Oui, sans l'ombre d'un doute.

Bak savait que le commandant ne changerait pas d'avis. Mais rien ne lui ôterait de l'idée, quant à lui, que Senna redoutait quelque chose. Ou quelqu'un. Inebny, probablement.

— Imsiba, Psouro, qu'en pensez-vous ?

Le grand sergent medjai pesa ses paroles avec soin.

— Je ne me fonde sur rien de concret, mon ami, mais je le crois sincère.

— Il a de quoi se faire du souci, ajouta Psouro, appuyé sur la rambarde. Il n'a pas été payé pour son expédition avec Minnakht et, vu l'attitude d'Inebny, rien ne garantit qu'il le sera un jour.

Assis sur l'herbe dure de la rive, Senna attendait de recevoir les chèvres et les provisions promises, qui se trouvaient encore sur le pont du navire.

— Il serait donc innocent ? demanda Bak.

— Peut-être. Toutefois, si je devais voyager avec lui dans le désert, je ne dormirais que d'un œil.

— Inebny a parfois un caractère impossible, lieutenant, murmura Thouti afin de ne pas être entendu de l'intéressé, qui parlait à son capitaine en haut de la passerelle. Je me demande, d'ailleurs, si l'esprit aventureux de son fils ne trahit pas davantage un besoin de prendre ses distances qu'une curiosité envers ce qui s'étend au-delà de l'horizon. Néanmoins, c'est mon ami. Et je ne vois personne, à part toi, qui ait une chance de retrouver Minnakht.

— Mon commandant…

Thouti leva la main, repoussant toute objection.

— Tu n'as ni épouse ni famille, et d'obligation qu'envers moi. Tu ne laisses aucune besogne en suspens et, à ton retour, ton nouveau poste t'attendra à Mennoufer.

— Chef, je te rappelle que je ne connais pas le désert oriental.

— Un problème facile à résoudre, lieutenant.

La futilité de tout argument et, même si Bak ne voulait pas se l'avouer, le désir de connaître la vérité lui imposèrent silence. Contre la logique même, en dépit des difficultés que présenterait cette enquête, il voulait savoir ce qu'il était advenu de Minnakht, voir le désert à l'orient et les mines de turquoise. L'ombre d'un sourire passa sur les traits d'Imsiba, qui l'observait, lisant dans ses pensées.

Thouti s'approcha de la passerelle d'un pas décidé pour s'entretenir avec Inebny. Après une brève discussion, il fit signe à Bak et aux sergents, descendit la planche avec son ami, puis ils se dirigèrent vers Senna. Les trois hommes les suivirent, perplexes. Le nomade se leva à leur approche et les considéra d'un air méfiant.

— Le lieutenant Bak accepte d'aller dans le désert pour retrouver Minnakht, lui annonça Thouti. Il te prendra comme guide.

— Moi ? fit Senna, stupéfait.

Bak fut d'abord surpris, lui aussi ; puis il songea que ce choix devait paraître évident à son supérieur, aux yeux duquel les solutions simples et rapides étaient toujours les meilleures. Celui-ci poursuivait sans laisser place à la moindre protestation.

— Vous reprendrez le même chemin que la dernière fois jusqu'aux mines de turquoise, en cherchant tout du long des signes de sa présence.

Le nomade secoua la tête avec véhémence.

— Commandant, je veux seulement qu'on me donne mon dû et rentrer chez moi. Je ne conduirai pas un homme qui n'a aucune expérience du désert vers ce qui pourrait être sa mort.

— Tu as perdu mon fils, coupa Inebny. Maintenant, tu vas aider le lieutenant Bak à le retrouver. Tu n'auras les chèvres et les vivres qu'à votre retour.

Le regard de Senna se posa fugitivement sur Bak, puis sur les bêtes dans les enclos à bord.

— Elles sont à moi. Minnakht l'a promis, et toi aussi.

— Non. Elles ne le sont pas – ne te fais pas d'illusion sur ce point –, et elles ne le seront jamais si tu n'emmènes pas le lieutenant Bak dans le désert.

Même Thouti parut choqué par la dureté de son ami.

— Qu'est-ce qui me dit que tu me les donneras lorsque nous reviendrons ? objecta Senna. Tu trouveras peut-être une autre raison de me léser !

— Tu n'as pas le choix, riposta Inebny.

Le visage du guide se ferma, cachant la rage qu'il devait ressentir. L'impuissance du pauvre face à la richesse et au pouvoir.

Bak éprouvait de la compassion pour lui. Il était venu à Keneh se faire payer un travail qu'il avait accompli. Au lieu de quoi il lui fallait tout recommencer et accepter la parole d'un homme qui venait de manquer à sa promesse.

— Je veillerai à ce que tu reçoives ton dû, Senna.

— Merci bien, lieutenant, mais comment m'aideras-tu s'il t'arrive malheur pendant l'expédition ?

— Je n'ai aucunement l'intention de mourir ! assura Bak, avant de s'adresser à Imsiba : Je voudrais emmener les quatre membres de notre compagnie qui connaissent le mieux le désert : Rona, Minmosé, Kaha et Nebrê.

— Puisque tu dois partir, mon ami, tu ne pourrais faire un meilleur choix. J'aimerais t'accompagner. Un lancier te sera peut-être plus utile qu'un homme capable de déchiffrer des empreintes sur le sable.

Bak serra le poignet du sergent.

— J'en serais heureux, mais quelqu'un doit prendre la tête de nos Medjai – quelqu'un qu'ils aiment et respectent. Je ne vois personne de plus apte que toi à me remplacer.

— Emmène-moi, chef, dit en souriant Psouro, qui connaissait Bak presque aussi bien qu'Imsiba. J'ai toujours rêvé de voir le désert oriental.

Bak accepta, soupçonnant qu'il aurait besoin d'aide pour surveiller ses arrières. Hormis Imsiba, nul n'était plus loyal, dévoué et digne de confiance que le sergent Psouro.

Thouti fixa le guide d'un air menaçant.

— Je te préviens, Senna : si, à l'instar de Minnakht, mes hommes ne revenaient pas, mieux vaudrait pour toi disparaître avec eux.

Bak et les cinq Medjai dirent au revoir à leurs amis et, du bord de l'eau, les regardèrent s'éloigner. Se sentant un peu comme des enfants abandonnés, ils tournèrent le dos aux navires qui auraient dû les emmener à Mennoufer et rentrèrent dans Keneh. Les jetons de la garnison qu'Inebny avait donnés à Bak pour se pourvoir du nécessaire leur facilitèrent la tâche. En un rien de temps, ils se trouvèrent en possession de sept ânes, un chacun – le minimum lors d'un périple à travers le désert. Ils achetèrent des provisions et du matériel, de grosses jarres à eau et du foin.

Bak regardait Senna et les Medjai remplir les jarres et les outres en peau de chèvre au puits du village quand Psouro l'appela, de l'autre côté de la petite place.

— Lieutenant Bak ! Viens écouter cet homme.

Évitant un chien blanc occupé à gratter ses puces, Bak s'approcha du sergent et d'un vieillard grisonnant assis sous un sycomore. Ses doigts noueux tressaient du jonc pour fabriquer une sandale, qui irait en rejoindre une autre près de sa cuisse maigre.

— Houy, que voici, m'a parlé de certains bruits qui pourraient expliquer la disparition de Minnakht.

Bak s'accroupit à côté des trois paires de sandales alignées devant l'artisan.

— Qu'as-tu entendu, vieil homme ?

— Une rumeur. De celles qui peuvent causer à celui qu'elles concernent plus d'ennuis qu'il ne s'y attend.

Houy révéla des dents tachées, usées presque jusqu'aux gencives, en un sourire matois que Bak sut fort bien interpréter.

— Je vois que ton couteau a fait son temps ; le métal est tout piqué. Il t'en faudrait un neuf. Avec une belle lame en bronze.

Le vieillard acquiesça avec plaisir.

— On raconte que là-bas, dans le désert, il a trouvé de l'or.

— Il m'en faudra davantage. Avec tous les détails.

— Ils ne manquent pas et ne présagent rien de bon. Des histoires, chacune plus belle que la précédente, qui naissent la nuit dans les lieux de plaisir, quand les hommes sont abrutis par la bière et la cupidité.

— Pour mériter ce couteau, il faut me répéter tout ce que tu as entendu, si douteux que cela paraisse. Je jugerai moi-même de ce qui est crédible ou pas.

Le savetier relata donc une histoire après l'autre. La plupart évoquaient la découverte d'un gisement d'or, sans jamais indiquer où. Bak ne les aurait pas prises au sérieux, n'eût été le danger qu'elles impliquaient pour Minnakht.

Sitôt qu'il eut récompensé le vieux, il retourna près du puits.

— Senna, as-tu entendu dire que Minnakht aurait trouvé de l'or ?

— Le moyen de faire autrement ? À l'instant où j'ai mis les pieds à Keneh, j'ai été assailli de questions. J'ai eu beau jurer que je ne savais rien, personne n'a voulu me croire. Dans ce village, les rumeurs vont et viennent comme des fétus de paille emportés par le vent.

Ils s'éloignèrent de Keneh. À leur gauche, le fleuve et sa plaine cultivée disparaissaient derrière des escarpements de calcaire. Devant eux s'étendait le premier des oueds qui, Bak l'espérait avec ferveur, les conduiraient à Minnakht.

En moins d'une heure, ils laissèrent derrière eux la riche terre noire de la vallée, les champs tapissés de pousses tendres et mouchetés d'oiseaux, pour traverser la dépression stérile qui précédait l'embouchure de l'oued. Un regard à l'immense lit asséché eut raison du scepticisme que Bak avait éprouvé en entendant évoquer les violents orages qui s'abattaient parfois sur le désert, engendrant des fleuves aux rives verdoyantes et grouillantes de vie. D'après Senna, il fallait une heure pour en parcourir la largeur, et il marquait l'aboutissement d'une multitude d'affluents formant un gigantesque système de drainage. La pensée que ses compagnons et lui, simples mortels, traverseraient ce paysage grandiose emplissait Bak d'une crainte révérencielle.

Senna leur fit remonter le canal le plus récent, large de quarante pas et plus profond que l'oued. Le sable compact rendait la marche aisée. Des plantes sans feuillage constellaient le sol, fleurs du désert qui n'attendaient qu'une goutte d'eau pour renaître.

À l'est se découpait un grand tertre érodé, aux contours adoucis par la poussière en suspension. Plus au nord, une longue arête abrupte descendait vers un précipice qui la séparait du tertre. Là-bas, indiqua Senna, se trouvait l'oued qu'ils suivraient durant les prochains jours.

La petite caravane adopta un rythme régulier. Alors que le crépuscule tombait et que la chaleur déclinait, Bak se retrouva près du nomade. Derrière eux, les ânes formaient une file docile menée par Psouro, Rona et Minmosé. Kaha et Nebrê, les plus expérimentés, étaient allés explorer les environs. Les bruits du soir – l'appel d'un oiseau, la conversation des hommes – étaient comme assourdis par le silence écrasant.

Ils discutèrent d'abord de cette expédition, qui les ferait pénétrer dans un environnement de plus en plus rude. Sans officier hautain pour remettre en cause son comportement, Senna se montrait beaucoup plus détendu.

— Je ne sais de Minnakht que ce que son père m'en a dit, expliqua Bak. Naturellement, il me l'a décrit avec l'amour aveugle qu'il voue à son fils.

— Minnakht est un être d'exception, courageux et déterminé. Cela, je te le dis sans réserve.

— On croirait entendre Inebny ! soupira Bak, ironique.

Senna esquissa un sourire.

— Il est l'ami des habitants de ce désert. Ils le connaissent bien et savent qu'il se sent à l'aise parmi eux, sur leur terre. Ils ne comprennent pas qu'il ait pu disparaître ainsi.

— Tu parles des gens d'ici comme si tu n'étais pas des leurs, remarqua Bak.

— Je suis issu d'une tribu qui réside au nord, à de longs jours de marche. De ce côté-ci de la mer orientale, mais en face des mines de turquoise et de cuivre qui appartiennent à Kemet.

Il dut sentir le trouble de Bak, car il précisa en souriant :

— Tu t'interroges, et tu as raison : si je ne suis pas originaire de cette terre, comment puis-je la connaître assez bien pour servir de guide ?

— Je me posais en effet la question.

— Quand j'étais petit, je servais un homme dont le vœu le plus cher était de trouver de l'or. À chaque retour de la saison fraîche, il explorait le désert oriental, s'enfonçant toujours plus loin vers le sud. Son guide, d'une patience et d'une sagesse infinies, m'a transmis son savoir.

— Du fait que tu es étranger…

Bak hésita, ne voulant pas frotter une plaie vive au natron.

— Les nomades de cette région me croient-ils responsable de la disparition de Minnakht ? acheva Senna avec un sourire amer. Pourquoi ai-je passé toutes ces semaines à le chercher, à ton avis ?

Un sifflement résonna au loin. Kaha ou Nebrê signalait que tout était en ordre, de leur côté. Un second sifflement suivit : la réponse de Psouro.

— Combien je regrette d'avoir été trop faible pour retourner avec lui ! reprit le nomade. Pourtant, j'ai tenté de le retenir.

— C'est lui qui en a décidé ainsi.

— Néanmoins, je dois vivre avec mes remords. Si nous le retrouvons sain et sauf, je pourrai réparer. S'il a disparu à jamais… M'en a-t-il voulu de mon absence ? Je n'ai aucun moyen de le savoir, et cela me taraude.

— Que crois-tu qu'il lui soit arrivé ?

— Il a dû être capturé ou, pire, assassiné. Soit par les pêcheurs avec lesquels il a embarqué, soit par des bandits, sur la côte.

Avant de quitter Ouaset, Bak avait questionné un officier habitué à escorter les convois de prisonniers jusqu'aux mines. L'homme lui avait décrit les longues marches entre les points d'eau, les oueds et les montagnes escarpés, la mer immense et ses multiples îles. Comment pouvait-il espérer trouver un homme dans une pareille étendue ?

L'obscurité tomba. L'air fraîchit. Les étoiles brillaient comme du cristal et la lune, pâle demi-cercle, éclairait le sable sous leurs pieds.

Kaha et Nebrê revinrent à la caravane, silencieux comme des chats. Si les ânes n'avaient tourné la tête dans leur direction, il n'aurait pas remarqué les deux hommes qui se laissaient glisser le long de la berge de l'oued. Souriants, ils s'approchèrent pour lui faire leur rapport.

Nebrê était long et mince ; il avait une quarantaine d'années et des cheveux crépus aussi blancs que son pagne. Il planta la pointe de sa lance dans le sable.

— D'autres nous ont précédés, chef. Plus tôt, dans la journée.

— D'après Senna, pourtant, la piste que nous suivons n'est guère fréquentée.

— Peu après vous avoir quittés, nous avons repéré les traces d'une caravane. Sept hommes – quatre pieds nus, deux chaussés de sandales de jonc et un de sandales de cuir –, plus une douzaine d'ânes. Ils marchent sur une route parallèle à la nôtre, à l'est.

— Des sandales de jonc ? réfléchit Bak. Elles ne résisteront pas à ce terrain rocailleux. Ces deux-là n'étaient pas des nomades.

— Non, chef.

Nebrê lança un coup d'œil à Kaha, qui l'approuva d'un murmure, et poursuivit son récit.

— Aux deux tiers du chemin, les empreintes de deux hommes en sandales de cuir et de quatre ânes se mêlent aux premières. Impossible de savoir si le deuxième groupe a rattrapé le premier ou a seulement suivi le même chemin.

— C'étaient aussi des habitants de Kemet ?

— Les nomades vont habituellement les pieds nus, répondit Nebrê, mais certains commencent à porter des sandales de cuir.

— Eh bien ! Nous qui pensions cheminer seuls, voilà que nous formons la queue d'une procession !

— Une procession qui semble éveiller de l'intérêt, ajouta Kaha. Juste avant la nuit, presque en haut de la colline, j'ai encore repéré l'empreinte d'un pied chaussé de cuir.

Plus petit et plus jeune que Nebrê, il était élancé, avec de longs bras et des mains délicates comme celles d'une femme.

— En montant, j'espérais apercevoir ceux qui marchent devant nous. Ils étaient trop loin, toutefois l'empreinte m'a largement récompensé de mes efforts. Elle se trouvait dans un coin abrité qui domine cet oued, si bien qu'elle restait très distincte. Mais quant à savoir de quand elle date, je n'en mettrais pas ma main au feu.

« Minnakht ? se demanda Bak. Non. S'il était à proximité et valide, il se montrerait. Qui sont les autres ? Dommage que nous n'ayons pas pris le temps de nous asseoir à Keneh, et de bavarder avec les gens. Tant pis. Avec de la chance, ils auront fait halte au prochain puits et nous serons bientôt fixés. »

Ce jour-là, les hommes et les bêtes étant encore alertes, ils avancèrent bien et parvinrent à destination avant minuit. Ce puits était le premier de toute une série qui rendait possible le voyage jusqu'à la mer.

Des ânes étaient attachés sous un bouquet de tamaris, à côté de l'eau. Les nouveaux venus ne virent pas de feu de camp et en déduisirent que les autres voyageurs étaient endormis. Décidant de rester à l'écart, ils s'installèrent près d'une rangée d'arbres chétifs qui bordaient le lit asséché, en aval. Mieux valait approcher au grand jour, quand on ne les prendrait pas pour des pillards.

Rona, un jeune Medjai musclé, affligé d'une légère claudication, ramassa des brindilles qui jonchaient le sol autour des arbres. Minmosé, plus trapu et aussi gai que Rona était grave, sifflotait tout bas en préparant un petit feu, où il réchauffa ensuite un repas modeste, mais revigorant, de haricots et d'oignons accompagnés de poisson séché.

Pendant qu'ils se restauraient, un homme sortit de l'ombre, du côté du puits, et avança vers eux sous le clair de lune.

— Bonsoir. Je m'appelle Amonmosé. C'est ma première nuit sur la piste et le sommeil me fuit. Puis-je rester près de vous un moment ?

Bak lui fit signe de s'asseoir. Avec de la chance et la faveur d'Amon, ils allaient apprendre qui les avait précédés dans l'oued.

— Bienvenue dans notre humble…

Il éclata de rire. « Demeure » n'était pas un terme très approprié. Il présenta chacun d'eux et offrit au nouveau venu de partager leur repas. Voyant leurs quelques ânes et leurs modestes réserves, Amonmosé secoua la tête.

— Vous voyagez trop peu chargés pour vous montrer prodigues.

— Tu as déjà traversé ce désert ? l'interrogea Bak.

— Plusieurs fois, mais toujours par la route du sud qu'empruntent les caravanes de notre souveraine. Je ne m'étais encore jamais aventuré aussi loin au nord.

Intrigué, Bak observait le visiteur dans la lumière parcimonieuse du firmament. Amonmosé paraissait plus homme à goûter son confort que la vie dans cette solitude. Il pouvait avoir quarante ans. L'habitude de rire avait creusé des rides au coin de ses paupières et de sa bouche. En dépit de sa corpulence, il s'assit sur le sable avec la souplesse d'un enfant.

— Vous êtes des soldats ? s'enquit-il.

— Nous venons de la frontière sud et nous nous rendons aux mines, de l'autre côté de la mer, répondit simplement Bak.

Il décida de ne pas préciser sa mission et lança un regard appuyé à Senna pour lui indiquer qu'il devait tenir sa langue. Il ne savait rien de ceux qui campaient près du puits, mais le fait qu'une demi-douzaine de voyageurs suivent une route qui passait pour déserte l'incitait à la prudence.

— Qu'est-ce qui t'amène si souvent dans ces parages ?

— Je possède une flotte de pêche, sur ce rivage. Six bateaux, dont j'espère accroître le nombre dans les prochaines années, précisa Amonmosé non sans fierté. Le campement est installé dans une anse, vers le nord, près d'îles où la pêche est particulièrement bonne. Les hommes vivent à la dure, dans des cahutes au toit en feuilles de palmier, mais je veillerai à ce qu'ils soient bien logés d'ici un an.

Psouro jeta des arêtes dans les braises, qui grésillèrent.

— Notre voyage commence à peine et déjà les aliments frais me manquent. Je comprends qu'un ou deux pêcheurs, même en un lieu aussi singulier, trouvent des clients pour leurs prises. Mais six bateaux ?

En riant, Amonmosé écarta des cailloux du sable où il s'était assis et s'installa plus à son aise.

— Nous fournissons du poisson frais au port qui dessert les mines, aux navires de la mer orientale et aux nomades venus de l'intérieur des terres. Quand les mines ferment à la saison chaude et que les effectifs du port sont réduits, nous faisons sécher une bonne partie de notre pêche et approvisionnons les caravanes de passage.

— Les affaires ne s'arrêtent jamais, je vois ! remarqua Bak en savourant la dernière cruche de bière qu'il goûterait avant longtemps.

Amonmosé était loquace et n'avait guère besoin d'encouragement, néanmoins il demanda :

— Puisque tu as coutume de prendre la route du sud, que fais-tu ici ?

— J'ai rencontré un jeune explorateur, voici quelques mois. Il se nommait Minnakht.

S'il remarqua le subit regain d'intérêt du groupe, il n'en montra rien.

— Il a juré qu'il connaissait un itinéraire plus direct entre Keneh et mon camp, qui me ferait gagner du temps. Ce raccourci me permettrait, dans quelques années, d'étendre mes activités en transportant du poisson séché jusqu'à Kemet.

« Acheminer du poisson vers Kemet, alors qu'un fleuve immense passe au cœur du pays ? Autant amener des blocs de pierre dans une carrière ! » pensa Bak.

— Il m'avait assuré que, si je le retrouvais à Keneh, il me montrerait ce chemin. Je suis arrivé le jour dit, j'ai acheté des ânes et des provisions car je m'attendais à partir aussitôt… et puis, j'ai appris qu'il avait disparu.

— Pourtant, tu es venu ? s'étonna Kaha. Tu n'as quand même pas l'intention de traverser le désert tout seul !

— Ce serait de la pure témérité ! renchérit Nebrê en secouant la tête.

— Non, non ! répondit Amonmosé, réfutant cette idée d'un geste de la main. J'ai avec moi un charpentier qui construira des bateaux et des huttes dans mon campement.

— Lui non plus n'a pas l'habitude du désert, souligna Nebrê, réprobateur.

— Tu te méprends. J'ai parcouru assez souvent cette contrée pour savoir qu'on ne voyage jamais sans un bon guide. C'est pourquoi, lorsque j'ai appris qu'un explorateur nommé Ouser comptait suivre avec plusieurs autres un chemin identique à celui de Minnakht, l'idée m'est venue de me joindre à eux. Leur caravane avait quitté Keneh à l'aube, aussi nous nous sommes hâtés. Et nous les avons rattrapés, conclut-il avec un sourire épanoui.

— Tu te fies donc à cet Ouser ? s'enquit Senna.

— D'après les gens de Keneh, il connaît ce désert comme un homme le corps de son épouse. En outre, il a un guide nomade. Mais je ferais mieux de retourner me coucher, dit Amonmosé, se levant et époussetant l'arrière de son pagne. Nous partons de bonne heure demain.

Bak lui dit au revoir et le regarda s'éloigner. L'homme lui paraissait d'un abord agréable, mais cette histoire de flotte de pêche au milieu de nulle part défiait l'imagination.

3

Bak fut réveillé par les braiments discordants de ses ânes. Deux autres leur répondirent du côté du puits. Rê ne scrutait pas encore le monde à l'horizon, mais les filets jaune pâle au-dessus de l'arête annonçaient son ascension. Le lieutenant quitta sa natte mince, bâilla et s'étira après une nuit trop brève.

Tirés comme lui du sommeil, les Medjai se levèrent à leur tour. Suivant son exemple, ils contemplèrent un paysage qu'ils n'avaient pu bien voir au clair de lune. Le plateau qui bordait l'oued à l'orient paraissait plus petit et plus proche. La rangée de tamaris suivait la courbe douce du lit asséché. L'affluent qu'ils allaient remonter – trois jours seulement, si les dieux leur étaient propices – passait au fond du gouffre qu'ils avaient distingué la veille.

Senna, ne cachant pas son intérêt envers les voyageurs installés près du puits, les observa tandis qu'ils commençaient à se préparer pour l'étape du jour. Ils piquaient aussi la curiosité de Bak. Qu'est-ce qui avait poussé un groupe si nombreux à choisir cette piste particulière ? Avaient-ils entendu les mêmes rumeurs que lui à Keneh, se laissant attirer dans cette région hostile par l'appât des richesses ?

Minmosé fit circuler une miche de pain et un grand bol contenant les restes de la veille. Le goût des oignons semblait plus fort, à la lumière du jour. Dès qu'ils eurent mangé, Psouro et Kaha détachèrent les ânes. Rona, Senna et Nebrê chargèrent les jarres et les outres sur les dos solides, puis les cinq hommes conduisirent les bêtes au puits. Minmosé nettoya le bol avec du sable, roula les nattes et rassembla les provisions. Voyant que tout était en ordre, Bak se hâta le long des tamaris afin de bavarder avec les autres voyageurs. Deux petits oiseaux noir et blanc, des traquets, voletaient de branche en branche comme pour l'escorter.

— Lieutenant Bak !

Avec un sourire chaleureux, Amonmosé vint à sa rencontre et l'accompagna dans le camp, où il le présenta à un homme de haute taille et d'âge mûr.

— Ouser, voici celui dont je t'ai parlé, le commandant de ces soldats medjai.

Il désigna d'un geste Psouro et Kaha, qui tiraient de l'eau au puits encerclé par un muret de pierre pour empêcher les bêtes de salir le liquide précieux. Deux ânes buvaient dans un abreuvoir enduit de plâtre, tandis qu'une dizaine d'autres attendaient à côté. Le nomade qui s'occupait d'eux causait tant bien que mal avec Kaha, qui connaissait plusieurs dialectes du désert sans en maîtriser aucun. Psouro sortit très vite le grand seau rouge attaché à la corde : l'eau devait se trouver tout près de la surface. Kaha lui présenta chacune des grosses jarres, puis les boucha avec de l'argile qui sécherait rapidement au soleil. Senna, Rona et Nebrê, en attendant que l'abreuvoir soit libéré, avaient mené leurs bêtes en amont, où elles broutaient des buissons verts.

— Lieutenant, je te présente Ouser, poursuivit Amonmosé. Il a accepté que mon ami et moi accompagnions son groupe dans le désert.

Bak adressa un sourire aimable à l'explorateur, qui répondit d'un signe du menton.

— Amonmosé dit que tu connais à merveille le territoire qui s'étend jusqu'à la mer orientale.

— Moins bien que le sud, mais je l'ai déjà exploré.

Son corps mince, aux muscles noueux, était tanné par le soleil et par le vent. Il parlait d'une voix grave qui semblait venue des profondeurs du monde souterrain.

Bak parcourut des yeux le campement, où régnait la confusion. Trois nomades s'affairaient à tout empaqueter afin de charger les bêtes de somme. Deux d'entre eux devaient être les âniers, et le dernier le guide. Un homme grand et robuste – de toute évidence un habitant de Kemet – leur prêtait main-forte, tandis que deux autres les regardaient faire.

— Vous avez donc quitté Keneh de bon matin ?

— À l'aurore. Nous avions fait halte ici pour nous reposer pendant les heures chaudes et pensions repartir au coucher du soleil, mais quand Amonmosé et son ami sont arrivés dans l'espoir de voyager avec nous, j'ai décidé d'attendre le matin. Ils avaient beaucoup poussé leurs ânes ; continuer n'aurait pas été sage.

— À dire vrai, Nebenkemet et moi étions tout aussi fourbus, avoua Amonmosé avec bonne humeur. Ce répit était des plus opportuns.

Bak remarqua la grimace fugitive d'Ouser. Non, ce retard ne lui plaisait pas. Il se rappela aussi leur visiteur nocturne, fort bien réveillé et ne montrant aucun signe de fatigue.

— Notre guide dit qu'il faudra marcher longtemps, sous la chaleur, avant le prochain puits.

— S'il connaît son métier, il vous fera remonter par l'est. Il n'y a pas un seul coin d'ombre, au nord.

Ouser dévisagea Bak, aussi intrigué par les nouveaux venus qu'eux-mêmes à son sujet.

— Nous pensons en effet aller vers l'est ; puisque tu recommandes cet itinéraire, je présume que toi aussi ?

— Ah ! Voici mon ami Nebenkemet.

Amonmosé s'avança vers l'homme à la forte carrure, proche de Bak par l'âge, qui aidait les nomades à lever le camp.

— C'est de lui que je te parlais cette nuit, lieutenant. Il restera environ un an dans mon campement, où il me construira au moins un bateau et plusieurs cabanes.

Bak le salua d'un geste de la main. Le charpentier le considéra avec la méfiance qu'inspire souvent l'autorité aux petites gens. Vu l'aspect fripé de sa tunique, il avait dû dormir avec. Ses bras et ses cuisses étaient massifs, et il semblait fort comme un bœuf. Ses sandales révélaient des talons aux cals épais ; ses mains et ses avant-bras portaient des cicatrices. La vie ne l'avait pas épargné, dans un passé récent.

— Aimes-tu autant qu'Amonmosé découvrir des terres inconnues ? lui demanda Bak.

— Notre voyage commence à peine, remarqua Nebenkemet avec froideur. Je n'ai pas pu encore en juger.

— Moi non plus, convint Bak en souriant. Mes hommes et moi devons nous accoutumer à cette terre, bien différente de ce que nous avons connu jusqu'ici.

— Tu étais en poste sur la frontière sud, observa Amonmosé. La région n'est-elle pas aussi stérile ?

— C'est différent. Le fleuve qui arrose le pays de Kemet donne aussi vie à Ouaouat[1]. En maints endroits, des plaines fertiles s'accrochent aux berges,

1. Basse-Nubie. *(N.d.T.)*

permettant les cultures. Les escarpements sont hauts, parfois, et des tertres rocheux surgissent au milieu des dunes, cependant on n'y voit pas de montagnes comme celles qui forment l'épine dorsale de ce désert.

— Tu es bien informé, lieutenant ! remarqua Ouser.

— Grâce à Senna, mon guide. Depuis Keneh, nous ne faisons que parler du paysage que nous traverserons.

— Senna ? répéta Ouser, les yeux plissés. N'était-il pas le guide de Minnakht ?

— Ouser ! coupa une voix péremptoire. Pourquoi ne presses-tu pas ces misérables nomades ?

Un jeune homme d'environ dix-huit ans, se frappant la jambe avec un chasse-mouches, s'approchait d'un pas décidé. Il aurait été beau sans les séquelles d'une maladie infantile qui déparaient son visage comme celui de Psouro. C'était un des deux voyageurs qui avaient regardé les hommes se démener sans faire le moindre effort pour les aider.

— À ce train-là, on ne reprendra jamais la route !

Nebenkemet échangea un coup d'œil avec Amonmosé, puis retourna à sa besogne.

— Lieutenant, tu as devant toi Ouensou, qui désire devenir explorateur.

Impassible, Ouser s'exprimait sans le moindre sarcasme, pourtant Bak sentit en lui de l'animosité.

— Une ambition estimable, approuva-t-il d'un air affable. Peu d'hommes sont prêts à affronter jour après jour les aléas d'un voyage pénible et solitaire.

— Quand je voyagerai seul, je ne souffrirai pas, je t'en réponds, affirma Ouensou, dissimulant mal son mépris pour Ouser. Dès que je n'aurai plus besoin que l'on me montre le chemin, j'emmènerai tant de serviteurs, de bêtes et de nourriture que j'ignorerai l'inconfort, comme mon père lorsqu'il chasse dans le désert, à l'ouest de Ouaset.

Ouser fixa le jeune homme d'un air dur, puis tourna les talons et s'éloigna. Ouensou se mit à bredouiller de fureur impuissante.

Sans paraître le remarquer, Amonmosé cria : « Ani ! » et fit signe au petit homme rondouillard qui regardait les âniers lever le camp.

— Viens faire la connaissance du lieutenant avec qui j'ai bavardé cette nuit.

Ani, dont l'activité s'était bornée à aller d'un endroit à l'autre pour mieux suivre les préparatifs, regarda tour à tour Amonmosé et les nomades, comme se demandant où sa présence était le plus nécessaire. À regret, il répondit à cet appel. Un peu plus loin, Ouser observait la scène sans mot dire, un sourire léger mais impudent aux lèvres.

Pendant qu'on les présentait, Bak observa le nouveau venu. Il semblait aussi mou et tendre que de la pâte à pain, et sa peau écarlate révélait qu'il n'avait pas l'habitude du soleil. Seules ses mains, calleuses et barrées de cicatrices rosâtres, suggéraient une vie de labeur.

— Ani travaille dans un atelier du palais, précisa Amonmosé avec une franche admiration. Il crée des bijoux pour notre reine et ceux qui sont chers à son cœur.

— J'ai un certain don dans l'art de tailler les gemmes et les métaux précieux, il est vrai, mais je commence à mesurer mon peu de talent pour le reste, dit l'artisan, qui adressa à Ouser un humble sourire d'excuse. Au bout d'une journée de marche sous le soleil ardent, d'une seule nuit à coucher par terre et à manger une nourriture simple dont je n'ai pas coutume, je découvre les réalités de l'existence. Je ne sais rien du désert, des ânes, de la vie au grand air. Je m'efforcerai d'apprendre, mais je sens que cela n'ira pas sans mal.

Pourquoi des hommes tels qu'Ani et Ouensou, aux habitudes citadines, avaient-ils choisi de s'aventurer si loin de leur foyer ? Bak ne pouvait l'imaginer.

Un sifflement aigu attira son attention vers le puits. Les ânes avaient bu tout leur content et le nomade ramenait son petit troupeau vers le camp d'Ouser. Amonmosé, Nebenkemet, Ouensou et Ani allèrent à sa rencontre en vue de superviser le chargement de leurs affaires. Le signal avait été lancé par Psouro pour appeler Senna, Rona et Nebrê, qui vinrent abreuver leurs bêtes.

— Hormis ton guide, l'un de tes hommes parle-t-il la langue des nomades ? demanda Ouser.

— L'un d'eux croit pouvoir se débrouiller.

— Tu as de la chance.

Son ton lourd de sous-entendus déplut au policier.

— Insinuerais-tu que Senna pourrait nous abandonner, comme on prétend qu'il l'a fait de Minnakht ?

— Les nomades de la région l'accusent d'avoir commis une faute. Normal : il n'est pas des leurs et Minnakht a disparu alors qu'il en était responsable. Ce que j'en pense pour ma part ? Aucune idée.

Ouser surveillait un des âniers qui soupesait les paquets afin de s'assurer qu'aucun n'était trop lourd. Son compagnon les chargeait ensuite.

— Tout ce que je dis, c'est que peu de nomades connaissent la langue de Kemet. J'ai appris quelques mots au fil des années, mais pas assez. Si un accident arrivait à mon guide et aux âniers, je ne me perdrais pas, mais je serais incapable d'expliquer ce qu'il nous faut.

Bak le sentit contrarié par cette faiblesse.

— Lequel est ton guide ?

— Celui au pagne en cuir rouge. Il s'appelle Dedou.

Bak observa le guide. Bien qu'un peu plus vieux que les âniers, il travaillait avec eux, en égal. Cette attitude inspira de la considération au lieutenant. C'était là un homme qui n'avait rien à se prouver. Senna s'occupait volontiers des ânes, mais il n'avait pas proposé son aide à Minmosé, comme si les tâches domestiques étaient au-dessous de lui.

Le soleil se levait au-dessus de l'arête et ses longs rais filtraient à travers les branches effilées des tamaris. Une fine brise emportait la fumée du foyer improvisé, chargée d'une odeur de pain brûlé.

L'un des nomades sépara un grison des autres animaux et le mena à une vingtaine de pas des arbres, non loin du campement d'Ouser. Il s'arrêta près d'un buisson, prononça quelques mots dans sa propre langue, puis répéta d'une voix forte. Ne recevant pas de réponse, il cria à Ouser :

— Il dort !

— Un homme a campé là-bas cette nuit, expliqua l'explorateur. Un étranger. On croirait pourtant qu'on a fait assez de vacarme pour réveiller les morts !

Les sourcils froncés, il s'éloigna sur le sable. Convaincu que nul n'aurait pu continuer à dormir après le cri de l'ânier, Bak se hâta de le rattraper. Il s'arrêta avec lui à côté du nomade, au bord d'un creux où un homme était couché à plat ventre, la tête détournée, les bras le long du corps. Une jarre d'eau, une outre, deux paniers de provisions, un arc et un carquois plein étaient posés près de lui.

Il y avait bien trop de mouches, et l'âne reculait, tirant sur sa longe. Bak, qui pressentait le pire, jura entre ses dents à la surprise de ses deux compagnons.

— Un étranger, dis-tu ?

— Il est arrivé à la tombée de la nuit et il a fait boire son âne avant de l'attacher avec les nôtres ; par ailleurs, il s'est tenu à l'écart. Amonmosé a tenté d'engager la conversation, ajouta Ouser, sarcastique. Tu as remarqué comme il aime jacasser ! C'est à peine si l'autre a daigné lui répondre.

L'explorateur parlait trop. À coup sûr, lui aussi ressentait une appréhension. Il s'agenouilla près du dormeur, l'appela et n'obtint pas plus de résultat. Il lui prit l'épaule pour le secouer, mais aussitôt il retira sa main et recula.

— Il est froid !

Bak s'accroupit, écarta d'un geste la nuée bourdonnante et, touchant à son tour l'épaule de l'inconnu, sentit le froid de la mort. Sans se donner le temps d'hésiter, il fit rouler le corps sur le dos. À sa raideur, il estima que la mort remontait au début de la nuit, longtemps avant l'arrivée de son groupe.

Originaire de Kemet, le défunt, de taille et de carrure moyennes, avait à peu près vingt-cinq ans. Hormis de beaux yeux noirs, grands ouverts et tournés vers Bak, ses traits étaient anodins, ses cheveux bruns coupés court. Son corps bronzé était bien découplé, ses avant-bras et ses poignets épais comme ceux d'un archer. Il portait une tunique, un pagne court et des sandales de cuir. Une fine chaîne d'or encerclait son cou, retenant une amulette – la croix ansée, symbole de vie. Le fourreau attaché à sa ceinture était vide.

— Est-ce Minnakht ? interrogea Bak.

— Non, répondit Ouser avant de s'éclaircir la gorge. Minnakht est plus grand, moins quelconque, moins… Non.

Les mouches revenaient se poser autour d'une plaie, sous le sternum. Le sang vital s'était écoulé sur la natte tressée, formant une grande tache d'un brun rougeâtre. L'arme du crime – probablement la propre dague du défunt – avait disparu. Le sable avait été remué et ne conservait aucune trace.

En regardant les sandales de la victime, Bak se demanda s'il s'agissait de celles qui avaient laissé l'empreinte trouvée sur la colline, au-dessus de l'oued.

— Devait-il voyager avec ta caravane ?

— Je le lui avais conseillé. On ne s'aventure pas seul dans cette région sauvage.

— Il est venu avec un seul âne ?

— Comme tes hommes et toi, il voyageait léger.

— L'un de tes compagnons le connaissait-il ?

— Ils l'ont tous salué comme s'il était un étranger.

Il frotta ses mains sur le sable afin d'effacer le souvenir du contact avec la mort, puis il se leva.

— Sûr que c'est un nomade qui l'a tué pour le voler.

— Tu ne te fies pas à ton guide ? À tes âniers ?

Bak se leva lui aussi. Comment pouvait-on entreprendre un voyage aussi dangereux avec des hommes dont on n'était pas tout à fait sûr ? Cette idée fit naître un sourire de dérision sur ses lèvres. Lui-même s'en remettait à Senna, sans savoir s'il pouvait lui accorder sa confiance.

— Je connais Dedou depuis des années. Il serait incapable de tuer, de même que les âniers qu'il a engagés. Ils sont parents. Cependant, une famille nomade campait plus loin dans l'oued. Deux fillettes ont amené leurs chèvres au puits peu avant la nuit, et j'ai aperçu au moins une femme là-bas.

— Pas d'homme ?

— Non. Cela ne veut pas dire qu'il n'y en avait aucun.

— Impossible de découvrir son nom.

Bak remit en place le contenu des paniers, pour l'essentiel de la nourriture, quelques plantes séchées aux vertus curatives, un rasoir et un peigne. Rien que des objets de première nécessité lors d'un voyage.

— On devrait l'enterrer sur-le-champ, dit Ouser. Il ne sera pas le premier à disparaître sans que sa famille en soit avertie. Un événement regrettable, mais que pouvons-nous faire d'autre ?

— Nous ne sommes qu'à quelques heures de Keneh. Qu'on l'enveloppe le mieux possible dans une couverture et qu'un de tes âniers le ramène là-bas. Quelqu'un saura peut-être qui il est.

— D'accord, approuva Ouser. Laissons à d'autres le soin de s'en préoccuper.

Bak étudia la réaction des membres du groupe. Ani et Ouensou fixaient le cadavre comme s'ils n'avaient jamais approché la mort d'aussi près. L'un paraissait atterré ; l'expression de l'autre ne révélait que du dégoût. Amonmosé semblait attristé et en même temps curieux. Nebenkemet conservait le calme de celui qui n'attend rien de bon de la vie. Senna paraissait un peu nerveux. De toute évidence, Dedou et les âniers ne désiraient rien tant que de passer leur chemin. À l'exception de Psouro, qui restait à l'écart, les Medjai étaient retournés à leurs occupations.

— Êtes-vous bien sûrs de n'avoir jamais vu cet homme avant hier soir ? demanda Bak, non pour la première fois.

Tous le lui confirmèrent à l'unisson.

— Tu ne crois quand même pas que l'un d'entre nous l'aurait tué ! s'étonna Ani.

— Qui es-tu pour nous interroger ? ricana Ouensou. Un soldat !

Bak se garda de le détromper.

— Pas une seule fois il n'a dit son nom, soupira Amonmosé en secouant la tête, sidéré qu'un homme pût mourir sans qu'on sût qui il était. Autour du feu, la nuit dernière, nous formions toutes sortes de suppositions à son sujet. Nous nous demandions ce qu'il faisait, seul ici. Je suis même allé le trouver pour tenter de lier connaissance. Il me faisait de la peine. Je pensais qu'il apprécierait un peu de compagnie.

— Je parierais une ânesse et son ânon qu'il a été tué par un nomade, persista Ouser. Un de ceux qui campent dans l'oued a très bien pu se faufiler dans le noir et lui sauter dessus pour le dépouiller.

— Le dépouiller de quoi ? De l'amulette d'or qu'il porte encore au cou ? objecta Bak.

— Personne n'a vu ce qu'il avait auparavant dans ses affaires, alors comment savoir ce qu'on a pu lui prendre ? fit valoir Ani.

— Puisque tu as envie de jouer les policiers, lieutenant, va donc interroger ces nomades, lança Ouensou, se frappant la jambe avec son chasse-mouches – une habitude que Bak commençait à trouver exaspérante. S'ils ne l'ont pas tué, ils sauront qui l'a fait. Un autre des leurs, sans doute attiré par l'appât du gain.

« L'hypothèse est commode, pensa Bak. Et très suspecte si ce crime est lié de près ou de loin à la disparition de Minnakht. »

Rien ne laissait présumer qu'un rapport existait, mais l'expérience lui avait appris à se méfier des coïncidences. Or ce meurtre, survenant alors qu'une demi-douzaine de gens suivaient la piste empruntée par Minnakht, ressemblait beaucoup trop à une coïncidence.

— L'empreinte d'hier ne provenait pas de ces sandales, constata Kaha, agenouillé aux pieds du défunt, en passant son doigt sur le bord d'une des semelles. Elles sont presque neuves. L'autre devait être une sandale usée, car la semelle s'incurvait pour s'adapter au pied de son propriétaire. Et le bord extérieur présentait une légère entaille près du petit orteil.

Bak scrutait le visage inerte, se demandant qui était cet homme et pourquoi il était venu, seul, dans le désert. Si l'empreinte n'était pas la sienne, à qui donc ? Un autre voyageur solitaire ?

— Il faut aller au campement d'Ouser, Kaha, et examiner les traces autour du puits.

Hochant la tête, le Medjai se leva.

— Tu veux savoir si c'était l'un d'entre eux, ou un inconnu qui nous observait de loin.

— Oui. Et si un nomade est venu rôder autour du campement ou près de l'endroit où dormait ce malheureux.

— Ça m'étonnerait que ce soit un nomade, chef.

Enclin à penser de même, Bak contempla, pensif, le campement d'Ouser. La moitié des ânes étaient chargés, les autres attendaient leur tour avec la patience infinie des bêtes de somme. L'explorateur se disputait avec son guide et ses âniers. Les membres de l'expédition, plantés autour, n'aspiraient plus qu'à repartir.

— Nous avons donc deux groupes qui se sont réunis pour n'en former qu'un, résuma Bak. Ils ont l'intention de traverser le désert sur une piste que personne n'utilise jamais, à part quelques nomades et Minnakht. Comme si cela ne titillait pas assez la curiosité, nous avons aussi deux hommes qui voyageaient seuls dans cette contrée sauvage : l'un a disparu, l'autre est mort. Cela ne fait pas que titiller, Kaha. Cela démange tellement qu'il va falloir gratter.

Souriant, le Medjai alla exécuter sa mission, et passa devant Ouser et un ânier qui déployaient un drap. À la rancœur sur le visage du nomade, Bak devina qu'il était désigné pour rapporter la dépouille à Keneh. Plus loin, Dedou donnait des ordres à son équipe.

Un mouvement, dans l'oued, attira l'attention de Bak. Il repéra la silhouette élancée de Nebrê, revenant d'un bon pas. Aussitôt, il partit à sa rencontre, car il préférait lui parler seul à seul que de divulguer ses soupçons.

— Ils sont partis, chef.

— Déjà ?

Le Medjai essuya son front baigné de sueur.

— Il ne restait que quelques empreintes et les traces d'un abri fragile. Le foyer était froid. Ils s'en sont allés bien avant l'aube.

— Précipitamment ?

— Ça en a tout l'air.

Nebrê à ses côtés, Bak rebroussa chemin en réfléchissant. Les nomades auraient-ils montré tant de hâte s'ils n'avaient rien à cacher ?

— D'après Ouser, deux fillettes ont mené leurs chèvres au puits. As-tu relevé d'autres traces sur le chemin ?

— Non.

— Combien de personnes y avait-il dans ce campement ?

— Toute une famille : une femme, les deux petites qui s'occupaient du troupeau, un enfant qui commençait à marcher et un bébé, qui rampait par terre.

— Rien qui révèle la présence d'un homme ?

— Non, chef, ni mari ni intrus.

Nebrê lisait dans ses pensées. Le défunt aurait pu forcer la femme, qui, ensuite, aurait réussi à se venger.

— Ce ne sont pas des suspects très probables, tu ne crois pas ?

— Il y a peu de chance qu'elles soient coupables.

Bak ne savait rien des membres de la caravane. Ils prétendaient ne pas connaître la victime, mais l'un d'entre eux ne pouvait-il être un meurtrier ?

Pendant que Nebrê allait rejoindre Kaha pour inspecter les alentours, Bak s'approcha du puits, où Senna et Rona remplissaient les outres. Constatant qu'ils avaient presque terminé, il retourna là où ses hommes et lui avaient passé la nuit. Psouro et Minmosé finissaient de répartir les provisions entre les ânes. Il informa le sergent de la tâche qu'il avait confiée aux Medjai.

— À quoi bon chercher la trace de l'assassin ? interrogea Psouro. Nous devons continuer notre voyage.

— Pour deux raisons. L'une est que ce meurtre pourrait avoir un rapport avec la disparition de Minnakht. La seconde nous concerne de plus près. Si un tueur traîne par ici, ne se souciant ni de la loi ni de l'ordre, autant le savoir et prendre nos précautions. Voudrais-tu te réveiller, un matin, et découvrir que l'un de nous a été assassiné dans son sommeil ?

Psouro jeta un sac de dattes dans un panier et fixa Bak d'un regard songeur.

— Tu crains que ce soit un de ceux qui voyagent avec Ouser ?

— C'est une possibilité.

— Et tu tiens à confondre le coupable, conclut Psouro, qui connaissait bien son supérieur.

— Voilà deux longs mois que Minnakht a disparu. Quelles sont les chances qu'il vive encore ?

— Je ne miserais pas un grain de sable là-dessus.

— Et maintenant, nous sommes confrontés à un meurtre. Ne penses-tu pas que nous devrions élargir notre enquête ?

— Alors, lieutenant, quelle est ta prochaine étape ? dit Amonmosé, qui avait perdu son sourire joyeux, tout en vérifiant que son outre était pleine.

— Nous allons vers le nord-est, par une succession d'oueds à travers les montagnes. Comme vous, je crois.

Le visage d'Amonmosé s'éclaira.

— Dans ce cas, pourquoi ne pas venir avec nous ? Plus nous serons nombreux, plus nous serons en sécurité.

La proposition n'était pas pour déplaire à Bak. Se joindre à la caravane servirait deux desseins. Cela offrirait la sécurité du nombre et lui donnerait l'occasion de mieux cerner la personnalité des membres du groupe.

— Crains-tu une attaque, Amonmosé ? Ou un autre meurtre ?

— Depuis des années que je parcours ce désert, jamais les nomades ne se sont montrés hostiles. Les tribus se combattent, il est vrai, toutefois les gens sont généreux et bons, surtout envers un étranger. Je suis certain que ce qui valait dans le sud n'est pas différent dans cette région. De graves événements se sont passés ici. Je le sens au fond de moi. En fait, c'est davantage qu'une impression, se reprit-il avec un sourire triste, posant l'outre afin d'en vérifier une autre. À Keneh, j'ai su que Minnakht avait disparu. Lui qui était plein d'expérience, qui ne prenait pas de risques inutiles et que les nomades aimaient. Et maintenant, voilà qu'un inconnu est assassiné tout près de nous. Je n'aime pas ça, lieutenant.

— Bientôt prêt ? demanda Ouser en s'approchant d'Ani, qui tenait sa natte roulée sans trop savoir qu'en faire.

— Ouser, écoute un peu ! lança Amonmosé sans laisser au joaillier le temps de répondre. Le lieutenant Bak projette de suivre quasiment la même route que nous. Je viens de lui proposer d'être des nôtres.

Contrarié, Ouser dit à Ani de se dépêcher avant de se diriger vers Bak et Amonmosé.

— Une petite caravane progresse plus vite et se procure plus facilement du fourrage pour les bêtes. Ne te l'ai-je pas expliqué hier, quand tu as exprimé le désir de nous accompagner ?

— Si. Mais, eu égard aux circonstances, ne crois-tu pas que l'union fait la force ? Bak et ses Medjai sont bien armés et entraînés, alors que nous autres ne sommes que des civils. Je ne peux parler pour Ani, Ouensou ou Nebenkemet, mais, quant à moi, je n'ai aucune aptitude au combat.

Ouser planta ses poings sur ses hanches.

— Eu égard à quelles circonstances ? Le meurtre d'un inconnu ? Bah ! Cela n'a rien à voir avec nous.

Amonmosé serra les lèvres, révélant la même détermination qui l'avait poussé à installer sa flotte de pêche aux confins du désert.

— Tu oublies, Ouser, que nul n'a vu Minnakht depuis deux mois, ce qui signifie sans doute qu'il est mort et enterré. Et d'après un marchand de Keneh, poursuivit-il sans souffrir d'interruption, un autre jeune explorateur aurait, comme lui, disparu dans ces parages.

Une autre disparition ? Bak sentit croître son intérêt.

— C'était il y a dix mois. Lui aussi doit être mort, son corps dissimulé dans un endroit où personne ne le trouvera. Je ne serais pas surpris que la première disparition ait conduit à la deuxième, et cette dernière au meurtre de l'inconnu. Veux-tu que l'un de nous soit la quatrième victime ?

Submergé par ce torrent verbal, Ouser resta coi. Il savait qu'il n'exerçait aucun contrôle sur Bak et ses Medjai. Même s'il ne voulait pas d'eux dans sa caravane, ils pouvaient décider de marcher derrière ou devant, et d'installer leur campement à proximité du sien. Alors, il serait réduit à une rage impuissante.

— Nos ânes seront chargés d'ici une demi-heure. Seras-tu prêt à partir, lieutenant ?

Bak, Psouro et Senna regardèrent l'ânier et sa bête s'éloigner pour ramener l'inconnu à Keneh, silhouettes solitaires progressant dans l'oued. Le chemin serait long et pénible, mais le jeton remis par Bak, assurant une généreuse rétribution à la garnison la plus proche, compenserait en partie ce désagrément.

— Va-t-on se joindre à la caravane d'Ouser ? s'enquit Senna.

— Que recommandes-tu ?

— Nous irions plus vite sans eux. De plus…

— Quoi donc ? s'impatienta Psouro.

Senna hésita encore, mais un coup d'œil sévère du sergent le décida à livrer le fond de sa pensée.

— Nous aurions deux guides et deux chefs, ce qui n'est déjà pas bon en temps normal, à plus forte raison dans de telles conditions.

— Ouser et moi devrons trouver un terrain d'entente, admit Bak, pendant que Psouro recouvrait de sable les vestiges noircis du foyer. Dis-moi, que sais-tu de Dedou ?

— Je ne jurerais pas de son honnêteté. Il vient d'une tribu qui vit plus au sud, au bord de la mer orientale. Dans le passé, il a souvent servi de guide, d'habitude avec Ouser, mais, parfois, avec les caravanes qui traversent de Ouaset à la mer par la piste du sud. Il est devenu riche, depuis, et possède famille et troupeaux. Il quitte rarement le territoire de sa tribu.

Si Dedou était assez expérimenté pour les officiers des caravanes convoyant le cuivre et la turquoise, Bak n'en demandait pas plus.

— Et Ouser, que peux-tu m'apprendre à son sujet ?

— On dit qu'il est dur et n'hésite pas à appliquer le fouet. Il est honnête tant que cela sert ses intérêts. Il n'accorde aucune confiance aux nomades, et c'est réciproque.

Les ânes étaient prêts à partir quand Nebrê et Kaha revinrent au campement. Bak dit à Senna, Minmosé et Rona d'avancer avec les bêtes. Qu'ils marchent ou non avec la caravane d'Ouser, il voulait prendre la tête de la procession.

Une fois qu'ils furent seuls, Bak demanda aux deux Medjai :

— Qu'avez-vous trouvé ?

— Aucun signe du guetteur dans le campement d'Ouser, répondit Kaha. Pas un d'entre eux n'a des sandales qui correspondent à l'empreinte de la collinc. Et les seules traces récentes laissées par les nomades se concentrent autour du puits.

— Et dans les environs ? interrogea Psouro.

— Rien.

— La nuit, un homme aurait pu approcher depuis l'amont, caché par les tamaris.

Kaha appuya son bouclier contre sa jambe afin de remonter la ceinture de son pagne.

— Nous avons cherché là-bas aussi, chef. En vain.

— Il y a bien un autre endroit possible, indiqua Nebrê. Au pied d'un éboulement, où les rochers éclatés sont réduits en gravier. Quelqu'un aurait pu passer par là sans laisser de trace, mais il aurait dû marcher ensuite sur le sable, or la surface était intacte.

— En d'autres termes…

Bak les regarda tour à tour, attendant leur conclusion.

— À moins qu'un indice nous ait échappé, chef, dit Nebrê, il y a un meurtrier dans le groupe d'Ouser.

Croisant les bras sur sa poitrine, Bak n'eut pas à réfléchir longtemps. Deux hommes avaient disparu et un autre était mort. Une coïncidence l'avait troublé ; deux lui paraissaient incroyables. Et voilà qu'il était invité – quoique de mauvaise grâce – à côtoyer les suspects les plus plausibles ! Comment aurait-il refusé ?

— Nous marcherons avec leur caravane. Mieux vaut surveiller ceux dont on se méfie, plutôt que de les laisser continuer leur chemin et nuire à nouveau.

4

Bak s'écarta de la piste tracée dans l'oued par des centaines de chèvres ou de moutons – plutôt les premières, car elles résistaient mieux à la chaleur et se contentaient d'une herbe rare et sèche. Il avait tenté de trouver des signes de la famille nomade après avoir dépassé l'endroit où elle s'était installée, mais les petits sabots pointus n'avaient laissé sur le sable que des indentations grenues. Les rares empreintes distinctes, celles de bêtes qui s'étaient écartées du chemin, pouvaient dater du lever du jour, de plusieurs mois ou de la dernière pluie – soit deux ans plus tôt, au dire de Senna.

Nebrê et Kaha avaient repéré des traces de pas autour d'un acacia à moitié sec où des enfants avaient ramassé du bois, toutefois elles ne correspondaient pas à celles des fillettes qui avaient abreuvé leurs chèvres au puits. Si Bak ne soupçonnait pas leur mère d'avoir tué l'inconnu, il pensait qu'elle ou ses enfants savaient quelque chose. Pourquoi, sinon, se seraient-ils sauvés en pleine nuit ?

Résigné à l'idée qu'ils lui avaient échappé, il envoya Nebrê et Kaha en repérage et attendit la caravane, en plein soleil. Lorsqu'il porta son outre à ses lèvres, il sentit la sueur ruisseler sous sa tunique. La chaleur promettait d'être plus accablante que durant sa pire journée à Bouhen.

Senna apparut le premier. Il sondait le sable à l'aide de son long bâton pour faire fuir une éventuelle vipère. Un peu plus loin, Rona et Minmosé menaient leur train d'ânes.

— Observons-nous un bon rythme ? demanda Bak au guide.

— Ouser ne pourra pas se plaindre que nous le ralentissons !

— Excellent. Mais nous ne forçons pas trop l'allure ?

— Comme toi, lieutenant, j'espère que tout le monde atteindra la mer sain et sauf, aussi bien nous que les animaux.

Bak pressa amicalement l'épaule du guide et partit en arrière, vers Minmosé et Rona. S'étant assuré que tout allait bien, il les laissa avancer. Au sud, les contours du tertre de calcaire se rapprochaient, barrant en partie l'horizon. Il contempla une dernière fois l'escarpement qui disparaissait dans une brume bleutée, au loin, suivant le cours du fleuve qui donnait vie à Kemet. Avec un brin de nostalgie, il adressa un au-revoir silencieux à la terre qu'il ne pouvait plus voir, puis il tourna ses pensées vers sa nouvelle enquête.

Trente pas derrière le septième âne, il se retrouva à la hauteur d'Ouser, qui marchait avec Dedou à la tête de leur caravane. Le nomade murmura une excuse et s'éclipsa.

— Que viens-tu faire ici, lieutenant ? voulut savoir Ouser.

— Je traverse le désert, comme toi.

— À d'autres ! se moqua l'explorateur. Tes hommes et toi, vous êtes tels des oiseaux aux ailes brisées, des poissons hors de l'eau. Vous ne savez de cette terre que ce qu'on vous en a dit. Pire encore, vous vous êtes placés entre les mains d'un homme dont vous ignorez tout, et dont l'intégrité paraît plus que suspecte.

Bak n'aimait pas qu'on le prenne pour un naïf, néanmoins il répondit d'un ton posé :

— Tu nous sous-estimes, Ouser. Mes hommes et moi savons exactement ce qui nous attend. Un pays cruel et aride, où le plus léger accident a parfois de tragiques conséquences. Un serpent peut vouer le voyageur à une mort atroce. La source ou le puits dont on dépendait depuis des années peut se tarir. Le...

— Je ne doute pas de ton savoir, lieutenant ! Tu as l'air d'absorber les informations comme un ivrogne s'imbibe de bière. Ce qui m'inquiète, c'est ton inexpérience et ton manque de discernement.

Cette fois, Bak ne cacha pas son irritation.

— Nous sommes venus dans ce désert afin de retrouver Minnakht. Et ne t'y trompe pas : nous le retrouverons, mort ou vif.

Un rire incrédule jaillit des lèvres d'Ouser.

— Comment as-tu été entraîné là-dedans ?

— Le commandant Inebny, père de Minnakht, connaît mon commandant, répondit Bak, les yeux étincelants de colère. C'est lui qui m'a envoyé mener cette tâche à bien.

— Tu obéis aux ordres, conclut Ouser avec une compassion qui surprit le lieutenant. Cela explique ta présence, non la confiance que tu accordes à Senna.

— Disons que le père de Minnakht lui a encore moins laissé le choix qu'à moi. Et toi ? rétorqua Bak, le toisant du regard. Que viens-tu faire ici ?

Se voyant renvoyer sa propre question, Ouser sourit.

— Quand on a vu à Keneh que Minnakht ne reparaissait pas, le bruit a couru qu'il avait découvert de l'or. Ou encore de l'argent, du cuivre, une pierre magnifique et rare… Qui sait ? dit-il avec un haussement d'épaules. J'ai eu l'idée d'aller voir, afin d'en avoir le cœur net.

Ouser avait donc, lui aussi, eu vent de la rumeur et il l'avait jugée plausible. Cette histoire n'était-elle qu'une chimère, comme Senna le donnait à entendre, ou les années d'expérience d'Ouser avaient-elles aiguisé son instinct ? Le jeune explorateur avait-il fait une découverte qu'il désirait garder secrète et laissé son guide derrière lui ?

— Et ainsi, tu suis la piste qu'il a prise la dernière fois.

— Tout le monde sait qu'il concentrait ses recherches dans une partie du désert comprise entre la route des caravanes, au sud, et les hautes montagnes qui s'étendent avant la mer. Le chemin que nous prenons coupe ce territoire en diagonale.

Une logique sans faille. Bak décida d'en savoir plus.

— Pourquoi avoir amené Ani et Ouensou ? Ce sont d'étonnants compagnons de voyage pour un chercheur de trésor.

— De trésor ! Si je pouvais avoir cette chance ! dit Ouser, riant de lui-même, cette fois. Tous deux ont rencontré Minnakht, je ne sais dans quelles circonstances. Pas plus que je ne sais quelles promesses il leur a faites. Toujours est-il qu'ils croyaient participer à sa prochaine expédition. Et puis il a disparu. Ils ont entendu parler de moi et m'ont demandé de les prendre.

— Je m'étonne que tu aies accepté.

L'expression d'Ouser s'assombrit.

— Ma femme est malade, depuis longtemps. Les médecins coûtent cher. Ces deux-là étaient prêts à payer une belle somme.

Voyant son chagrin, Bak ne voulut pas retourner le couteau dans la plaie.

— Connais-tu bien Minnakht ?

— J'ai rarement croisé son chemin. Sauf pour échanger des informations, nous n'avions aucune raison de nous fréquenter. Il est plus jeune que moi, fils de famille fortuné. J'ai grandi à Gebtou et mon père était ânier. J'ai traversé ce désert pour la première fois à l'âge de treize ans – je m'occupais des ânes d'une caravane, sur la piste sud. Lui est venu en quête d'aventure.

« Un sujet douloureux », pensa Bak.

— Il s'entend bien avec les nomades, paraît-il.

— Ils sont ses frères et ce désert est son foyer, admit Ouser du bout des lèvres. Peu à peu, il a fini par l'aimer autant que moi, et comme il a appris la langue des nomades, il le connaît même mieux. C'est pourquoi sa disparition semble incompréhensible, et pourquoi beaucoup rejettent la faute sur Senna.

— Son père dit qu'il n'a jamais rien trouvé. Pourtant, tu suis ses traces sur la seule foi d'une rumeur.

— Minnakht a étudié les minéraux, les pierres précieuses. On a tort de croire qu'il aurait trouvé de l'or par ici. Pour autant que je sache, le seul quartz aurifère qui ne soit pas épuisé depuis longtemps se trouve bien plus au sud. Mais ces montagnes sont riches en minerais. Le tout est de trouver des roches de qualité en quantité suffisante pour installer une mine. Par exemple…

Il ramassa plusieurs petites pierres noir et gris et les montra à Bak. Leurs facettes scintillaient au soleil.

— Du granit de la chaîne centrale, drainé jusqu'ici par les pluies… Une belle pierre, précieuse pour les sculpteurs, mais comme on trouve un granit superbe à Abou[1], où on le hale sur une courte distance pour le transporter par le fleuve, celui-ci ne vaut rien.

1. Éléphantine. *(N.d.T.)*

— Où Minnakht pourrait-il avoir disparu ?

Ouser jeta les pierres et se frotta les mains pour se débarrasser de la poussière.

— À peu près n'importe où. Regarde autour de toi. Ce paysage rude et stérile est un présent des dieux, comparé à la terre que nous allons traverser ces prochains jours. Plus on s'enfonce dans ce désert, plus il devient sauvage et hostile. Je suis passé dans d'innombrables lieux que nul autre n'avait foulés avant moi.

Bak contempla l'oued où ils avançaient lourdement, et les remparts de pierre perdus dans le lointain. Comment retrouver un homme au milieu de cette désolation ?

Bak attendit sur le côté que Ouensou arrive à sa hauteur. Ouser lui avait fourni ample matière à réflexion. À l'en croire, il ne venait pas dans le désert en quête de grandes richesses, pourtant il avait organisé ce voyage sitôt que s'étaient répandues les rumeurs concernant la disparition de Minnakht. Ne fallait-il pas au moins un trésor pour l'éloigner d'une épouse aimée ?

— Lieutenant Bak ! dit Ouensou, levant un sourcil dédaigneux. Je te croyais à la tête de cette caravane, loin de la poussière de la piste.

Bak se mit à marcher à côté du jeune homme, qui allait seul devant l'ânier et ses bêtes, vingt pas derrière l'explorateur. Chaque fois que son pied droit passait devant, il se donnait un coup de chasse-mouches sur la jambe, trahissant son impatience devant la monotonie du voyage.

— Le commandant Inebny, père de Minnakht, m'a chargé de retrouver son fils. J'ai besoin de ton aide.

— Mon aide ? Je ne sais rien à ce sujet, rétorqua Ouensou, sur la défensive.

Bak feignit de ne pas remarquer le croassement juvénile de sa voix. Il muait. Avait-il moins de dix-huit ans, contrairement aux apparences ?

— Qu'est-ce qui me prouve que son père t'envoie ?

— Pour quelle autre raison serais-je venu dans cet endroit oublié des dieux ?

— Pour l'or que Minnakht a trouvé, répondit Ouensou en rougissant.

Ce jeune homme trop gâté avait donc entendu lui aussi les rumeurs.

— Je suis ici seulement parce que son père et mon commandant sont amis de longue date. Sinon, à l'heure qu'il est, je serais en train de me baigner dans le fleuve. Comment as-tu fait la connaissance de Minnakht ?

— Je l'ai rencontré il y a quelques mois. Dans une maison de plaisir de Ouaset.

Sous l'afflux des souvenirs, le jeune homme oublia sa réserve et un sourire s'épanouit sur son visage.

— Il était entouré de jeunes femmes qui l'écoutaient raconter ses aventures palpitantes. Elles restaient silencieuses, immobiles comme des statues. Moi aussi.

Non moins absorbé par son propre récit, Ouensou oublia son chasse-mouches et éloigna un insecte d'un geste de la main. Bak se l'imaginait, assis dans l'ombre, impressionné par l'homme plus mûr, par son éloquence et la fascination qu'il exerçait sur les femmes. Subjugué devant tant de bravoure et un mode de vie qui représentait pour lui la quintessence de l'héroïsme.

— L'as-tu abordé aussitôt ?

— Oh, non ! Il est parti avec une des filles, expliqua Ouensou, soudain écarlate. J'ai attendu dans la ruelle et quand il est sorti, plus tard, je lui ai parlé.

— Alors ?

— Je lui ai dit mon admiration. Combien j'aimerais devenir un homme du désert, comme lui. Un explorateur. Il a passé son bras autour de mes épaules et…

Il détourna les yeux, se mordant la lèvre.

— Il m'a conseillé d'attendre. Je ne devais pas seulement mûrir, mais désirer le désert telle une maîtresse.

Bak pressa sa tunique contre sa poitrine pour éponger un filet de sueur.

— Il n'a pas promis de t'emmener dans une future expédition ?

— Il a laissé entendre… Non. Il n'a rien promis.

— Pourquoi alors, au nom d'Amon, es-tu venu à Keneh en pensant qu'il t'emmènerait ?

Ouensou se fit tout petit sous son regard scrutateur, puis, avalant sa salive, il avoua d'un air désemparé :

— Quand j'ai annoncé à mon père que je voulais devenir explorateur, il a ri. Il est scribe en chef. Un fonctionnaire de haut rang, qui dépend directement du vizir. Il souhaite que je marche sur ses pas. Que je sois un jour aussi influent que lui, même plus.

Un sourire amer effleura ses lèvres lorsqu'il conclut :

— Il a pour ambition de me voir vizir.

— Néanmoins, tu es venu, répondit Bak, tâchant de ne pas manifester sa compassion. Tu as tourné le dos à ton père et tu as ignoré le conseil de Minnakht.

— Je ne pouvais me résoudre à une vie d'ennui !

Cette réponse, qu'il voulait pleine de bravade, produisait l'effet d'un gémissement.

— Tout à l'heure, quand tu parlais de l'or de Minnakht, répétais-tu une confidence qu'il t'a faite ou une simple rumeur ?

— Il a dit aux femmes qu'il cherchait de l'or.

— Mais pas qu'il en avait trouvé ?

— Non. Il a seulement dit que c'était son but. En arrivant à Keneh, quand j'ai entendu ce que l'on racontait, j'ai cru qu'il avait réussi, expliqua le jeune homme avec candeur.

Le rêve de Ouensou ne différait pas de celui de nombreux adolescents. Bak doutait cependant qu'un être aussi égoïste et arrogant pût apprendre à survivre dans un milieu tel qu'Ouser l'avait décrit. En tout cas, il ne le voyait pas se faufiler hors du campement à l'insu de tous, ou s'approcher sans bruit de l'étranger, puis lui voler sa dague sans le réveiller.

— Demain, Ouensou, tu devrais rebrousser chemin et retourner à Kemet. Il n'est pas trop tard. Tu peux passer la nuit avec nous au prochain puits et nous quitter au matin. Dans deux jours, tu seras à Keneh, dans une maison de plaisir.

Il ne voulait pas blesser le jeune homme dans son amour-propre, mais il était sûr qu'Ouser accepterait d'envoyer un des âniers avec lui pour veiller à ce qu'il arrive sain et sauf. Dans le cas contraire, Bak enverrait un Medjai. Un air buté se peignit sur le visage de Ouensou.

— Non. Si je découvre un filon d'or ou du minerai, je m'attirerai la faveur de notre souveraine et mon avenir sera assuré. Mon père sera contraint de m'accepter comme je suis, au lieu de vouloir me façonner à sa guise.

Bak remonta la caravane en sens inverse et ne trouva pas Ani. L'air soucieux, le nomade qui fermait la marche tendit le doigt derrière lui. Bak distingua alors l'artisan, qui s'attardait au loin.

Rassurant l'ânier d'un signe du menton, il se hâta de rejoindre le traînard. La caravane approchait peu à peu de la trouée entre l'arête et le tertre où se poursuivrait son voyage. Le lit asséché s'étrécissait, ses berges devenaient plus abruptes.

Trop absorbé pour remarquer Bak, Ani marchait lentement au pied de la paroi, examinant les roches qui provenaient de la colline ou de la lointaine chaîne montagneuse. Il portait une sorte de sac blanc, lourd et bosselé.

Il ramassa une pierre, l'étudia puis la jeta, se baissa afin d'en observer une autre. Une troisième amena un sourire sur ses lèvres.

— Pourquoi restes-tu en arrière ?

La question de Bak était de pure forme ; il voyait bien ce que faisait le joaillier.

— Tu n'aurais pas dû laisser la caravane s'éloigner. Et si tu étais pris d'un malaise ?

Ani avait relevé la tête, surpris. Reconnaissant Bak, il lui adressa un sourire radieux.

— Ah ! Lieutenant ! Je remercie les dieux que tu sois venu. Regarde ce que j'ai trouvé, dit-il en offrant une pierre rose à son admiration.

— Il ne faut pas marcher près de la paroi. Une vipère pourrait se cacher parmi les rochers.

Sans prendre garde à ses paroles, Ani regarda autour de lui. Ses yeux se posèrent sur un bloc de pierre plat, marqué de traces blanches luisantes là où la surface avait éclaté dans sa chute. Il y déposa ce que Bak avait pris pour un sac, et qui était en fait un grand carré de lin taché de sueur. Il en écarta les coins, révélant des dizaines de cailloux, dont aucun n'était plus gros qu'un œuf de cane.

— Si tu as une pièce d'étoffe… Tu en as une, n'est-ce pas ? Tu pourras porter celles-ci pendant que j'en cherche d'autres.

— Tu n'es pas sérieux, répliqua Bak d'un air sévère.

Surpris, Ani cligna des yeux.

— Je suis venu chercher des pierres rares et précieuses pour mon atelier. Et maintenant, tu as l'air de dire que je ne dois pas les prendre… Eh bien, si ! affirma-t-il en se redressant de toute sa taille.

— Qui les portera ?

— Nous avons beaucoup d'ânes.

— C'est pour l'eau et les provisions, Ani.

L'artisan resta immobile, son expression révélant les émotions qui se succédaient en lui : la compréhension, la déception, puis une difficile résignation.

— Pourrais-je au moins en garder quelques-unes ? demanda-t-il d'un ton docile.

Bak considéra les fragments disposés sur le lin. Pour son œil inexpérimenté, la plupart ressemblaient au granit qu'Ouser lui avait montré.

— Certaines de ces pierres sont-elles exceptionnelles ?

— Ce sont de magnifiques spécimens, cependant… Hormis une ou deux, non, concéda Ani, l'air douloureux.

— Garde ces deux-là et partons. Nous devons rattraper les autres.

Ani ne perdit pas de temps. D'un œil exercé, il chercha parmi les pierres les trois qu'il jugeait dignes d'être conservées. Peiné par ce sacrifice, il récupéra le carré de lin et laissa les autres sur le rocher. Une offrande à Seth, dieu du chaos et du désert.

Bak marcha à vive allure, soulagé qu'Ani se soit rendu à la raison. Le petit homme courait presque à côté de lui. Ils étaient à une centaine de pas des ânes quand Bak remarqua la respiration laborieuse de son compagnon et son teint cramoisi. Il s'arrêta et lui tendit son outre.

— Il ne faut jamais s'éloigner de la caravane, mais au cas où cela arriverait sans que tu t'en rendes compte, veille à toujours garder de l'eau sur toi.

Avec un sourire soumis, le joaillier but une longue rasade, puis à petits coups. Bak reprit l'outre, tira le carré de lin poussiéreux coincé dans la ceinture d'Ani, lui donna les pierres et mouilla l'étoffe.

— Rafraîchis-toi le visage et le cou.

Reconnaissant, Ani obéit, se barbouillant de poussière.

— Je n'ai pas réfléchi, lieutenant, pour les pierres. Minnakht m'avait assuré que ce désert recelait des merveilles qui rehausseraient la beauté de mes bijoux. Il n'avait pas évoqué l'aspect pratique.

Bak avala une gorgée tiède.

— De quand date ta dernière conversation avec lui ?

— Nous n'avons parlé qu'une seule fois. Il y a huit mois… Ou bien dix ? s'interrogea Ani en passant le linge humide sur sa nuque. Il m'a montré un cristal de roche d'une pureté extraordinaire qui venait, disait-il, de ce désert. La pierre était exquise, la perfection même. Il m'a aussi fait admirer un morceau de turquoise qu'il avait obtenu par le troc. Je lui ai confié que je rêvais de traverser la mer jusqu'à la montagne où elle est extraite, et il m'a dit que lui aussi désirait voir ces mines.

— A-t-il proposé de t'emmener lors d'une de ses expéditions ?

— Pas de façon explicite, mais quand j'ai raconté combien j'aspirais à voir les pierres dans leur état naturel, choisir moi-même au lieu de dépendre de l'idée qu'un autre se fait de la beauté, il a répondu que nous formerions une bonne équipe. Grâce à sa connaissance du désert et à mon expérience de joaillier, nous remarquerions ce que d'autres négligeraient.

Voyant qu'Ani n'était plus essoufflé et avait presque retrouvé son teint naturel, Bak lui fit signe d'avancer.

— T'a-t-il montré d'autres pierres ?

— De la cornaline, du jaspe, du quartz d'un blanc laiteux. De belles pièces, mais de moindre valeur.

— D'après son père, il a quitté Kemet il y a environ neuf mois, il est revenu au bout de trois, puis il est reparti deux mois plus tard pour ne jamais revenir. Pourquoi ne l'as-tu accompagné dans aucun de ces voyages ?

— J'avais peur. Oui, peur ! Bien que je n'en sois pas fier, c'est la vérité. Regarde-moi ! dit-il, baissant les yeux vers sa personne replète. Ai-je l'apparence d'un homme accoutumé aux épreuves ? Sens-tu en moi une âme intrépide ?

Bak sourit. Il aimait bien ceux qui ne s'illusionnaient pas sur leur propre compte.

— Alors, qu'est-ce qui t'a amené ici ?

— Le désir l'a emporté.

Après les vantardises de Ouensou, la modestie d'Ani était rafraîchissante.

— Quelle a dû être ta déception, lorsque tu as appris que Minnakht n'était jamais revenu !

— Tu ne peux l'imaginer. Mais marchons un peu plus vite, si tu veux. Je me sens mieux à présent.

Comme s'il n'avait pas dévié du sujet, il reprit :

— J'avais passé des mois à me convaincre que j'en étais capable, puis à convaincre mon intendant que c'était de notre intérêt. Et puis, en atteignant Keneh, j'apprends que celui qui me pressait de venir a disparu !

— Tu as entendu la rumeur selon laquelle il aurait trouvé de l'or ?

— Je n'ai pas l'habitude d'ajouter foi à tout ce que j'entends, lieutenant, mais quand j'ai ouï cette histoire, mon sang s'est glacé dans mes veines.

— Tu as craint pour sa vie ?

— Je travaille dans un atelier bien fourni en pierres et en métaux précieux. Même moi, je ne suis pas indifférent à leur valeur. Je sais d'expérience que le cœur des hommes est vite enflammé par les rêves de richesse.

Bak comprenait. Fondée ou non, la rumeur mettait la vie de Minnakht en danger.

— Ouensou et toi avez-vous abordé Ouser ensemble, ou chacun de votre côté ?

— Nous étions dans une maison de plaisir, ne sachant que faire. Nous avons entendu quelqu'un parler de lui, dire qu'il fallait être fou pour aller dans le désert alors qu'on ne savait ce qui était arrivé à Minnakht, et bien imprudent pour voyager avec un seul nomade – comme Minnakht. Ouensou demanda où l'on pouvait trouver Ouser, et je m'enquis de son apparence. Nous comprîmes, alors, que nous cherchions la même chose : un homme digne de confiance pour nous emmener dans le désert.

Bak se rappela Senna disant qu'Ouser n'était pas d'une droiture à toute épreuve.

— Vous êtes-vous renseignés sur sa réputation ?

— Plusieurs personnes – marchands, âniers, vendeurs de bétail – nous ont assurés de son honnêteté et de sa parfaite connaissance du désert.

Ani scruta Bak, les sourcils froncés.

— Aurais-tu entendu quelque chose qui le discrédite, lieutenant ?

Bak secoua la tête. Il ne voyait aucune raison d'inquiéter le joaillier. Ouser était peut-être un homme dont il fallait se méfier, comme le croyait Senna. Ou alors, Senna était peut-être aussi malhonnête que le croyait Ouser. Tous deux pouvaient avoir raison – ou tort. Quant à Ani, il n'était qu'un enfant dans cette contrée rude. Chaque pas serait pour lui une torture. Bak aurait volontiers parié une jarre du meilleur vin du nord qu'il était aussi innocent qu'il le paraissait.

— Je vais te répéter ce que j'ai déjà dit à Ouensou. Si tu veux renoncer à cette aventure et regagner Kemet, il n'est pas trop tard. Keneh est à deux jours de marche. Tu peux continuer avec nous jusqu'au puits, passer là-bas la nuit et t'en retourner demain.

— Non, non, non, lieutenant. J'y suis, j'y reste !

Le visage d'Ani exprimait la même obstination que celui de Ouensou.

La caravane avait fait halte. Laissant l'artisan avec le groupe d'Ouser, Bak courut en avant afin de connaître la cause de cet arrêt. La chaleur du soleil, concentrée entre les parois, était écrasante. Ce n'était pas l'endroit idéal pour se reposer.

Il trouva, presque à la tête du convoi, Minmosé qui tenait le licou d'une ânesse noire massive dont Rona explorait un sabot avant à l'aide d'une pince en bronze.

— Elle boite, lieutenant, expliqua Psouro en le voyant.

— Ah ! Voilà ! dit Rona.

L'âne tressaillit, essaya de s'écarter. Le Medjai serra plus fort et extirpa un caillou. Il reposa le sabot, Minmosé lâcha le licou et l'animal secoua la tête en renâclant.

Ils n'étaient pas plus tôt repartis qu'ils virent Nebrê et Kaha approcher par une entaille rocheuse. Leur tunique était maculée de sueur et de poussière. Chacun portait à l'épaule un arc et un carquois ; Kaha avait en plus une outre en peau de chèvre.

— Vous vous êtes absentés longtemps, constata Bak, les accueillant avec un sourire.

Nebrê tendit ses armes à Minmosé.

— Il y a beaucoup à voir et tout se ressemble.

— C'est vraiment une terre stérile, ajouta Kaha. Je ne sais pas où les nomades trouvent de la nourriture pour eux et leurs troupeaux.

— Avez-vous vu des traces de la famille qui campait ? demanda Bak.

— Non, aucune, répondit Nebrê, faisant passer sa tunique par-dessus sa tête afin de la secouer. On dirait qu'elle a quitté l'oued.

Kaha s'écarta du nuage de poussière provoqué par son ami.

— Par deux fois nous avons aperçu un homme sur une colline. Comme nous, il était armé d'un arc. Il observait cette caravane.

— Au début, nous l'avons pris pour un berger qui traversait la région, ou pour un chasseur d'ibex ou de gazelle. Lorsqu'il a reparu, nous sommes allés à l'endroit où il se tenait la première fois.

— Là, nous avons découvert l'empreinte d'une semelle, dit Kaha. La même que sur la colline, au nord de Keneh.

5

Le soleil frappait avec la férocité d'un lion blessé. De brèves rafales de vent soulevaient une poussière impalpable. La terre autour d'eux miroitait sous la chaleur, et les crêtes, au loin, disparaissaient dans une brume jaunâtre. Bak et les autres buvaient souvent, mais l'eau tiède des outres n'étanchait jamais leur soif.

Les ânes avançaient d'un pas laborieux, balayant les mouches de leur queue. Bak marcha quelque temps auprès de Psouro et lui relata ses récentes conversations. Il parlait à voix basse afin que leur guide n'entende pas.

— Senna n'a pas pu tuer l'inconnu du puits. Nous n'étions pas encore arrivés lorsque le crime a été commis. Mais jusqu'à ce que nous soyons certains de pouvoir nous fier à lui, je préfère que ce qui a trait à notre enquête reste entre nous.

— Tout le monde ignore encore que nous sommes policiers.

— Vu les circonstances, je m'en félicite ! Souvent, les gens restent sur la réserve face à la police. Ils se livrent plus volontiers à des militaires. Nous n'éclairerons personne sur ce point, du moins pour l'instant.

Alors que les parois de l'oued se faisaient plus hautes à travers les collines, Bak remonta la caravane, qui s'était largement espacée. Les ânes, somnolents, semblaient suivre chacun par instinct celui qui le précédait. Il les grattait entre les oreilles en les dépassant, reconnaissant de l'aide qu'ils apportaient à l'homme, de leur patience dans les situations les plus éprouvantes.

À mi-chemin, il s'arrêta pour parler avec Amonmosé, qui, comme Senna, tâtait le sol à l'aide d'un long bâton devant lui et l'âne chargé de jarres qui avançait à son côté. Hormis ses pommettes rouges et sa tunique trempée, il ne semblait pas plus incommodé par la chaleur que les autres, renforçant la conviction de Bak que son apparente corpulence cachait une imposante musculature.

— Tu parais en forme malgré cette chaleur, lieutenant, dit-il, comme renvoyant à Bak ses propres pensées.

— Toutefois, je préfère les champs verdoyants et la brise du nord sur le fleuve, avoua Bak en souriant.

Amonmosé gloussa.

— Et moi, j'ai dans l'idée que je trouverai la piste du sud préférable à celle-ci.

— D'après Senna, nous arriverons au prochain puits vers midi. Ensuite, nous aurons en perspective deux jours sans eau, puis une autre source et deux ou trois autres jours à sec.

— Ouser nous a annoncé la même chose.

Amonmosé passa sa langue sur ses lèvres, pour les humecter ou peut-être parce qu'il s'inquiétait du voyage.

— Il a dit, aussi, que la nature deviendrait chaque jour plus rude.

— Dans ces conditions, pourquoi ne pas rebrousser chemin ? Il n'est pas trop tard.

Ses paroles manquaient de conviction ; Amonmosé n'abandonnerait pas une tâche qu'il s'était fixée. Surtout celle-là.

— Minnakht assurait que ce chemin est plus direct, et il savait ce qu'il disait. Je resterai jusqu'au bout.

— Les caravanes royales passent depuis des générations par la route du sud, souligna Bak.

— C'est ce que ma femme s'est évertuée à me répéter, dit Amonmosé d'un ton aigre.

Si elle n'avait pu l'en dissuader, il faudrait au moins un cataclysme pour le faire reculer.

— Quand as-tu fait la connaissance de Minnakht ?

— Quelques jours avant qu'il n'entreprenne ce dernier voyage, répondit Amonmosé, tirant un linge de sa ceinture afin de se tamponner le visage. C'était à Ouaset, dans une maison de plaisir près du front de l'eau. Mon plus jeune fils passe trop de temps là-bas, à boire, à parier, à coucher avec les femmes. Tu sais comment est un jeune, à quatorze ans. Irresponsable. Il ne pense qu'à se divertir. Non que j'aie quoi que ce soit contre les femmes, précisa-t-il avec un sourire soudain. Mais il faut en toute chose de la modération.

— Est-ce toi qui as abordé Minnakht ?

— Je cherchais mon fils ; à la place, j'ai trouvé un explorateur. Les filles l'écoutaient, captivées, et, je dois l'admettre, moi aussi. Il connaissait le désert mieux que je ne le pourrai jamais. Je lui ai offert une bière et nous avons discuté. Il avait entendu parler de mon campement et avait même songé une ou deux fois à longer la côte sur un de mes bateaux, afin d'abréger son voyage. Chaque fois, le désert lui faisait signe, si bien qu'il n'a jamais profité de la générosité de mes hommes.

— A-t-il dit qu'il cherchait de l'or ?

Amonmosé éclata de rire.

— N'est-ce pas le rêve de tout explorateur ?

Bak rit lui aussi. Hormis une mission comme la sienne, qu'est-ce qui pouvait attirer un homme dans cette contrée désolée, sinon l'espoir de s'enrichir ou d'attirer l'attention royale ?

— Il aurait voulu découvrir de l'or ou des pierres précieuses, confirma Amonmosé. Mais il avait avant tout le goût de l'aventure. Et du savoir.

— Avant d'installer ton campement de pêcheurs, comment faisais-tu vivre ta famille ?

— J'étais, et je reste, marchand. J'ai débuté tout jeune. Mon père pêchait au filet, dans la Grande Verte. Je troquais ses poissons, frais ou séchés, dans les fermes des environs, contre les produits de la terre, fruits ou légumes. Ceux-ci, je les échangeais ensuite dans les villages contre des outils, des objets pratiques ou des bibelots, que je proposais alors dans les riches domaines. En retour, j'obtenais des chèvres, des moutons, du bétail… J'ai parcouru tout Kemet, de la mer jusqu'à Ouaouat. À la fin, nous sommes devenus assez prospères.

— Nous ?

— Mes trois frères et moi. Et nos familles. À présent, ma femme voudrait que je reste à la maison tel un propriétaire terrien. Quel cauchemar ! Les nobles me regarderaient de haut ; les petites gens, qui ploient sous le labeur comme moi autrefois, me croiraient bouffi de vanité. Non merci ! Qu'elle joue les grandes dames si elle veut, mais cette vie-là n'est pas pour moi.

Bak aimait bien Amonmosé. Comme lui, le marchand ne pouvait imaginer une existence oisive. Était-il capable de tuer un homme ? Assurément. Il ne manquait ni de détermination ni de la force nécessaire, et il était assez agile pour se faufiler sans bruit au milieu d'une brigade de lanciers endormis. Mais Bak préférait ne pas envisager cette hypothèse.

Amonmosé écarta le bas de sa tunique de son ventre et s'efforça de s'éventer.

— Tu ne m'en veux pas, j'espère, d'avoir insisté afin que tu te joignes à notre caravane.

— Voyager ensemble paraissait tomber sous le sens.

— Surtout quand un meurtrier rôde dans les parages.

Bak l'observa avec intérêt.

— Tu n'as pas l'air du genre à t'alarmer facilement.

— Non. Mais je suis prudent. Pourquoi deux groupes, alors que nous prenons la même route ? Non seulement nous sommes plus en sécurité ainsi, mais nous bénéficions de ton expérience tout en goûtant le plaisir de ta compagnie, dit-il, satisfait d'être parvenu à ses fins.

— Ouser ne nous croit pas expérimentés.

— Il vous sous-estime. Vous êtes rompus au combat. Certes, vous ne connaissez pas ce désert, mais les autres n'ont plus de secrets pour vous.

Il prononça ces mots avec tant de certitude que Bak fut pris d'un soupçon.

— Jusqu'où as-tu voyagé au juste, à Ouaouat ?

— La forteresse de Koubban. Pas plus loin, et rien qu'une fois. On peut faire fortune, à Ouaouat, mais cela requiert du temps et de la patience. Ce temps-là, je préférais le passer à Kemet, à commercer avec des gens que je connais depuis des années. Néanmoins, ajouta-t-il, soudain grave, j'ai entendu parler là-bas d'un certain lieutenant Bak, chef de la police de Bouhen et commandant d'une compagnie medjai. On le disait intègre et bon. Il était respecté par tous ceux qui obéissent à Maât, et craint par les autres. Il ne manquait jamais de capturer le criminel qu'il recherchait.

Bak étouffa un juron. À coup sûr, les dieux conspiraient contre lui ! Quelles étaient les chances de tomber sur quelqu'un qui le connaissait – même de réputation –

dans cette région à peine habitée ? Il sourit malgré lui de cette incroyable coïncidence.

— Je suis venu ici afin de retrouver Minnakht. Voilà tout.

— Tu peux compter sur ma discrétion.

Bak hocha la tête, acceptant cette promesse – et priant pour qu'elle soit tenue.

— Hier, tu as fait allusion à une autre disparition dans ce désert.

— Oui, c'est ce que m'a dit un marchand de Keneh.

— A-t-il fourni des détails ?

— Comme Minnakht, il s'agissait d'un jeune explorateur. Je ne crois pas avoir entendu son nom mais, d'après le marchand, il connaissait bien la région.

— Il était venu seul ?

— Non, évidemment. Il a dit à plusieurs personnes qu'il avait rendez-vous avec un guide aux abords du désert. Un nomade, a-t-on supposé. Mais personne ne l'a jamais vu. Le jeune homme s'est mis en route un matin en direction du nord. Qui était le guide ? Se sont-ils retrouvés, en définitive ? À ce jour, ces questions demeurent sans réponse. Une énigme à élucider.

Ils atteignirent le point d'eau à la mi-journée et s'arrêtèrent à l'ombre étroite des parois escarpées. Le puits était entouré d'un mur de pierre sèche, qui tiendrait jusqu'à la prochaine pluie.

Tout en supervisant l'organisation de son camp, Bak remarqua que Nebenkemet aidait les âniers à décharger les bêtes d'Ouser. L'ombre était trop chiche pour la partager avec les animaux, qui restaient donc au soleil, dociles, tandis que les hommes les soulageaient de leur fardeau. Malgré la barrière du langage, le charpentier semblait communiquer assez bien avec les nomades grâce à des gestes faciles à comprendre. Choisissait-il leur compagnie parce qu'il se sentait mal à l'aise avec des gens de plus haute condition, ou simplement parce qu'il préférait s'occuper ?

Bak descendit l'oued. À son approche, Nebenkemet marmonna un bonjour et poursuivit sa tâche. Rendus muets par l'arrivée de l'officier, les âniers continuèrent de s'activer en l'observant d'un œil prudent.

— C'est bien de te rendre utile, lui dit Bak.

Nebenkemet concentrait toute son attention sur la jarre qu'il ôtait du dos de l'âne. La portant sans peine, puisqu'elle était vide, il la posa près de celle qui avait été accrochée de l'autre côté du bât.

— Je n'ai rien de mieux à faire.

— Ani et Ouensou non plus, pourtant ils n'aident pas.

— Ces deux-là ! répliqua le charpentier avec un rire dur. Ouensou ne lève pas le petit doigt s'il peut l'éviter, et Ani ne saurait comment s'y prendre.

— As-tu remarqué les cicatrices sur ses mains ? Il ne les a pas eues en passant ses journées dans l'oisiveté.

— Oui, j'ai vu, admit le charpentier en enlevant le bât et le coussin au-dessous.

Une pointe de mépris perçait dans sa voix.

— Tu ne crois pas qu'un artisan qui fabrique de beaux bijoux puisse travailler aussi dur et aussi longtemps que toi ?

Nebenkemet ne daigna pas répondre. Le regardant masser les épaules de l'âne, Bak se demanda comment un homme aussi renfermé s'adapterait à un groupe de pêcheurs, dans un campement isolé au bord de la mer orientale. Étaient-ils des hommes bavards, qu'il agacerait par son silence, ou d'un naturel peu loquace, auquel cas son mutisme serait le bienvenu ?

— Où as-tu été formé à ton métier, Nebenkemet ?

Le charpentier fixa Bak sans mot dire, comme s'il répugnait à évoquer le passé, puis lâcha :

— Sur un chantier naval, à Mennoufer.

Un travail difficile, dans un milieu rude. Néanmoins, Bak doutait que la construction de navires pût expliquer le réseau de cicatrices sur ses mains et ses avant-bras. Et celles qui sillonnaient l'arrière de ses jambes ressemblaient à des traces de fouet. Peut-être avait-il désobéi à un contremaître intransigeant, ou bien il devenait agressif sous l'emprise de la bière et se trouvait mêlé à de nombreuses rixes.

Nebenkemet libéra le baudet, qui trotta vers le puits où un ânier tirait de l'eau et la versait dans une auge, enterrée dans le sable afin que les bêtes assoiffées ne la renversent pas. Bak attrapa le licou d'un âne encore chargé et l'attira vers lui. Pendant que le charpentier détachait l'une des jarres, Bak faisait de même de l'autre côté. Leurs regards se croisèrent par-dessus le dos de l'animal. Nebenkemet détourna rapidement le sien, comme s'il craignait que Bak déchiffre ses pensées.

« Si seulement je le pouvais ! » regretta le lieutenant.

— Où trouveras-tu les matériaux de construction que tu utiliseras au campement ? demanda-t-il, pensant qu'une question moins personnelle pourrait ouvrir une brèche dans ses défenses. Il paraît que les arbres sont rares, sur la côte.

— Amonmosé me fournira tout ce dont j'aurai besoin pour le bateau. Quant aux cabanes, je les bâtirai en pierre.

Bak jeta un coup d'œil vers l'oued jonché de rocaille et remarqua :

— Ce n'est pas ce qui manque dans le coin !

Un demi-sourire fragile passa sur les traits de Nebenkemet, mais pas plus qu'auparavant il ne chercha à alimenter la conversation.

— Penses-tu que ce travail te retiendra longtemps ?

L'autre haussa les épaules avec indifférence. Cette attitude commençait à agacer Bak. Il aurait pu mettre un peu plus de bonne volonté dans leur échange ! Autant s'adresser à un mur.

— As-tu déjà rencontré Minnakht ? Lui as-tu parlé ?

Au lieu de répondre par la négative comme le lieutenant s'y attendait, Nebenkemet précisa :

— C'est Amonmosé qui parlait. Moi, je regardais et j'écoutais.

— Tu travaillais déjà pour lui ? demanda Bak, surpris.

— Son épouse voulait un autel dans son jardin. Je le lui ai construit.

C'était logique. Amonmosé avait demandé au charpentier, qui jouissait de sa confiance et était doté, de surcroît, d'une carrure impressionnante, de l'accompagner au port pour y chercher son fils.

— Quelle impression as-tu eue de Minnakht ?

— Les rêves comptaient bien plus, pour lui, que la réalité.

Intrigué qu'un homme fruste eût discerné dans la personnalité de Minnakht une facette qui avait échappé à Amonmosé malgré son expérience du monde, Bak ne dissimula pas sa curiosité.

— En quoi comptaient-ils plus ?

— Il parlait de ce désert comme si l'avenir de Kemet était ici. Comme si le meilleur s'y trouvait, pour peu qu'on se donne la peine de chercher. Son enthousiasme ne connaissait pas de limite.

Nebenkemet regarda le paysage autour d'eux avec une grimace méprisante.

— Il avait peut-être raison de penser qu'on peut trouver de l'or, ici. Ce qu'il ne s'est jamais demandé, c'est à quel prix.

Dans ce long monologue, Bak percevait des sentiments intenses et indéfinissables.

— Ouser aussi espère trouver un filon.

— Il parle avec plus de prudence que Minnakht. Il voit mieux le monde tel qu'il est en vérité.

— Qu'est-ce qui est arrivé à Minnakht, à ton avis ?

Nebenkemet esquissa un sourire.

— Les pierres ne manquent pas dans le coin, ni les pentes abruptes qu'un rocher pourrait dévaler.

Bak ne parvenait pas à le sonder. Certes, il n'aurait eu aucune peine à tuer, mais l'aurait-il fait ? Dans quelles circonstances ? Leur conversation, décevante au possible, n'avait rien entamé de son mystère.

Bak s'était allongé sous un surplomb rocheux, cherchant un peu de repos. Ses hommes, endormis tout près, avaient planté des lances dans le sol, entre lesquelles ils avaient tendu des nattes pour se protéger du vent brûlant ; mais l'air étouffant et le tumulte de ses pensées l'empêchaient même de somnoler.

Ses conversations de la matinée lui donnaient beaucoup à réfléchir. Il en avait assez appris sur ses compagnons pour se convaincre que leur décision de se hasarder sur cette terre inconnue allait à l'encontre de leur nature, sauf pour Ouser, l'explorateur. Il en déduisait que Minnakht devait être très persuasif, plein de fougue lorsqu'il décrivait ses aventures. Seul Nebenkemet le sceptique ne s'était pas laissé séduire.

Peu d'hommes avaient la faculté d'entraîner les autres dans leur sillage. Qu'avait pu dire Minnakht ? Avait-il adapté son récit selon les aspirations de chacun ? Ou les charmait-il toujours par la même histoire, faisant jurer le secret à ceux qui l'écoutaient ?

On n'aurait pu rassembler un groupe plus disparate pour ce voyage qui s'annonçait ardu et périlleux. Qui aurait la force de continuer en dépit des difficultés ? Qui flancherait, qui aurait besoin d'aide ? Les bêtes ne pouvaient transporter qu'une quantité limitée de vivres ; les points d'eau seraient parfois distants de trois jours… Que feraient-ils, si l'un d'eux était grièvement blessé ?

Trouveraient-ils quelqu'un qui veuille bien leur porter secours ? Et les nomades, où étaient-ils donc passés ? Nebrê et Kaha avaient découvert, autour du puits, des traces récentes, signe que quelques personnes avaient campé à l'ombre. Une petite flaque, au fond de l'auge, indiquait qu'on avait abreuvé les bêtes peu avant leur arrivée. Pourquoi avaient-ils repris la route en pleine chaleur ? Vers quelle destination ? Le nomade que Nebrê et Kaha avaient aperçu dans la matinée les avait-il avertis qu'une caravane approchait ? Même ainsi, leur départ semblait incompréhensible. Comme sur la frontière sud, les peuples du désert aimaient bavarder, autant avec des étrangers qu'avec leurs connaissances.

Ses pensées revinrent alors à son enquête : Minnakht était-il encore en vie ? Comment avait-il pu disparaître sans que nul ne sache ce qu'il était devenu ? Quel lien cette affaire avait-elle avec le mort du puits, et avec l'explorateur disparu près d'un an plus tôt ?

Bak fut réveillé par le bruit de la pluie, des gouttelettes heurtant la terre autour de son abri. Il ouvrit les yeux et les referma aussitôt, aveuglé par le soleil. Le soleil ? Il se redressa brusquement, manquant se cogner la tête. À nouveau, un crépitement. De petits cailloux criblant la terre. Les paroles de Nebenkemet lui revinrent soudain : « Les pierres ne manquent pas dans le coin, ni les pentes abruptes qu'un rocher pourrait dévaler. »

À toute vitesse, il sortit de l'ombre et cria :

— Éloignez-vous ! Écartez-vous de la colline !

Les Medjai, accoutumés à réagir sans poser de question, obéirent en un clin d'œil. Bak, tout en courant, scrutait l'escarpement de roches grises et érodées. Il crut apercevoir quelque chose au sommet, puis plus rien, comme si cela n'avait jamais existé.

Ouser, habitué au danger, avait été aussi prompt que les Medjai, Nebenkemet presque autant. Les autres se mettaient debout, à moitié endormis. Le charpentier leva les yeux vers l'abrupt, puis les abaissa sur l'officier, se rappelant de toute évidence ses propres mots si peu de temps auparavant.

— Que s'est-il passé ? demanda Ouser en se hâtant de rejoindre Bak autour duquel les Medjai se rassemblaient.

Après une explication succincte, Bak chargea Nebrê et Kaha de trouver un chemin d'accès au sommet.

— Je m'inquiète peut-être sans raison, toutefois, un meurtre a déjà été commis. Ne laissons rien au hasard.

D'un air sombre, Ouser hocha la tête.

— Contrairement à Minnakht, je n'aime pas les nomades, néanmoins je reconnais qu'ils ne tuent jamais sans une raison. Celle-ci n'est pas toujours légitime, à nos yeux, mais elle l'est pour eux. Une querelle d'honneur, une rivalité entre tribus… Rien qui s'applique à des nouveaux venus, comme tes Medjai et toi.

— Peut-être est-ce toi qui t'es fait un ennemi parmi eux ?

L'explorateur se rembrunit.

— Je ne crois pas qu'un nomade ait confondu ce voyageur avec moi, lieutenant.

Regrettant ses paroles irréfléchies, Bak s'empressa de se faire pardonner. Une dispute avec Ouser, voire avec l'un des autres, rendrait leur situation cent fois plus dangereuse. Tapant l'explorateur sur l'épaule, il sourit.

— C'était une possibilité, rien de plus. Je suis soldat, toujours sur la brèche. Il se peut qu'un animal ait fait tomber ces pierres. Nebrê et Kaha nous apprendront bientôt de quoi il retourne.

— Il y avait bien un homme là-haut.

Nebrê s'agenouilla près du modeste feu que Minmosé alimentait à l'aide de brindilles desséchées. Il l'avait installé sur le lit de l'oued, à bonne distance des collines. Les braises rougeoyantes apportaient une note de couleur réconfortante sous la froide clarté lunaire.

— L'homme à la sandale usée, celui dont Kaha a trouvé l'empreinte au nord de Keneh.

— Nous l'avons suivi plus d'une heure, raconta Kaha en posant son arc et ses flèches près de ceux de Nebrê avant de s'asseoir à côté de lui. Il devait craindre d'être suivi, car il avait enfilé quelque chose sur ses pieds pour brouiller les traces – de la peau de mouton, je parie. Comme en plus il marchait sur les rochers dès qu'il le pouvait, nous l'avons perdu.

Pendant que Minmosé émiettait un quignon de pain dans la marmite d'oignons et de lentilles afin d'étoffer le plat qui allait circuler, Nebrê conservait une expression maussade au souvenir de leurs difficultés.

— Amon seul sait combien de temps nous avons tourné en rond, à essayer de le retrouver. Nous avons dû renoncer pour ne pas passer la nuit dans un lieu inconnu.

L'effluve des oignons mijotés à petit feu rappela à Bak combien il avait faim.

— Qui peut-il bien être, je me le demande… Et pourquoi nous épie-t-il ?

Nebrê haussa les épaules. Kaha et les autres ne firent pas de commentaire.

— Pourrait-il avoir commis le meurtre sans laisser aucun signe de son passage ?

— Tout est possible, mais je ne vois pas comment, répondit Nebrê.

Plus loin dans l'oued brillait le petit feu autour duquel on distinguait le groupe d'Ouser. Eux aussi avaient jugé préférable de camper loin des parois. L'obscurité s'était vite installée. Le vent était tombé. La plupart des ânes, leur faim et leur soif apaisées, s'étaient couchés et se reposaient dans la fraîcheur nocturne.

Bak scruta ses Medjai, s'assurant qu'ils lui accordaient leur attention tout entière.

— Dorénavant, vous monterez la garde chaque nuit à tour de rôle, et deux d'entre vous partiront en reconnaissance chaque jour de marche. Je sais que Nebrê et Kaha sont les meilleurs, mais vous devrez vous partager cette tâche. Les journées sont trop chaudes, le relief trop escarpé pour que les deux mêmes assument toujours ce fardeau. Et si vous voyez celui qui nous épie, ajouta-t-il d'un ton résolu, donnez-lui la chasse seulement sur une courte distance.

— Chef… ! protesta Kaha.

Bak leva la main, lui imposant silence.

— Je sais que vous avez l'expérience du désert. Vous ne vous perdriez pas, toutefois je ne veux pas que vous tombiez dans un guet-apens, ni que vous soyez blessés, loin de tout secours.

— C'est comme mener une chèvre au puits et l'empêcher de boire, maugréa Nebrê.

— Avec de la chance et la faveur des dieux, avant la fin de ce voyage, nous trouverons un moyen d'attirer le guetteur dans notre propre piège.

6

Ils quittèrent le puits avant l'aube, traversèrent une faille et pénétrèrent dans un nouvel oued, beaucoup plus large. Orientée vers le nord, cette piste les entraînait dans un monde totalement différent de celui des deux jours passés. Les falaises de calcaire gris reculaient dans le lointain, remplacées par du grès brun-jaune. Des dunes dorées envahissaient les versants, parfois hautes au point de s'écouler de l'autre côté. Des rocs et des pierres de toutes tailles parsemaient le sable grossier, projetant leur ombre sous le soleil levant.

L'opinion de Nebenkemet au sujet de Minnakht revenait sans trêve à l'esprit de Bak. Ani, Ouensou et même Amonmosé avaient décrit un être qui charmait par son enthousiasme et par sa verve, emplissant les cœurs les plus sages de rêves d'aventure, de richesse et de gloire. Même Ouser, bien que jaloux de son rival, pensait qu'il aimait la vie qu'il menait, la terre qu'il foulait et les nomades de ce désert.

Bak avait connu des gens de tous milieux que leur sens de l'observation, leur finesse de jugement plaçaient au-dessus de leurs semblables. Nebenkemet pouvait-il être du nombre ? Ou, comme Ouser, nourrissait-il au fond de lui une certaine jalousie – une rancœur envers un homme jouissant de la fortune et de la chance que la vie lui avait refusées ?

— Regarde, lieutenant ! dit Ani, ramassant une poignée de sable et la triant pour révéler des grains roses, blancs et beiges. Du feldspath et du quartz de cette montagne, là-bas.

Il tendit le doigt vers le nord-est, où des pitons déchiquetés s'élançaient dans le ciel turquoise, leurs cimes perçant les nuages. Les dominant tous, une montagne rouge, vertigineuse, captait les reflets du levant sur ses pics innombrables. Située à plusieurs jours de marche, elle marquait la ligne de partage des eaux, à partir de laquelle les rivières temporaires s'écoulaient vers l'est et non plus vers l'ouest.

— De simples fragments rocheux, mais quelle beauté, n'est-ce pas ? Surtout lorsqu'on songe au chemin qu'ils ont parcouru.

Bak s'en voulait de jouer les rabat-joie, cependant il craignait pour la sécurité du joaillier.

— Leurs couleurs ressemblent beaucoup à celles d'une vipère, Ani. Il faut prendre garde : les serpents s'enfouissent près de la surface et ils attaquent à une vitesse fulgurante s'ils se sentent menacés.

Pour sa part, il avait depuis longtemps échangé son bâton de commandement contre une lance afin de sonder le sol devant lui.

— Ouser me l'a dit, mais j'avais oublié.

Sans plus insister, sachant que c'eût été vain, Bak entreprit de le questionner :

— Cet homme que nous avons trouvé mort, au premier puits… Aurait-on pu le prendre pour Minnakht, par erreur ? Se ressemblaient-ils si peu que ce soit ?

— Je ne le pense pas, dit Ani, qui jeta les grains colorés et s'essuya les mains sur son pagne. Le défunt avait à peu près le même âge, mais il était de taille et de carrure moyennes. Il n'avait rien de remarquable, pour autant que je me rappelle… Navré, lieutenant. Je n'avais encore jamais vu un homme assassiné dans son sommeil. J'étais bouleversé.

— Peux-tu décrire Minnakht ?

Un sourire éclaira le visage d'Ani.

— C'est assez facile. Il était grand, bien plus que la victime. Il avait des cheveux foncés, épais et un peu bouclés, des yeux noirs pleins de vivacité et des traits expressifs, débordant de vie et d'entrain.

« Combien de centaines de jeunes gens correspondraient à cette description ? » se demanda Bak.

— Portait-il un bijou qui sorte de l'ordinaire, ou une amulette particulière ?

Voilà une question à laquelle le joaillicr serait capable de répondre en détail !

— Je ne l'ai vu que cette seule fois, à Ouaset, lui rappela cependant Ani. Il portait un plastron trop raffiné pour le désert et des bracelets superbes aux poignets et aux bras. Il avait au cou une chaîne en bronze. Pourquoi du bronze, et non de l'or ? Je me souviens de m'être posé la question. Je n'ai pu voir ce qui y était accroché, car elle disparaissait sous le plastron.

Bak aurait donné sa meilleure paire de sandales pour savoir ce qu'il y avait au bout de cette chaîne.

— A-t-il un peu parlé de lui, ou pas du tout ?

— Il n'aimait pas aborder les sujets personnels. Pourtant…

Ani s'interrompit, réticent à répéter ce qu'un autre lui avait dit, sinon en confidence, du moins d'homme à homme.

— Je suppose que, vu qu'il a disparu depuis longtemps…

— Tout ce que tu peux m'apprendre est susceptible de m'aider. L'information la plus futile me sera peut-être très précieuse.

Ani se pencha pour ramasser une autre poignée de sable… et s'accorder le temps de réfléchir. Sans se préoccuper du risque de déranger une vipère.

— Vois-tu, lieutenant, il voulait être sûr que je n'abandonnerais personne derrière moi. Je lui ai expliqué que je vivais seul, mon épouse étant partie pour l'au-delà six mois plus tôt, après vingt ans d'union. Mes enfants ont fondé leur propre foyer. Quant à mon superviseur, le joaillier en chef du palais, tous ses vœux m'accompagneraient dans ce voyage – et il prierait pour que je revienne avec beaucoup de belles pierres rares.

Ani laissa s'écouler le sable à travers ses doigts.

— Alors, Minnakht me parla d'une jeune femme qu'il avait aimée et perdue. Elle avait promis d'être sienne à jamais. Il était parti dans le désert, certain qu'elle l'attendrait et continuerait à l'attendre pendant chacune de ses expéditions. À son retour, il la trouva mariée. À un jeune noble, qui lui avait donné une maison élégante et resterait toujours à ses côtés. Six ou sept ans avaient passé depuis, mais il ne m'a pas caché qu'il en souffrait encore.

Bak se demanda si ces confidences étaient tout à fait innocentes. Ou étaient-elles calculées pour parachever la conquête du joaillier ? Ani avait parlé à Minnakht de son épouse disparue ; l'explorateur avait montré qu'il connaissait une autre sorte de deuil. Ainsi, un lien de nature personnelle s'était tissé entre l'homme vieillissant et son cadet.

L'oued s'étrécit de moitié. Les murailles de grès jaune s'élevèrent plus haut vers le ciel d'un bleu intense. Bak obliqua vers la gauche de la caravane.

La description d'Ani, bien que sommaire, éliminait la possibilité que l'inconnu du puits ait été assassiné à la place de l'explorateur. Il s'agissait de deux événements distincts – cependant, Bak était certain qu'ils étaient liés.

L'absence, sur le défunt, de tout objet permettant de l'identifier n'était pas inhabituelle, mais pas moins contrariante pour autant. Ses effets personnels et ses vêtements étaient d'assez bonne qualité. Son équipement ressemblait à celui que Bak et ses Medjai avaient emporté dans le désert. Ses poignets épais, ses bras musclés suggéraient qu'il était archer dans l'armée ou, simplement, amateur de tir à l'arc. Rien de remarquable en somme, excepté la chaîne et le pendentif en or, tous deux de superbes pièces d'orfèvrerie.

Repoussant ces pensées stériles, Bak traversa l'étendue de sable où se réverbérait la lumière du soleil, et il gravit un affleurement rocheux qui s'élevait peu à peu. De cette éminence, il scruta l'oued qui s'étendait à perte de vue, puis les sommets. Il crut apercevoir une silhouette, mais la lumière l'aveuglait. Kaha et Minmosé avaient quitté la caravane sitôt qu'ils avaient levé le camp. Cette silhouette pouvait être l'un d'eux.

Ouser s'approcha d'un pas énergique et monta près de lui.

— Eh bien, lieutenant ! Tu t'es tenu à l'écart le plus clair de la matinée.

— Je pensais au défunt que nous avons envoyé à Kemet, et je me demandais qui il était.

— Je prie pour que quelqu'un le reconnaisse. Quant à moi, je ne voudrais pas finir dans une sépulture anonyme.

Ils gardèrent le silence, assombris par cette idée. En perdant son nom, un mort était voué à l'oubli, privé de toute existence dans l'au-delà.

— Je songeais aussi à Minnakht, ajouta Bak. En définitive, je ne sais rien de son aspect physique.

Ouser eut un sourire inattendu.

— N'aie crainte, lieutenant ! Si tu tombes sur lui, nous le reconnaîtrons tous.

Bak éclata de rire.

— Goûtes-tu ma compagnie au point de souhaiter désormais que je reste ?

— Jusqu'à présent, tu n'as rien exigé de moi, de mes âniers ou de mes bêtes. En fait, nuança Ouser avec gravité, tu as donné plus que tu n'as pris. Je n'ai personne à envoyer en reconnaissance et je commence à penser que cela nous fait grandement défaut.

— Parce que les nomades désertent les puits avant notre arrivée ? Ou parce qu'on nous épie ?

— Je n'ai jamais vu ces gens se montrer aussi farouches, et je ne me l'explique pas. D'habitude, ils viennent bavarder, prendre des nouvelles des autres nomades et se procurer des choses difficiles à trouver dans ce coin isolé. Chaque fois, j'apporte du drap, des perles, du miel, des aiguilles et d'autres petits objets dont ils ressentent le besoin ou le désir. Ils les attendent, alors pourquoi aucun d'eux n'a-t-il encore approché pour voir ma marchandise ?

— Pourraient-ils te croire responsable de la disparition de Minnakht ?

— Je ne vois pas pourquoi. Je ne suis pas venu par ici depuis son départ de Keneh.

Ouser suivit des yeux les hommes et les bêtes formant une ligne irrégulière dans le lit écrasé par le soleil. Son regard remonta jusqu'à Senna, qui allait en tête.

— Je pense plutôt qu'ils se méfient de ton guide.

« Mais le tiennent-ils pour directement responsable, ou jugent-ils qu'il a failli à son devoir ? » s'interrogea le policier, qui préféra éluder.

— À quoi Minnakht ressemblait-il ?

Ouser rit, comme s'il devinait ses doutes.

— Il ressemblait un peu au défunt, mais peut-être pas tout à fait aussi grand. Il était brun, avec des cheveux raides et des yeux foncés, et sa peau était cuivrée par le soleil.

« Intéressant, pensa Bak. Ani, de petite taille, estime que Minnakht était grand. Ouser est élancé, donc il trouve l'explorateur petit. Pour l'un, ses cheveux étaient bouclés, l'autre dit qu'ils étaient raides. La vérité doit résider quelque part entre les deux. »

Après avoir observé les sommets pour s'assurer que tout était normal, il descendit la pente. Ouser régla son pas sur le sien.

— Il avait une façon de marcher qui me paraissait prétentieuse, mais ce devait être une fausse impression. Je sais que son père est militaire ; je suppose que Minnakht tenait ça de lui. On aurait dit qu'il paradait. Le menton relevé, de longues enjambées et le dos aussi droit que ta lance. Cela lui donnait un air de suprême assurance. D'invincibilité.

— Portait-il un bijou qu'il n'enlevait jamais, même lors de ses expéditions ?

Ouser haussa les épaules.

— Je me souviens d'une chaîne avec une sorte de pendentif. Ce que c'était exactement, je n'y ai pas prêté attention.

— Désolé, lieutenant, mais deviner la taille des gens n'est pas mon fort.

Amonmosé avançait entre Bak et un âne, la démarche souple, son balancement d'épaules rappelant le marin qu'il avait été dans sa jeunesse.

— Je juge un homme à ses actes. S'il est travailleur et honnête, il est grand à mes yeux. S'il est indolent et sournois, il me paraît petit.

Bak ne put s'empêcher de sourire d'un regard si simpliste sur les autres.

— Et Minnakht, le voyais-tu grand ou petit ?

— Hum ! dit pensivement Amonmosé. Intéressant. Je le croyais grand, mais je me rappelle que nos yeux se trouvaient à la même hauteur lorsque nous étions debout.

— Que te rappelles-tu d'autre ?

— Il était beau et bien bâti. Qu'y a-t-il de plus à dire ?

Bak regarda le marchand. Une fois de plus, il s'émerveilla qu'un homme aussi corpulent pût marcher au soleil des heures durant sans se ressentir de la chaleur. Dommage que son sens de l'observation ne fût pas à la mesure de son endurance !

— D'après ce que tu m'as dit hier, l'homme qui a disparu il y a dix mois était un étranger dans cette partie du pays.

— C'est ce que j'ai supposé, nuança Amonmosé, qui réfléchit, les sourcils froncés. Sinon, ceux qui en parlaient auraient manifesté plus de chaleur ou d'hostilité, plus de compassion envers lui. Une certaine émotion à la nouvelle qu'il n'était pas revenu.

— Connaissait-il Minnakht, à ton avis ?

— À peine une demi-douzaine d'hommes explorent ce désert chaque année, lieutenant. Entre la piste sud, qui part de Ouaset, et celle du nord, qui relie Mennoufer à la mer orientale, s'étend un territoire immense. Ils pourraient ne jamais s'être croisés, mais en tout cas, ils auront entendu parler l'un de l'autre.

Bak se retourna vers l'arrière de la caravane, dans l'idée de demander à Ouser s'il avait connu le disparu. L'explorateur s'était arrêté sur le côté pour surveiller un ânier qui replaçait le chargement sur le dos de son animal, dont le fardeau avait glissé. Il faudrait attendre un moment plus propice.

Environ une heure avant midi, ils s'arrêtèrent au pied d'une falaise. L'oued ne faisait plus que le quart de sa largeur originale. S'étant assuré que son petit groupe allait bien, Bak s'apprêta à interroger Ouensou, qui saurait peut-être mieux décrire Minnakht que les autres. Cependant, ayant vu l'explorateur tel un héros, son jugement risquait d'être tout aussi biaisé par ses sentiments.

Ouensou avait déroulé sa natte à l'endroit le plus confortable, un large pan d'ombre où aucun rocher n'était tombé. Pendant que Nebenkemet et Amonmosé aidaient à décharger et qu'Ani examinait le sol à la recherche de pierres intéressantes, il s'était entouré de toutes ses possessions, gâchant une ombre précieuse qui aurait mieux profité aux hommes et aux animaux.

— J'ai à te parler, Ouensou, déclara Bak, posant l'outre du jeune homme au soleil afin de s'asseoir à sa place.

Par inadvertance, il avait fait couler du sable sur la jambe de Ouensou, qui s'épousseta d'un air excédé et remit l'outre à l'ombre, au sommet d'un panier de vêtements et d'articles de toilette.

— Je n'ai pas l'habitude de me lever aussi tôt ni de marcher autant. Je suis épuisé et j'ai besoin de me reposer.

Sans se laisser impressionner ni marquer de compassion, Bak insista :

— Je n'ai jamais eu la chance de rencontrer Minnakht. Pourrais-tu me le décrire ?

Ouensou parut déchiré entre l'envie de se montrer désagréable et celle de parler de son héros. L'admiration l'emporta.

— C'est un homme remarquable, qui mène une vie aventureuse et exaltante. Un brave, qui chaque jour affronte le danger pour que notre souveraine et les dames de notre royaume puissent se parer comme il sied à leur noble rang.

Le père de Ouensou s'était-il élevé dans la hiérarchie des scribes en débitant ce genre de platitudes à ses supérieurs ?

— J'ai besoin d'une description de Minnakht, non d'un discours élogieux.

Si Ouensou perçut de l'ironie dans cette réflexion, il ne le montra pas. Son front plissé et son léger froncement de sourcils amenèrent Bak à douter qu'il se rappelât vraiment celui qu'il prétendait tant admirer.

— Il est très grand et large d'épaules, aussi bien fait qu'une statue du défunt époux de notre reine, l'Osiris Aakheperenrê Touthmosis[1]. Il a des cheveux bruns coupés court, des yeux perçants aussi noirs que la nuit et le hâle que donne la vie au grand air.

— Que portait-il, la dernière fois que tu l'as vu ?

— Un pagne court en lin. Un très beau plastron en perles et des bracelets. Une chaîne en or ornée de pendentifs représentant l'ibex, la gazelle et le faucon. Mais, ajouta-t-il d'un air hautain, tu ne le trouveras pas ainsi vêtu par ici, lieutenant.

Bak en convenait. Ouensou venait de décrire la tenue élégante d'un jeune homme de bonne famille à Ouaset. La chaîne pouvait-elle être celle en bronze remarquée par Ani, l'œil moins exercé du jeune admirateur transformant en or le métal plus vil ?

— T'a-t-il fait des confidences ?

— Il m'a relaté quelques-uns de ses nombreux exploits, dont l'ascension de la montagne rouge, la plus haute du désert oriental. Ce jour-là, il a été pris dans un orage et…

— T'a-t-il livré des pensées plus intimes ? coupa Bak. A-t-il évoqué ses rêves, ses peurs, ses échecs ?

1. Touthmosis II. *(N.d.T.)*

— Des échecs ? Des peurs ? répéta Ouensou, stupéfait à cette idée incongrue. Il n'échoue jamais et ne craint rien.

Bak implora Amon de lui donner de la patience. Dans son admiration aveugle, le jeune homme ne pouvait considérer Minnakht tel un homme ordinaire.

— Hormis ce goût pour l'aventure, a-t-il expliqué pourquoi il passe tellement de temps dans le désert, et si peu chez lui, dans la capitale ?

— Son père est commandant à la garnison de Ouaset, répondit Ouensou, méprisant. Un tyran, qui destine Minnakht à la carrière militaire. Au lieu de soutenir son fils, il lui vante sans cesse les mérites de l'armée.

« Intéressant, pensa Bak. Inebny a tout d'un père aimant, fier de son fils et de ses voyages dans le désert. Minnakht avait-il vraiment la conviction qu'il le désapprouvait ? Ou s'est-il créé une image séduisante pour Ouensou, que son propre père pousse vers un métier qu'il exècre ? À moins, peut-être, que Ouensou ait entendu ce qu'il voulait entendre… »

À mesure que la course du soleil progressait vers l'occident, l'ombre s'allongeait, abritant aussi les animaux. Une petite brise souffla dans l'oued, sans procurer beaucoup de soulagement. Tout le monde dormit excepté Nebrê et Rona, qui prirent chacun un tour de garde. Quand Bak releva Rona en milieu d'après-midi, le Medjai rapporta que tout était tranquille. Une ou deux fois, il avait cru entendre un léger éboulement, mais il n'avait rien vu en haut de la falaise.

Assis, seul, dans l'ombre maigre d'un acacia, Bak repassa dans sa tête les informations incohérentes, parfois contradictoires qu'il possédait sur Minnakht. Il tenta de les combiner pour se représenter l'homme par la pensée. Une dizaine de portraits défilèrent sans qu'aucun lui parût fidèle à la réalité.

La halte se prolongea. Un âne avait marché sur un caillou dans la matinée. Au bout de quelques heures, la pierre enfoncée dans son sabot avait commencé à le gêner. Lorsqu'on commença à le charger, il se mit à boiter. Les efforts de l'ânier pour déloger la pierre ne réussirent qu'à lui faire mal et à le rendre irascible. Ouser finit par ordonner à l'homme de s'écarter. Il s'approcha de l'animal et le soigna d'une main douce, avec une patience inattendue.

Pendant ce temps, Bak se tourmentait pour Kaha et Minmosé. On n'avait pas eu de leurs nouvelles depuis le point du jour. Comme pour justifier ses craintes, il vit plus d'une fois Nebrê et Rona scruter les sommets, le front assombri par l'inquiétude.

Il ne restait à Rê qu'une heure avant d'atteindre l'horizon et la caravane s'ébranlait quand les deux Medjai apparurent plus loin dans l'oued. Au lieu de venir à leur rencontre comme ils en avaient l'habitude, ils s'assirent pour attendre dans le premier pan d'ombre qu'ils trouvèrent. Ce geste montrait mieux que des mots à quel point ils étaient exténués.

Bak s'empara d'une outre et se dépêcha de les rejoindre, devançant le convoi. Ils voulurent se lever à son approche, mais il leur fit signe de rester tranquilles. Il tendit l'eau à Kaha, qui but avec avidité. Comme il s'en doutait, leur outre était vide.

— Qu'est-ce qui vous a retenus ?

Kaha s'essuya la bouche d'un revers de main et passa l'eau à Minmosé.

— Nous avons découvert une multitude d'empreintes, en amont. Nous avons passé la journée à les suivre.

— Des empreintes récentes ?

— Très distinctes, en tout cas. Je dirais qu'elles dataient d'un jour, deux au plus.

— Combien étaient ces gens ?

— Une vingtaine, répondit Minmosé. Peut-être davantage.

L'expression de Kaha s'assombrit.

— Rien que des hommes, ni femmes ni enfants.

Bak jura entre ses dents.

— Des guerriers ?

— Il semble bien.

— Des nomades ?

Minmosé acquiesça.

— La plupart avaient les pieds nus. Quelques-uns portaient de vieilles sandales usées.

— Le guetteur était-il parmi eux ?

— Non, chef, répondit Kaha. J'ai cherché, mais je n'ai pas trouvé sa trace.

— Notre caravane est petite, réfléchit Bak. Quinze hommes au total, dont seulement six armés et formés au combat. Pourquoi ne nous ont-ils pas attendus ?

— Ils ont pu croire que nous étions plus nombreux et aller chercher du renfort, suggéra Minmosé.

Kaha rompit le silence qui suivit cette sinistre supposition.

— Nous pensions découvrir leur camp, mais après l'oued ils se sont dispersés, en général vers le nord-est. Conformément à tes ordres de ne pas trop nous éloigner, nous n'avons suivi aucune piste plus d'une heure. Chaque fois, nous revenions à l'oued en relever une nouvelle. À cause de toutes ces allées et venues, nous n'avons pu suivre que cinq hommes.

— Pas étonnant que vous soyez épuisés !

— Une chose est sûre : aucun d'entre eux n'est resté derrière.

Bak, pensant aux éboulements mentionnés par Rona, n'en était pas aussi certain.

L'oued n'était plus qu'un mince défilé. Les pâles reflets du couchant s'effacèrent, remplacés par le clair de lune dans un magnifique ciel étoilé. Bak, qui marchait en tête avec Senna, avait la sensation de remonter une rivière argentée, entre de hauts murs de grès dont les stries offraient toutes les nuances du gris. Les pierres semblaient des îlots et les ondulations du sable, une houle minuscule figée à jamais.

Malgré cette beauté magique, Bak avait hâte d'arriver dans une partie plus sûre de l'oued, car il redoutait le pire.

— Cette nuit, dit-il au guide, nous devrons camper sur un terrain dégagé, où des sentinelles pourront repérer de loin l'approche éventuelle d'intrus et où aucune pierre ne nous tombera dessus. Combien de temps faut-il marcher avant de trouver un tel lieu ?

Un peu plus tôt, il avait informé ses Medjai, Ouser et les guides nomades de ce qu'avaient vu Kaha et Minmosé. Depuis, Senna avait réfléchi à la situation.

— Environ une demi-heure. Après une longue courbe, l'oued s'élargira jusqu'à une ligne d'arbres. Nous dormirons là-bas, et…

Il fut interrompu par un roulement fracassant. Un énorme rocher tomba devant eux dans un nuage de poussière et d'éclats de pierre. D'autres suivirent, dévalant la falaise dans un bruit de tonnerre. Bak saisit Senna par le bras et l'entraîna de l'autre côté. Le premier âne, à faible distance derrière eux, lança un braiment terrorisé et essaya d'échapper à Minmosé, qui menait le train de baudets. Le coup de fouet que le Medjai lui donna à l'épaule l'effraya plus encore.

Poussant Senna en avant, Bak s'empara du licou et cria à Minmosé de frapper sur le flanc. Lorsque la lanière claqua à nouveau, l'âne fila comme une flèche, tirant toute la cordée derrière lui. Rona empoigna la longe de la dernière bête et poussa un hurlement à glacer le sang pour qu'ils continuent d'avancer. En quelques instants, ils furent en sécurité.

Pendant ce temps, une pluie de rocs et de pierres s'abattait sur le reste de la caravane. Le guide et les âniers d'Ouser hurlaient sur les bêtes affolées par le bruit et la confusion, les tirant et les poussant vers le bord opposé de l'oued, loin du danger. Psouro, Nebrê et Kaha accoururent pour leur prêter main-forte.

Levant la tête, Bak distingua en haut de la falaise des hommes qui précipitaient les rochers dans le vide. À coup sûr, les nomades que Kaha et Minmosé avaient tenté de pister toute la journée. Ils avaient dû arriver un jour ou deux avant afin de repérer le meilleur point d'attaque. Ensuite, ils étaient partis, laissant derrière eux des traces distinctes pour abuser les Medjai, puis ils étaient revenus attendre la caravane par un chemin détourné. Étaient-ils tous là, ou nombre d'entre eux se préparaient-ils à les assaillir dans la courbe de l'oued ?

Redoutant une autre attaque depuis la falaise opposée, Bak cria à Rona et à Minmosé de contenir les ânes au milieu de l'oued. Senna vint à la rescousse. Bak pensa offrir son aide à Ouser, mais celui-ci contrôlait la situation ; pressé par les Medjai et par les nomades, son train d'ânes était déjà à bonne distance ; la pluie de pierres diminua peu à peu, puisqu'il ne restait en bas plus rien à détruire, et le silence revint.

— À moi ! Au secours !

Bak regarda autour de lui, craignant de découvrir un blessé, mais tous paraissaient indemnes. Rona, Minmosé et Senna s'étaient figés. Eux aussi avaient entendu l'appel.

— À moi !

Bak, suivi de près par Senna, courut en direction du cri, et ils arrivèrent devant une faille étroite, une ravine qui s'était formée dans la paroi nord. La lune éclairait le sol rocailleux et les poches de sable accumulé dans les anfractuosités. À mi-chemin, un homme courbé en deux semblait trop souffrir pour parvenir à se sauver.

— Je vais voir ce que je peux faire, décida Bak. Cours informer Psouro.

Pendant que Senna obéissait, Bak entreprit de monter vers le blessé. La pente était escarpée, et il fut ralenti dans sa course par des éboulis qu'il franchit avec difficulté. La lune, accrochée au-dessus, juste au milieu des parois raboteuses, éclairait la silhouette prostrée. Une vague pensée lui vint qu'il pouvait s'agir de Minnakht, mais en s'approchant il se rendit compte que c'était un nomade. Il s'agenouilla près de lui.

C'est alors qu'il reçut un coup violent à la tête et qu'il perdit toute conscience de ce qui l'entourait.

7

Bak entendait des voix, des hommes parlant bas dans une langue qu'il ne connaissait pas. Il ouvrit les yeux, mais il ne put rien voir. Sa tête palpitait au-dcssus de son oreille gauche. Il ne conservait aucun souvenir, ne pouvait imaginer où il se trouvait ni comment il était arrivé là, à plat ventre sur un lit de sable tiède, la joue droite contre le sol. Le monde alentour était noir et il avait en face de lui un mur de pierre. Ses mains étaient retenues derrière son dos, les poignets entravés.

Il s'efforça de rouler sur le flanc. Une voix brusque – lançant un ordre ou une réprimande – perça les murmures. Quelqu'un s'approcha dans un bruissement, puis une main robuste sur son épaule le maintint à terre. Il tenta de se débattre. Un coup violent l'arrêta net en lui tirant un gémissement.

Comme paralysé, il attendit que la douleur s'estompe en se demandant comment il s'était fourré dans ce guêpier.

Des bribes de sa vie commencèrent à lui revenir. Le désert oriental. Il allait à la tête d'une caravane. Des blocs de pierre tombaient sur le lit asséché d'un cours d'eau. Des hommes, des ânes couraient se mettre à l'abri. Alors, les souvenirs affluèrent : un appel à l'aide, la course dans l'oued avec Senna, la silhouette dans la ravine. Bak maudit sa propre stupidité. Comment avait-il pu se laisser prendre au piège ?

Qu'était devenue la caravane ? Et ses Medjai ? Les autres membres du groupe ? Avaient-ils tous été massacrés ?

Était-ce ce qui était arrivé à Minnakht et à l'autre explorateur disparu ?

Un sifflement imposa le silence. Bak sentit la tension croître et dressa l'oreille. On aurait dit qu'ils se dissimulaient le temps que des gens passent. Ses Medjai, qui le cherchaient. Il pria avec ferveur que ce fût le cas – que ses hommes fussent sains et saufs – et tenta de crier. Une main calleuse lui écrasa la bouche. Un homme se plaqua sur ses cuisses, le clouant au sol.

Combien de temps restèrent-ils ainsi, immobiles et silencieux ? Il n'en avait aucune idée. Longtemps... assez pour que ses jambes s'ankylosent. Peu à peu la nervosité ambiante diminua ; enfin, la voix du chef donna un ordre calme, mais ferme. Les deux hommes qui avaient immobilisé Bak s'éloignèrent.

Il roula sur le côté sans que nul ne paraisse s'en soucier. Son champ de vision s'étant élargi, il se rendit compte qu'il était dans une sorte de grotte. Trois hommes étaient debout près de l'entrée, tournés vers le ciel étoilé. Des nomades.

Il y avait un âne dans le fond, retenu par un quatrième homme. Non, pas un âne, l'animal était trop grand. Un cheval, alors ? Non, pas dans ce désert. Un cheval n'aurait pas survécu dans cette chaleur sèche, avec un fourrage dont seules les bêtes les plus robustes pouvaient se contenter.

Il n'avait pas plus tôt rejeté cette possibilité que l'animal tourna la tête et remua ses longues oreilles. En d'autres circonstances, Bak aurait souri. Ce n'était ni un âne ni un cheval, et toutefois un peu des deux. Un mulet. Un animal que Bak connaissait mal, sans doute plus résistant qu'un cheval, mais guère mieux adapté à cette terre stérile. Qu'est-ce que ces nomades faisaient donc avec un mulet ?

Le chef aboya un ordre ; aussitôt les autres quittèrent leur poste d'observation pour rassembler les outres et les armes, préparant le départ. Les yeux posés sur Bak, le chef prit dans un ballot rapiécé une cruche en terre cuite et ôta le bouchon d'argile séchée maintenu par un carré de tissu. Il s'approcha, porta la cruche aux lèvres de son prisonnier et lui fit signe de boire. La soif rivalisant avec la méfiance, Bak se hasarda à une gorgée prudente. Il goûta une amertume inhabituelle et se dégagea. L'homme le saisit par les cheveux, tira en arrière son crâne douloureux et, pressant le bec de la cruche contre sa bouche, le força à boire.

Bak s'étrangla, mais en avala une grande partie. Le temps que les nomades soient prêts au départ, il se sentait si faible qu'il eut besoin d'aide pour s'asseoir. On le détacha et on le traîna vers le mulet. Les paupières lourdes, il succomba au sommeil.

Il s'éveilla à demi. Il allait à califourchon sur le mulet, les pieds ligotés sous son ventre, les bras liés autour de son cou. Sa monture, hors d'haleine, avançait d'un pas irrégulier et chaque cahot pilonnait le crâne de Bak, néanmoins, peut-être grâce au soporifique, la douleur n'était plus si aiguë ni si intense.

Le chef progressait rapidement devant, pendant qu'un homme conduisait l'animal et que deux autres fermaient la marche. Eux aussi étaient essoufflés. Le soleil déjà chaud tapait sur le dos de Bak. Confusément, il comprit qu'ils avaient voyagé toute la nuit afin de s'éloigner le plus possible du lieu de l'enlèvement.

L'homme qui tirait le mulet dit quelques mots au chef, qui exprima son désaccord d'une voix dure.

L'autre insista. Le chef demeura inflexible. L'homme passa la main sur l'encolure de la bête, puis la leva, couverte d'écume, pour montrer qu'une halte s'imposait. Derrière, ses compagnons l'approuvèrent. À contrecœur, le chef leur permit de s'arrêter et de prodiguer au mulet les soins nécessaires.

Pendant que l'un l'abreuvait, un autre le frictionna et le troisième massa ses pattes tremblantes. Le chef faisait les cent pas et regardait le soleil à intervalles réguliers, montrant par toute son attitude qu'ils devaient se dépêcher. Sans se laisser émouvoir par son impatience, ils s'affairaient autour du mulet, s'accordant du même coup un peu de repos.

Bien que trop engourdi pour songer à s'enfuir, Bak tenait à garder ses repères. Son obstination lui parut si dérisoire qu'il faillit en rire. Il était resté inconscient durant des heures. Il n'avait pas la moindre idée de la distance qu'ils avaient parcourue. Cependant, certains éléments du relief se distinguaient des autres et n'auraient pas changé.

La joue contre la crinière rêche, il se força à se concentrer. La piste étroite où ils se trouvaient suivait la courbe d'une colline escarpée parsemée de gros blocs de grès jaune. Autour d'eux s'étendait un paysage d'arêtes et de plateaux mêlant toutes les nuances de jaune, de beige et de brun. Bak aperçut de l'or pâle, loin en contrebas, et une touche de vert – le lit d'un oued et sa maigre végétation. Ils progressaient sur les hauteurs.

Vers la droite, au-delà d'une chaîne gris foncé, il repéra le pic rouge de la veille. Remerciant les dieux pour l'existence même de cette montagne, il examina le profil déchiqueté. Le sommet paraissait plus proche et se présentait sous un angle différent, cependant il donna au lieutenant un aperçu de l'endroit où il était. Ils voyageaient dans une direction parallèle à celle de la caravane.

L'un des hommes remarqua que Bak avait les yeux ouverts. Il glissa quelques mots au chef, qui tira la cruche. Il agrippa Bak par les cheveux et l'obligea à tourner la tête, indifférent à la souffrance qu'il infligeait, puis il lui fit ingurgiter le liquide. Le prisonnier s'endormit avant même qu'ils ne repartent.

Bak se réveilla à l'ombre d'une falaise dont la face noire se dressait dans un ciel d'un blanc bleuté. Une légère brise apaisait son corps en sueur. Le silence était absolu.

Non sans peine, il se redressa et s'assit. Il passa la langue sur ses lèvres parcheminées, avide d'eau claire et fraîche, et se rendit compte qu'il était affamé.

Il se sentait faible et la tête lourde, pourtant il était plus lucide que depuis… Depuis combien de temps se trouvait-il aux mains des nomades ? Une nuit et un jour. Peut-être davantage. Plusieurs jours avaient pu s'écouler sans qu'il en ait conscience.

Hormis un lézard, il ne voyait pas signe de vie autour de lui. Il était seul dans l'oued, et si le petit reptile n'avait pas peur de se montrer, c'est qu'il l'était depuis un bon moment. Ses ravisseurs avaient-ils décidé de le laisser mourir ici ? Serait-il le prochain à disparaître ?

Son bon sens lui disait que non. Ils s'étaient donné trop de mal pour le transporter à travers un territoire qui semblait façonné par Seth lui-même : des oueds encaissés, de hautes plaines arides, des pistes étroites au sommet d'escarpements si abrupts que les nomades avaient eu peine à avancer, et que le mulet était tombé, une fois, sur l'arrière-train.

Oui, ils s'étaient donné une peine considérable pour le conduire jusqu'à cet endroit. Pourquoi, alors, l'avaient-ils abandonné ? Il devait se libérer coûte que coûte.

Il venait de repérer une pierre noire aiguisée quand des voix résonnèrent. Dans l'ombre, un peu plus loin, un nomade se leva au milieu d'un amas de rochers. Il était là depuis le début.

Six hommes inconnus de Bak l'entraînèrent en haut d'une élévation de terrain, d'où il vit un soleil orange glisser derrière l'horizon brumeux. Ils descendirent dans un oued où poussaient quelques acacias ; là, des nomades étaient assis autour d'un petit feu. À faible distance, la lumière crépusculaire se reflétait sur la surface de l'eau qui emplissait une dépression, au centre du lit asséché. Le mulet et six ânes se tenaient au bord, broutant des pousses de verdure.

Un homme quitta le camp et vint à leur rencontre. Le cœur de Bak s'accéléra quand il reconnut le chef de ses ravisseurs. L'homme dégaina la dague à sa ceinture et, s'approchant de lui, lança un ordre péremptoire. Quelqu'un força Bak à se retourner pour présenter son dos à l'arme. Il sentait déjà le métal s'enfoncer dans sa chair.

Un autre saisit ses mains et les tira en arrière. La lame trancha la lanière de cuir qui retenait ses poignets. Riant de la peur de Bak, le chef lui fit signe de le suivre et regagna le campement.

Un nomade se leva à leur approche, long et dégingandé comme un adolescent, mais ses muscles noueux donnaient une impression de force et d'énergie.

— Ah, te voilà ! lança-t-il, examinant Bak avec curiosité. On dirait que le voyage ne t'a pas trop mal réussi.

— Tu parles la langue de Kemet ? s'étonna le policier.

— Dans ma jeunesse, j'ai passé trois ans dans ton armée, comme guide et pisteur. Je possède un certain don pour les langues.

Un fort arôme de viande rôtie attira le regard de Bak vers le feu, où la carcasse d'un jeune agneau avait été attachée à un bâton au-dessus des charbons ardents. Il n'avait pas souvenir d'avoir jamais eu aussi faim.

— Qu'avez-vous fait à mes hommes ? Qu'est-il arrivé à la caravane ?

L'homme prononça quelques mots dans sa propre langue. Un minuscule vieillard, qui s'occupait du repas, tendit à Bak un bol en métal martelé rempli d'eau. Il but une gorgée, circonspect. Le goût était agréable, exempt de l'amertume du soporifique. Il avala une nouvelle gorgée, veillant à ne pas boire trop vite. Il se détendit suffisamment pour regarder autour de lui et compta vingt-deux hommes, plus un jeune garçon. Les mêmes, à coup sûr, qui avaient laissé les empreintes découvertes par Kaha et Minmosé.

— Les autres, les avez-vous faits prisonniers ? insista-t-il, refusant de croire qu'il ne restait rien de la caravane, excepté quelques ânes.

Le nomade dégingandé, qui paraissait avoir trente ans, s'assit jambes croisées devant le feu et fit signe au prisonnier de venir près de lui.

— Qui es-tu ?

Bak comprit qu'il n'obtiendrait pas de réponse avant d'en fournir lui-même quelques-unes.

— Le lieutenant Bak. Et toi ?

— Mon nom ne signifierait rien pour toi. L'explorateur Minnakht m'appelait Nefertoum.

Nefertoum, dieu des premiers âges associé à l'astre du jour – un nom approprié pour un habitant de cette terre brûlée par le soleil.

— Tu connaissais Minnakht ?

— Tu parles de lui comme s'il n'appartenait plus au monde des vivants, remarqua le nomade, les yeux plissés.

Bak vit qu'il avait commis une maladresse.

— C'est toi qui as employé le passé. J'ai suivi ton exemple.

Nefertoum réfléchit. Un bref hochement de tête marqua qu'il admettait l'argument.

— Le connais-tu ?

— Je ne l'ai jamais rencontré, mais j'ai beaucoup entendu parler de lui.

— Et de l'or qu'il cherche, je suppose ! ajouta le nomade en durcissant le ton.

Redoublant de prudence devant cette colère subite teintée d'amertume, Bak répondit :

— On raconte qu'il cherche de l'or, en effet. On parle aussi de gemmes et de minerais précieux. Mais personne n'a la preuve qu'il en ait trouvé.

Le vieillard plongea une écuelle dans un récipient d'huile et la versa lentement sur la viande. Des gouttes tombèrent dans le feu, qui crépita et fuma. Bak huma l'arôme, l'estomac tordu par la faim.

Nefertoum se pencha vers lui, le regard hostile.

— Qu'es-tu venu faire dans ce désert, lieutenant ?

Bak ne sut que répondre. Si cet homme était un ami de Minnakht, la vérité ne pouvait que le servir. Mais s'il dirigeait une bande de pillards qui avaient attaqué la caravane, mus par l'appât du gain, s'ils étaient responsables de la disparition de Minnakht et d'on ne savait combien d'autres, mieux valait mentir. Cherchant à gagner du temps, il contre-attaqua :

— Connais-tu bien Minnakht ?

— Tu te prétends officier. Tes hommes et toi êtes armés comme des soldats. Je répète : qu'es-tu venu faire dans ce désert ?

Espérant prendre la bonne décision, Bak admit :

— Oui, nous sommes soldats. Le commandant Thouti, mon supérieur, connaît depuis des années le commandant Inebny, le père de Minnakht. Ils m'ont envoyé dans ce désert afin de le retrouver.

— Tu mens ! répliqua Nefertoum, le giflant avec violence.

À cette insulte, Bak se leva d'un bond et voulut saisir sa dague, mais la gaine était vide. Des nomades se jetèrent sur lui et le plaquèrent contre le sol.

— Lâchez-le ! ordonna Nefertoum d'un ton dédaigneux. Il ne peut nuire à personne. Il est aussi inoffensif qu'un chiot nouveau-né.

Bak repoussa les mains qui le retenaient, se redressa et riposta avec un rire méprisant :

— Sans tes hommes pour te protéger, Nefertoum, tu serais aussi impuissant que moi.

Un instant, il crut avoir dépassé les bornes. Nefertoum s'approcha de lui, les poings serrés. L'envie de tuer se lisait sur ses traits. Se contrôlant avec effort, il empoigna durement Bak par l'épaule et le jeta par terre.

— Assis, lieutenant Bak ! À présent, j'exige la vérité.

Il dominait Bak de toute sa taille. Son attitude, son expression, sa voix étaient calculées pour intimider.

— Je suis venu chercher Minnakht, s'obstina le policier.

— Tu es venu pour l'or, s'entêta le nomade.

— Puisque c'est ce que tu veux croire, vas-y ! Suis ta propre pensée aveuglément ! Repousse toute raison !

Bak s'arma de courage en prévision d'un autre coup. Accuser un homme fier et intelligent de préférer s'illusionner était un camouflet comparable à celui qu'il avait essuyé.

Le nomade le foudroya du regard, pourtant il hésitait comme si l'accusation avait porté.

— Les rumeurs abondent à Keneh. Pourquoi chercherais-tu Minnakht quand l'or t'appelle ?

— Mes actes sont dictés par les ordres de mon commandant, non par des fables.

Nefertoum croisa les bras sur sa poitrine. Au bout d'un long silence, il déclara :

— Admettons que tu sois sincère. Pourquoi, alors, voyages-tu avec ce misérable Senna et avec Ouser, qui vient ici depuis des années dans sa quête inlassable de richesses ?

— Senna ne voulait pas venir, mais à lui non plus le commandant Inebny n'a pas laissé le choix. Il tenait à ce que j'emprunte la même route que Minnakht lors de son dernier voyage, et Senna la connaissait. Il a bien fallu que j'accepte de lui faire confiance.

— Tu paries avec Seth, ironisa Nefertoum, secouant la tête d'un air de feinte commisération.

Il se laissa tomber par terre près de son prisonnier. Dans l'obscurité que seules trouaient les flammes du petit feu, Bak distinguait de façon sporadique les hommes de Nefertoum : tantôt un visage, tantôt une jambe, un bras ou une main. Une vision surgie de l'au-delà.

Au moins, il n'était plus hébété par le soporifique.

— Je t'ai répondu de mon mieux. Refuseras-tu de m'apprendre ce qu'est devenue la caravane ?

— Pourquoi ces gens sont-ils si importants à tes yeux, lieutenant ? Pourquoi te soucier de leur sort ?

— Mes Medjai relèvent de ma responsabilité et sont pour moi comme des frères. Quant à mes autres compagnons de voyage, il est naturel que je m'inquiète de leur sécurité.

— Bah !

Ce simple mot eut pour effet de mettre Bak en rage.

— Les as-tu tous massacrés sans chercher à savoir s'ils étaient innocents ou coupables ? Est-ce toi, aussi, qui as fait disparaître Minnakht ?

— Non, gronda le nomade entre ses dents.

— N'ai-je pas d'autre réponse à espérer que la mort ?

Nefertoum cracha littéralement :

— Mon père a été le guide de Minnakht pendant des années. Lui et moi sommes comme des frères.

Bak retint un cri et scruta le nomade. Aurait-il pu deviner ce lien ?

— Et puis ton père est mort, et Senna a pris sa place…

— Il n'est pas mort d'une cause naturelle. Il a été assassiné.

Bak aurait dû ressentir de la surprise, pourtant il n'en fut rien. Trop d'hommes déjà avaient péri ou disparu par ici.

— Raconte-moi.

— Il y a un an, il est revenu à notre campement dans la montagne, atteint d'un mal mystérieux, commença Nefertoum d'une voix tremblante de colère. Il était convaincu d'avoir été empoisonné, mais ignorait quand, comment ou par qui. Il n'a survécu que quelques jours. Minnakht savait que je n'étais pas libre de lui servir de guide, et mon frère non plus, aussi il a demandé à Senna de voyager avec lui.

— Ton père se connaissait-il des ennemis ?

— Non, et il ne comprenait pas pourquoi on souhaitait sa mort.

— Senna n'est pas de ce désert. Où Minnakht l'a-t-il trouvé ?

— Un ami le lui a recommandé.

Bak resta pensif.

— Pourquoi m'as-tu fait prisonnier, Nefertoum ? Tu as deviné que mes hommes et moi sommes soldats. N'as-tu pas vu que nous voyagions avec la caravane d'Ouser, mais en formant un groupe distinct ?

— Tu allais devant, ouvrant la marche, rappela Nefertoum avec une conviction inébranlable.

— Je préférais ne pas respirer de la poussière tout au long du voyage, répondit Bak avec un léger sourire.

Cela n'amusa pas Nefertoum.

— Tes hommes servaient de gardes et d'éclaireurs.

— Nous nous savions observés. Je craignais pour notre sécurité, se justifia Bak, qui reprit le bol et but à petites gorgées. Le guetteur a dû vous tenir bien informés de nos faits et gestes.

— Ceux de mon peuple qui voyagent avec leurs troupeaux me rapportaient tout. Je n'avais besoin de personne pour vous surveiller.

— Ah ? Mais alors, qui est-ce ? interrogea Bak.

— Je l'ignore. Mes gens m'ont signalé sa présence, mais ils ne le connaissent pas. Il se méfie. Il ne se laisse jamais approcher et nul n'a vu son visage.

Les deux hommes se regardèrent, aussi perplexes l'un que l'autre. N'espérant plus aucun éclaircissement de ce côté, Bak demanda :

— Pensais-tu, en m'enlevant, convaincre les autres de regagner Keneh ?

— Non, car Ouser n'est pas du genre à rebrousser chemin. Simplement, je croyais savoir pourquoi lui et ses compagnons venaient dans ce désert. Toi, tu m'étais inconnu. Je voulais découvrir qui tu étais et quel profit tu espérais tirer de cette expédition.

— La caravane a-t-elle fait demi-tour ?

Nefertoum hésita, sachant que le tenir dans l'ignorance était un moyen de pression, mais pour finir il répondit :

— Non. Dedou les guide, pendant que tes Medjai s'épuisent à te chercher.

— Nul n'a été blessé, après mon enlèvement ?

— Nuire aux hommes ou aux bêtes n'entrait pas dans nos intentions.

Bak loua Amon dans son cœur.

— Toutes ces empreintes, laissées par tes hommes la veille de l'attaque, étaient donc destinées à tromper mes Medjai quand ils tenteraient de suivre mes ravisseurs…

— Les nouvelles traces se perdaient parmi les anciennes, confirma le nomade. De plus, ils avaient enveloppé les sabots du mulet.

Le stratagème était simple ; Bak se promit d'y recourir si l'occasion s'en présentait.

— Et maintenant, que vas-tu faire de moi ?

— Jure que tu es venu pour retrouver Minnakht !

— Je le jure.

Nefertoum sonda Bak du regard dans un silence pesant.

— Tu ne le trouveras pas en restant avec la caravane sur le trajet qu'il a suivi. Nous avons retourné chaque pierre d'un puits à l'autre, d'une source à la suivante, et nous sommes revenus les mains vides. Il faut étendre les recherches.

— Cette terre est immense ! Il pourrait être n'importe où. Si ce désert m'était plus familier, je saurais mieux où chercher. Mais puisque vous n'avez pas réussi à le trouver…

Bak laissa sa phrase inachevée, le temps de se désaltérer à nouveau. Puis il reprit :

— Senna dit l'avoir vu pour la dernière fois de l'autre côté de la mer, dans le port qui dessert les mines. J'aimerais savoir si quelqu'un d'autre a remarqué ceux avec qui Minnakht a embarqué.

— Je n'ai jamais ajouté foi à cette histoire. Se pourrait-il qu'elle soit vraie ?

— C'est ce que je me demande.

Bak regarda le vieillard découper la viande. Il détestait l'idée de quémander, mais si grande était sa faim qu'il se sentait prêt, au besoin, à baiser les pieds de Nefertoum.

— Je présume qu'il a disparu près de la mer orientale, sur cette rive ou sur l'autre.

— Si c'est sur ce rivage, cela signifie qu'il n'est plus de ce monde. Or, cela, lieutenant, je ne suis pas prêt à l'accepter.

Le vieux approcha un panier rempli de pains ronds aplatis, puis appela les autres. Ils surgirent de l'obscurité. Nefertoum prit un pain, en offrit un à Bak, puis donna le reste à l'un de ses hommes, qui le fit passer à la ronde. Le vieillard piqua un morceau de viande qu'il déposa sur le pain de Nefertoum. Le nomade lui fit signe de donner le deuxième à Bak. Les autres, riant et plaisantant, pressèrent le vieil homme de les servir. Bak engloutit les premières bouchées, puis il mangea d'une manière plus posée. Il n'avait jamais rien goûté d'aussi bon.

Pendant le repas, Nefertoum le questionna sur sa carrière dans l'armée. Quand il apprit que Bak avait été en poste à Ouaouat, il montra un vif intérêt pour la vie sur la frontière sud et pour ses habitants. Ce fut seulement lorsqu'ils eurent fini et se furent nettoyé les mains dans le sable qu'il en revint à leur première conversation.

— Tu peux retourner à tes Medjai et à la caravane, lieutenant. Je désire que tu poursuives tes recherches de l'autre côté de la mer. Là-bas vit un peuple différent de nous. Nous le connaissons peu et n'y comptons aucun ami.

Bak réprima un sourire. Par fierté, le nomade sollicitait son aide de manière détournée.

— Tu enquêteras avec le zèle qui s'impose, ajouta Nefertoum. En cas de négligence ou d'échec, tu ne quitteras pas ce désert vivant.

Soulagé d'être relâché, mais blessé par cette menace, Bak se montra clair :

— Si le corps de Minnakht gît dans un endroit secret ou au fond de la mer, je vois mal comment je pourrais le retrouver. Sur quoi t'appuieras-tu pour affirmer, en toute bonne foi, que je n'ai pas déployé assez d'efforts ?

— Ce que tu auras appris, tu me le répéteras. Alors, il m'apppartiendra d'en juger.

Nefertoum dénoua une bourse en cuir souple passée dans sa ceinture et en fit tomber un fragment de quartz accroché à une lanière de cuir. L'intérieur de la pierre était moucheté d'or.

— Fais-moi parvenir ce pendentif quand tu sauras ce qu'il est advenu de Minnakht.

8

Bak commençait à penser qu'il souffrait d'hallucinations, et que les effets prolongés du soporifique faussaient sa perception.

Pour la troisième fois en moins d'une heure qu'il avait levé le camp, il avait cru apercevoir un mouvement dans les hauteurs. Lorsqu'il avait scruté le flanc de la colline sous la grise lumière de l'aube, il n'avait rien décelé d'anormal. Plus tard, alors qu'il aurait juré voir un homme courir dans les ombres profondes jetées par l'aurore, il avait attiré l'attention d'Amset, le petit nomade que Nefertoum avait envoyé avec lui pour le guider, mais l'enfant avait secoué la tête. Soit il ne remarquait rien, soit il ne comprenait pas ce que Bak s'efforçait de lui dire. Jusqu'à leur départ, le matin précédent, il ne connaissait pas un mot de la langue de Kemet.

— Pierre.

Amset toucha du bout de l'orteil une masse de granit à moitié ensablée. Les facettes noires luisaient d'un éclat argenté sous le soleil levant.

— Pierre, acquiesça Bak. Pierre.

Le jeune garçon, qui pouvait avoir une douzaine d'années, ramassa une poignée de sable et la tendit vers lui.

— Sable.

Nefertoum avait suggéré à Bak de l'appeler Amset, d'après le nom d'un des fils d'Horus ; il était intelligent, avide d'apprendre et montrait une immense fierté chaque fois qu'il saisissait un terme correctement, cependant Bak regrettait que le paysage ne soit pas plus varié afin d'étoffer son vocabulaire.

— Sable, approuva-t-il.

— Âne.

Amset passa son bras autour du cou du grison qui avançait entre eux, chargé du strict nécessaire pour qu'ils arrivent au puits suivant ; après quoi, laissant Bak, il rejoindrait le campement de sa mère, dans les montagnes. Nefertoum avait aussi fourni des lances et dcs boucliers, de peur qu'ils ne tombent sur une hyène ou un léopard.

— Oiseau !

D'un geste du bras, l'enfant traça le chemin de l'alouette qui passait au-dessus d'eux.

— Regarde ! dit Bak, montrant l'oued du doigt.

La veille, las de répéter le nom des objets qui les entouraient, il était passé aux verbes décrivant des actions. En souriant, Amset plaça sa main au-dessus de ses yeux et fixa avec une concentration exagérée la direction indiquée par son professeur.

Bak chercha un moyen de sortir de la routine établie la veille, puis il eut une nouvelle idée. Peut-être pouvait-il tourner l'ardeur de l'enfant à son avantage. Il tira une outre du bât.

— Marche ! dit-il.

Pendant qu'Amset, près de lui, mimait de longues enjambées, il déboucha la gourde. Avant qu'il ait pu lancer un deuxième ordre, le gamin cria : « Cours ! » et s'élança en avant. Il s'arrêta après une dizaine de pas et se tourna vers Bak, riant de plaisir et guettant son approbation. En même temps, Bak porta l'outre à ses lèvres sans quitter la colline des yeux. Il aurait été bien étonnant que le rire sonore et le comportement d'Amset n'attirent pas l'attention de celui qui les surveillait.

Il perçut un mouvement dans l'ombre d'une saillie rocheuse – la tête et les épaules d'un homme.

— Regarde ! lança-t-il, le doigt tendu.

Amset tourna les yeux dans cette direction. Son rire mourut dans sa gorge et la perplexité se peignit sur ses traits. L'homme se cacha derrière un rocher.

— Tu vois ? demanda Bak en montrant ses yeux, puis l'endroit où l'homme avait disparu.

Le garçon hocha la tête.

— Ami ?

Constatant qu'il ne comprenait pas, Bak s'accroupit et dessina deux bonshommes dans le sable, debout l'un près de l'autre, se tenant par les épaules.

— Amis, décrivit-il.

À côté, il dessina deux silhouettes écartées, l'une de face, la seconde la tête détournée.

— Étrangers.

Il représenta ensuite deux hommes face à face se menaçant de leur lance.

— Ennemis.

Il lui fallut encore mimer les trois situations, en prenant son élève un peu méfiant comme partenaire, pour que celui-ci finisse par comprendre. Bak désigna l'endroit où ils avaient entrevu l'homme.

— Ami ?

Amset secoua la tête avec véhémence.

— Étranger ? Ennemi ?

Le jeune garçon regarda les deux esquisses tour à tour, le doigt hésitant de l'une à l'autre.

Bak s'approcha de l'âne pour récupérer leurs armes.

Le lendemain, bien avant que le soleil ne paraisse au-dessus de la gorge où ils avaient passé la nuit,

Bak dit au revoir au jeune nomade, le cœur serré. Ils avaient repéré plusieurs fois l'homme qui les épiait au cours des dernières vingt-quatre heures, et il s'inquiétait pour l'adolescent. Il avait tenté de le convaincre de rester avec lui, en vain, en partie parce qu'ils ne pouvaient communiquer, mais surtout parce que Amset était résolu à continuer sa route. Nefertoum lui avait dit d'aller retrouver sa mère qui avait besoin de lui, et il n'agirait pas autrement.

Amset se prépara un petit paquet de nourriture, remplit une outre, puis il enlaça le cou de l'âne avec affection. L'animal ne pourrait marcher sur les chemins par lesquels il comptait échapper à l'homme qui les épiait. Il ramassa ses armes et, un sourire vaillant aux lèvres, tendit le doigt vers le nord en direction du pic de granit rouge que l'on ne pouvait voir de là où ils étaient. « Chez moi », dit-il.

Ils s'étreignirent l'épaule en un adieu silencieux, puis l'enfant gravit le chemin entre les falaises pour déboucher sur un large espace, où le ciel déjà clair révélait une succession de plans d'eau. Derrière le plus élevé, il escalada les degrés inégaux d'une cascade asséchée. Avait-il simplement voulu dire qu'il rentrait chez lui, ou qu'il connaissait mieux cette terre désolée qu'aucun étranger ? Bak n'en avait pas idée. Il pria pour que l'enfant eût raison. Ou, mieux encore, pour que l'intrus choisisse de rester.

Quand Amset disparut derrière une formation rocheuse, la solitude l'accabla. Il palpa la bourse de cuir accrochée à sa ceinture. Le pendentif à l'intérieur demeurait son seul et unique lien avec Nefertoum. Il lui avait fallu se fier au nomade, croire que l'enfant le mènerait jusqu'à un lieu sûr où il trouverait eau et nourriture. Maintenant qu'il était arrivé, il devait se convaincre que la caravane viendrait. Dans le cas contraire, une famille nomade y mènerait certainement boire son troupeau.

Il déposa ses vivres et son outre au creux des rochers, attacha l'âne et prit ses armes. Le nomade lui avait dit qu'un grand nombre de cailles venaient s'abreuver aux premières heures du jour, et il voulait voir ce spectacle. Abandonnant son petit camp, il sortit de la gorge et monta vers les bassins. Ce que Nefertoum avait appelé un puits lui semblait plutôt une source naturelle. De l'herbe verte, des joncs et des épineux poussaient autour des bassins du bas, tandis qu'en haut l'eau était contenue dans une simple fosse de sable.

Il escalada une faille, trouva un coin ombragé où l'on ne pourrait le surprendre par-derrière et il s'installa pour attendre. Peu après l'aurore, les oiseaux arrivèrent, d'abord des chardonnerets, multitude tourbillonnante de petits oiseaux gris au pépiement aigu. Ils filèrent telles des flèches dans un sens, puis dans l'autre, comme pour s'assurer qu'il n'y avait pas de danger, et enfin ils se posèrent autour du plan d'eau.

Puis vinrent les cailles, deux fois plus grosses que les premiers. Elles virèrent rapidement et décrivirent des cercles au-dessus des bassins comme les chardonnerets avant elles. Leur cri, aux oreilles de Bak, ressemblait à un triolet ponctué d'un soupir. Par petits groupes, elles se posèrent sur la colline pour lisser leur plumage, se confondant presque avec la couleur de la terre et des rochers. Après quelques instants, elles volèrent jusqu'au bassin, puis s'alignèrent autour. Une fois désaltéré, chaque groupe prenait son envol vers l'oued et le désert. Bak observait la scène, fasciné. Ce fut seulement quand les derniers oiseaux se furent envolés qu'il pensa à eux comme à une source de nourriture. S'il était forcé de rester là, il ne mourrait pas de faim.

Il alla chercher l'âne et le lâcha sur l'herbe fraîche. Gardant ses armes à portée de main, il se déshabilla et, à l'aide du bol en métal que Nefertoum lui avait donné, versa de l'eau sur son corps pour se débarrasser de la poussière. Il avait soin de se tenir à distance des bassins afin de ne pas les souiller. Cette eau, lui avait expliqué Nefertoum, attirait non seulement les animaux, mais les nomades de toute cette partie du désert. Elle était un don des dieux et devait être traitée comme telle.

Tout en lavant ses vêtements, il examina le terrain et repéra, vers l'entrée de la gorge, une crevasse ombragée où il pourrait se cacher toute la matinée. Revigoré par ses ablutions, il enfila son pagne lombaire, son pagne court et sa tunique humides, puis ramena l'âne dans le défilé où il l'attacha. Alors, à pas furtifs, il monta jusqu'à la crevasse, posa son outre près de lui et s'installa pour attendre. Avec de la chance, l'intrus céderait à la curiosité – ou à la crainte que son gibier lui ait échappé.

Le soleil montait. La chaleur rendait indolent. Des passereaux voletaient de buisson en buisson pour trouver leur subsistance. En observant leur quête déterminée, Bak commença à somnoler.

Brusquement, dans un concert de pépiements, les oiseaux s'envolèrent. Bak sursauta, tout à fait réveillé. Quelque chose les avait effrayés. À en juger par la progression du soleil, il était là depuis plus d'une heure. Assez pour que celui qui le surveillait se sente dévoré par la curiosité. Bak saisit sa lance et son bouclier, puis se leva en silence.

Une pierre roula sur sa droite, mais un éboulis limitait son champ de vision. Il ne pouvait distinguer que le bassin supérieur et un bout de la pente. Refrénant son impatience, il resta immobile, l'oreille tendue dans l'espoir de déterminer la position exacte de l'ennemi.

Il n'entendit rien. L'homme, si c'était lui, devait être un nomade pour se mouvoir sans le moindre bruit.

Le temps se mua en éternité. N'y tenant plus, Bak passa la tête hors de la crevasse. Un homme vêtu de hardes descendait en plaçant ses pieds avec précaution. Ses cheveux étaient longs et hirsutes. Il portait un arc, et un carquois rempli de flèches était accroché à son épaule gauche.

Il s'arrêta, tourna la tête… et croisa le regard de Bak. Celui-ci disparut dans sa cachette, mais trop tard. Des pierres rebondirent et des pieds glissèrent sur la pente sablonneuse, preuves supplémentaires qu'il était repéré.

Sa lance dans une main, son bouclier dans l'autre, il jaillit de son refuge, dévala la pente en provoquant un léger éboulement devant lui, et atterrit sur le lit de l'oued. Le nomade, posté près du premier bassin, banda son arc. Bak poussa le cri d'attaque à glacer le sang qu'il avait appris sur la frontière sud, et il chargea. La flèche fusa, trop haut et trop loin sur sa gauche.

Bak continua sur sa lancée. Il n'avait pas attendu plus d'une heure, tapi dans un trou, pour faire demi-tour et prendre ses jambes à son cou.

Le nomade décocha une nouvelle flèche, qui ne passa pas plus près que la précédente. Alors il tourna les talons et courut vers la cascade asséchée. Il escalada les gradins irréguliers telles de simples marches. Bak, qui ne connaissait pas le terrain, mit plus longtemps à arriver au sommet. Il ne savait ce qui avait mis son adversaire en fuite : le voir foncer sur lui tête baissée, le hurlement des tribus du sud ou, simplement, la peur de se faire prendre.

Au-dessus de la chute d'eau, l'oued s'élargissait et des montagnes basses et grises s'élevaient de tous côtés. Bak poursuivit le nomade, vite, trop vite. Il transpirait à grosses gouttes, s'essoufflait et commençait à ressentir une douleur au flanc, mais il savait que, s'il perdait le fugitif de vue dans ce royaume de Seth, il ne le retrouverait jamais. Pire encore, l'homme pourrait retourner vers la source par un raccourci et lui tendre un piège.

Il maintint la même allure tant qu'il le put, mais il finit par ralentir. Devant, le fuyard en avait fait autant. Il s'arrêta et leva son outre pour boire un peu. Bak aussi avait soif, cependant il avait oublié la sienne. Quand il s'en rendit compte, il maudit sa propre stupidité. Il savait qu'il aurait dû rebrousser chemin sur-le-champ, mais il s'obstina.

L'oued s'incurvait graduellement vers la gauche et se divisait en d'innombrables fossés, coupés, un peu plus loin, par l'embouchure de plusieurs oueds. Où qu'il portât les yeux, le paysage restait le même : des flots de sable doré parsemés de rochers, entre de petites montagnes grises au relief déchiqueté. Par chance, il eut la présence d'esprit d'observer ce qui l'entourait, et cela lui sauva la vie.

Le nomade s'engagea dans une faille oblique, entre deux pics. Bak le perdit de vue, toutefois ses empreintes étaient claires dans le sable. Quand il les suivit à l'intérieur de la faille, l'homme s'était arrêté et se retournait pour voir s'il l'avait semé. L'apercevant, il reprit sa course.

Bak ralentit, puis se mit à marcher. Il souleva un pan de sa tunique pour s'essuyer le visage et regarda autour de lui. Cette faille avait la même largeur que l'oued qu'il venait de quitter et les pics, de part et d'autre, paraissaient absolument identiques aux précédents. Cette similitude le troubla.

La bouche sèche, il se remit en chasse. Il distingua une intersection, où le nomade tournait à gauche non sans jeter un coup d'œil en arrière. Bak le suivit jusqu'à la fourche et s'arrêta. Au-delà, les montagnes ne différaient pas de celles qui l'entouraient, l'oued était semblable à la succession d'autres derrière lui.

La sagesse lui dicta de ne pas aller plus loin. Il était exténué et une douleur sourde, à l'arrière de son crâne, l'avertissait qu'il avait besoin d'eau. Se laisser entraîner plus avant dans ce dédale aurait été de la folie.

À contrecœur, il fit demi-tour et abandonna la poursuite.

— Vous n'imaginez pas quelle joie j'ai ressentie en vous voyant, dit Bak, souriant à Nebrê et à Kaha, qui l'avaient rejoint alors qu'il revenait péniblement au point d'eau. Jamais plus je n'oublierai mon outre !

— Il espérait que tu te perdrais et mourrais de soif ? interrogea Psouro.

Bak s'adossa contre la paroi du défilé, bien à l'ombre. Il avait eu son compte de soleil pour la journée.

— Sans doute, mais j'ignore si c'était son intention première. Il ne voyait peut-être pas d'autre moyen de m'échapper. En revanche, il était descendu pour me chercher. Il a dû voir partir Amset et il a voulu profiter de ce que j'étais seul.

— Tu es sûr que le gamin ne le connaissait pas ? demanda Nebrê.

— Je ne crois pas. Il n'aurait pas abandonné son âne s'il pensait pouvoir prendre les chemins habituels.

— Il vénère Nefertoum à l'image d'un dieu, as-tu dit. Si son chef lui avait ordonné de sacrifier l'âne, n'aurait-il pas obéi ?

— Tout ce que je sais, c'est qu'en découvrant qu'un homme nous épiait, il est devenu aussi méfiant que moi.

Bak buvait à petites gorgées dans son bol en métal, compensant l'eau qu'il avait perdue dans sa poursuite futile. Il se sentait mieux, mais s'en voulait encore de son imprévoyance.

— Qui est ce Nefertoum ? s'enquit Psouro.

— Un nomade dont le père, assassiné il y a un an, était le guide de Minnakht avant Senna. Il affirme que Minnakht et lui étaient comme des frères.

— Et tu l'as cru ?

— Il paraissait sincère.

— Au moins, il t'a envoyé ici ! approuva Kaha. Comparé aux puits par où nous sommes passés, cet endroit ombragé et ces bassins ressemblent au Champ des Roseaux !

Il faisait allusion au domaine d'Osiris, lieu d'abondance où les hommes espéraient vivre dans l'autre monde.

Comme lui, Bak, Psouro et Nebrê levèrent les yeux vers la source. Ouser supervisait les ablutions, veillant à ce que nul ne gaspille une goutte d'eau. Minmosé et Rona montaient la garde au sommet de la cascade, à l'ombre d'une avancée rocheuse.

Bak et ses compagnons étaient installés par terre, au milieu des cruches, des vivres et des armes. La caravane avait atteint la source peu après que Bak se fut lancé à la poursuite du nomade. Ils avaient trouvé l'âne attaché, la maigre portion de nourriture, l'outre abandonnée et les deux flèches. Leur première idée avait été que le propriétaire de l'âne avait disparu, comme Minnakht.

Puis Nebrê avait repéré l'empreinte d'une sandale près d'un bassin. À une petite indentation en forme de V au talon, il avait reconnu celle de Bak. Les Medjai en étaient restés pantois. Leur chef, qu'ils cherchaient depuis quatre jours, les avait attendus là avant de disparaître à nouveau – peut-être pas de son plein gré.

Pendant que Rona et Minmosé restaient avec Psouro pour s'occuper des bêtes et installer le campement, Nebrê et Kaha avaient entrepris de le trouver. Le sable était trop meuble pour conserver des empreintes distinctes, mais, peu à peu, ils avaient acquis la conviction de suivre deux hommes. Ils ne savaient si Bak pourchassait l'autre ou avait été fait prisonnier.

Plus tard, Bak leur avait montré l'endroit par où le nomade était descendu dans le défilé. Kaha y avait découvert une trace de sandale identique à celle du guetteur.

— L'enfant est donc parti seul… reprit Psouro en s'asseyant plus confortablement sur le sol dur. Espérons qu'il s'en sera tiré.

— En revenant de cette stupide chasse à l'homme, j'ai parcouru en sens inverse le chemin qu'il avait pris en partant. Rien n'indiquait qu'il avait été suivi.

Kaha échangea un coup d'œil avec Nebrê, qui parla pour eux deux :

— Ouser veut passer la nuit ici. Pendant les heures fraîches, nous aurons tout le temps de traquer le guetteur.

— Je parierais ma dernière goutte d'eau que, en ce moment même, il est au-dessus de la source et qu'il nous épie.

Cette idée les mit mal à l'aise. Au bout d'un long silence morose, Kaha observa :

— C'est sûrement Nefertoum qui l'envoie. Comment, sinon, serait-il venu te chercher ici ?

Malgré ses réserves envers le chef nomade, Bak devait reconnaître qu'il avait tenu parole jusqu'alors. La source existait là où il le disait et la caravane était arrivée comme prévu.

— La première fois que je l'ai repéré, c'était à un jour de marche, dans l'oued principal qui descend vers l'ouest. N'est-ce pas par là que vous êtes passés ?

— Si, confirma Nebrê, mâchonnant un brin d'herbe.

— Soit c'est la seule voie d'accès vers ce défilé, soit un membre de la caravane lui a indiqué quelle route vous comptiez prendre, et il vous a devancés. Ma présence a pu le surprendre.

Bak répugnait à suggérer qu'il pût y avoir un traître dans la caravane. Il avait été accueilli comme un frère qu'on croyait perdu, chacun lui donnant des tapes dans le dos, exprimant de mille façons sa joie de le revoir et l'inquiétude qu'il avait ressentie. Il avait relaté son enlèvement de la manière la plus brève possible et avait éludé les questions, prétendant que les nomades connaissaient peu la langue de Kemet.

— Nous aurions donc un serpent parmi nous... murmura Kaha.

— Pourquoi s'intéresserait-il à cette caravane ? interrogea Psouro.

— Nefertoum pense que ses membres convoitent l'or de Minnakht.

— Peuh ! Depuis des années qu'Ouser en cherche, il n'a jamais rien trouvé.

— Sa patte va-t-elle guérir ? s'enquit Bak.

Dedou reposa par terre le sabot de l'âne, qui s'écarta en boitant.

— Une nuit de repos lui fera du bien. Après, nous verrons.

Le guide nomade d'Ouser avait dix bonnes années de plus que Senna, plus proche en âge de l'explorateur que des autres membres de l'expédition. Ses cheveux commençaient à blanchir et de profondes rides marquaient son visage.

Bak s'agenouilla à côté de lui pour l'aider à rassembler la pince, le petit couteau, le rasoir et les autres ustensiles de bronze qu'il réservait aux soins médicaux.

— Voyages-tu avec Ouser chaque fois qu'il vient dans ce désert ?

— Quand nous étions jeunes, je lui servais toujours de guide. Mais je me suis marié et j'ai eu de nombreux enfants. Les responsabilités se sont accumulées sur mes épaules et le temps des voyages a pris fin.

Bak réprima un sourire. Le nomade était sans doute resté aux côtés de sa femme, mais sa famille et lui avaient dû parcourir le désert en tous sens.

— Et maintenant tes enfants sont grands, je suppose, ce qui te laisse plus de liberté ?

Dedou rangea son matériel dans un sac de cuir souple, à côté de petits paquets de plantes médicinales.

— Au marché de Keneh, j'ai entendu dire qu'Ouser préparait une expédition. Je voulais depuis longtemps agrandir mon troupeau, et je sais qu'il paie avec équité ceux qu'il emploie. Et puis, à dire vrai, ajouta-t-il avec une lueur malicieuse dans les yeux, je regrettais le bon vieux temps.

— Donc, tu as proposé tes services, conclut Bak en se levant.

— Ce voyage sera, je pense, le dernier. Je ne l'aurais jamais cru, mais je dois l'avouer… Ma femme me manque.

En riant, Bak et le guide se dirigèrent vers une pente ombragée au-dessus des plans d'eau. La brise agitait l'herbe et les roseaux, les feuilles des buissons. Les hommes étaient allés prendre leur repas dans la gorge, et l'âne malade s'approchait tout en broutant de ses congénères attachés dans le défilé.

— Connaissais-tu Minnakht ? demanda le lieutenant, s'asseyant sur une pierre plate presque au pied de la colline, pendant que Dedou en choisissait une voisine.

— Chaque fois qu'il traversait le territoire de ma famille, il s'arrêtait pour la journée ou pour la nuit. Il était bon. Si jamais il ne revient pas – après tout ce temps, cela semble probable –, il nous manquera.

— Amenait-il Senna avec lui ?

— Oui, depuis un an. J'enviais Senna. Les dieux lui ont souri le jour où ils lui ont fait croiser le chemin de Minnakht.

— Tu ne l'avais jamais rencontré, auparavant ? Bien qu'il soit originaire du Nord, il vit ici depuis longtemps.

Dedou posa le sac de cuir sur un rocher à ses pieds. Il en rectifia la position à plusieurs reprises. Sentant peser sur lui le regard pénétrant de Bak, il répondit :

— Une fois. Il y a un peu plus de cinq ans.

Le policier l'observait, songeur. Le nomade s'était montré tout à fait loquace, jusqu'à présent. Quelle était la raison de cette soudaine réticence ? Il continua comme si de rien n'était :

— Servait-il de guide, à l'époque ?

Nouvelle hésitation.

— Oui.

— Il m'a dit avoir travaillé dans sa jeunesse pour un homme qui voulait avant tout trouver de l'or. Voyageait-il avec lui, alors ? Cet homme devait avoir environ ton âge.

— Non.

— Le père de Minnakht m'a envoyé dans ce désert afin que je retrouve son fils, Dedou. Jusqu'à maintenant, je n'ai pas avancé d'un pouce. Je ne sais même pas si je peux me fier à Senna.

— Je ne vois pas ce qui devrait t'en empêcher.

— Il s'est passé quelque chose, il y a cinq ans.

— Non ! répondit Dedou, secouant la tête.

— Tu prétends que tu avais de l'amitié pour Minnakht. Ne m'aideras-tu pas dans mon enquête ?

— Ce qui est arrivé aux miens n'a aucun rapport avec sa disparition.

— Je ne peux en être sûr tant que tu ne m'en dis pas davantage.

Dedou baissa la tête et cacha son visage dans ses mains. Enfin, il parla d'une voix brisée par le chagrin.

— Senna vint dans notre campement, sur la montagne. Celui qu'il accompagnait n'était pas vieux. Vingt ans tout au plus.

Il releva la tête. La honte se lisait sur ses traits.

— Ma fille, belle et innocente, était âgée de douze ans. Elle était promise au jeune fils d'un chef de notre clan, qu'elle appelait son bien-aimé. Le voyageur lui sourit ; elle lui sourit à son tour. Ils partirent ensemble, une nuit, un jour et toute une autre nuit. Dans d'autres circonstances, peu aurait importé qu'elle ait perdu sa pureté. Une sottise, vite pardonnée et oubliée. Mais le fils d'un chef doit préserver sa lignée. Elle n'était plus rien aux yeux de son fiancé.

Bak posa une main compatissante sur le bras du nomade.

— Quel rôle Senna a-t-il joué dans cette affaire ?

— Il est allé les trouver et il a ramené ma fille. Plus tard, continua Dedou avec amertume, nous avons découvert qu'elle était enceinte. Elles vivent avec moi, la petite et elle. Elle refuse de se marier, car elle espère toujours que ce porc reviendra la chercher.

— Comment s'appelait-il ?

— Je l'ignore.

Bak sut qu'il mentait, cependant il craignait, en insistant, de tarir ce flot de confidences.

— Ce matin, je vous ai raconté mon enlèvement, sans préciser, toutefois, qui dirigeait mes ravisseurs. Toi qui as vécu ici toute ta vie, tu le connais sûrement. Minnakht l'appelait Nefertoum.

Le soulagement qu'avait ressenti le guide en voyant la conversation prendre un nouveau tour se mua en stupeur.

— C'est notre grand chef tribal, celui qui se tient à la tête de tous nos clans. Pourquoi t'aurait-il fait enlever ?

Bak aussi était surpris, mais pour une raison différente. Il n'avait pas deviné que Nefertoum jouissait d'un tel pouvoir – quoique, en repensant à l'empressement des nomades à le servir, il aurait dû s'en douter.

— Il ne m'a pas dit que son père avait été un chef tribal, mais seulement le guide de Minnakht.

— Son père était estimé de tous pour sa bonté, cependant il n'avait pas l'étoffe d'un chef. Son oncle, qui est mort il y a deux mois, n'avait pas de descendant. Il a désigné Nefertoum pour lui succéder.

— D'après lui, son père aurait été assassiné. Pourquoi, s'il était à ce point estimé ?

La question resta en suspens, sans qu'ils parviennent à lui trouver de réponse.

9

Bak se réveilla et roula sur le dos en gémissant. Qu'y avait-il encore ? Les ânes s'agitaient et renâclaient. Quelque chose les inquiétait.

Ce n'était pas la première fois. Psouro et lui s'étaient déjà levés cette nuit-là pour marcher parmi eux, les calmant tout en cherchant la cause de cette agitation. De leur côté, les âniers d'Ouser s'étaient occupés du train d'animaux dont ils avaient la charge. Il faisait très noir, car les falaises cachaient le clair de lune. Même si leurs yeux étaient accoutumés à l'obscurité, ils n'avaient rien pu trouver et étaient retournés dormir. Bak ne savait combien de temps avait passé depuis.

À présent, un ruban de lumière entre les parois abruptes annonçait l'ascension de Rê. Les plans d'eau miroitaient sous le jour naissant. En temps normal, la caravane aurait été prête à partir ou déjà en route, mais Ouser estimait qu'ils avaient besoin de viande fraîche. La multitude de cailles qui venaient à la source était une occasion trop tentante. Ils resteraient jusqu'au soir.

Bak se redressa. Les ânes ne se calmeraient pas sans une caresse et quelques paroles de réconfort.

— Qu'est-ce qui leur prend ? grommela Nebrê en s'asseyant, lui aussi.

Ils se levèrent et passèrent dans le petit troupeau. Tout en apaisant les bêtes, ils examinèrent le sol et les parois rocheuses, sondèrent les provisions et les tas de fourrage, avec au fond de l'esprit la même inquiétude informulée : un serpent. L'aube grandissant, ils y voyaient assez clair, pourtant leurs recherches ne furent pas plus fructueuses qu'auparavant.

Ils allèrent aider les âniers d'Ouser à tranquilliser leurs bêtes. Là non plus, ils ne trouvèrent pas de raison apparente à cette agitation. Quand ils regagnèrent leur campement, Psouro, Kaha et Rona étaient assis autour du foyer aux cendres froides depuis longtemps ; ils partageaient un maigre repas de pain et de poisson séché. Les cailles apporteraient un changement appréciable à leur morne ordinaire.

Psouro lança un coup d'œil vers la cascade et les degrés rocheux où les hommes de faction aimaient se poster.

— Il faut relever Minmosé.

Son regard passa d'un Medjai à l'autre et s'arrêta sur le policier mince assis à côté de lui.

— Tu as dormi toute la nuit, Kaha, tandis que nous avons été dérangés par les ânes.

Le sergent poussa un soupir exagéré.

— Moi qui me croyais béni des dieux ! Je vois maintenant qu'après m'avoir dispensé leur faveur toute la nuit, ils me privent de l'occasion d'abattre quelques oiseaux dodus.

— Échange ta lance contre un arc et des flèches. Avec un peu de chance, Onouris les enverra de ton côté.

Esquissant un sourire, Kaha se leva, attrapa au passage un morceau de pain et deux poissons séchés et se dirigea vers les armes appuyées contre le roc. Pendant qu'il choisissait un arc, Bak s'interrogeait. La matinée était fraîche, le soleil agréable. Pourquoi Minmosé n'était-il pas en haut de la cascade, sur le degré de pierre qu'il préférait ? Il repensa au comportement des ânes, et l'appréhension s'insinua dans son cœur. Il se munit d'une lance et d'un bouclier, puis sortit de la gorge avec Kaha.

— Si Minmosé avait remarqué quelque chose d'anormal, il aurait donné l'alerte, fit valoir le Medjai.

— Oui. À condition de le pouvoir.

Sombres, les deux hommes dépassèrent les bassins d'un pas rapide. Ils s'arrêtèrent en bas de la cascade pour examiner les pentes qui l'encadraient. Pas de Minmosé. Échangeant un regard inquiet, ils montèrent en courant l'escalier naturel. Il n'y avait pas âme qui vive dans l'oued qui s'étendait au-delà.

Près de la marche du haut, leur attention fut attirée par une sorte de dépression, dans le sable, large d'une coudée et marquée par deux étroits sillons. La trace la plus large résultait du passage d'un corps, les autres avaient été creusées par ses talons.

Priant que Minmosé soit sain et sauf, Bak suivit la dépression avec Kaha. Alors qu'ils approchaient de la formation rocheuse derrière laquelle Amset avait disparu la veille, Bak distingua un faible gémissement. Kaha retint son souffle : lui aussi avait entendu. Ils se mirent à courir. De l'autre côté, ils trouvèrent Minmosé qui essayait de se redresser en se tenant la nuque. Soulagé, Bak s'agenouilla près de lui pendant que Kaha l'aidait à s'asseoir.

Le jeune Medjai, habituellement si joyeux, ôta sa main de ses cheveux et fixa d'un air perplexe ses doigts rougis.

— Que m'est-il arrivé ?

Bak écarta les mèches collées par le sang séché et examina la blessure. Dès qu'il effleura la bosse,

Minmosé tressaillit. L'entaille avait beaucoup saigné, mais une croûte s'était déjà formée. Bak possédait quelques connaissances en la matière grâce à son père, le médecin Ptahotep, qui l'avait parfois emmené avec lui lorsqu'il partait soigner de telles blessures. Il n'était qu'un gamin, alors, facilement distrait, et il n'avait pas appris autant que son père l'aurait aimé, cependant il ne pensait pas que l'état de Minmosé fût grave.

— Que te rappelles-tu ? lui demanda-t-il.

— J'étais assis en haut de la cascade. La lune était haute et je regardais un troupeau de gazelles s'abreuver.

Le front plissé, il tenta d'extraire de sa mémoire le souvenir de ce qui s'était passé.

— Désolé, chef. Ça ne me revient pas.

Pendant que Bak le rassurait, Kaha inspectait le sable.

— Rien de bien net. Je parierais mon arc qu'il est descendu par une colline voisine pour laisser le moins de traces possible avant de se glisser derrière Minmosé.

— Et moi, ajouta Bak, pensant aussitôt à leur nuit agitée, je parie qu'il a assommé Minmosé afin d'entrer dans la gorge sans être vu.

Il reprit son arme et contourna la formation rocheuse pour inspecter le terrain en aval.

— Reste où tu es, Minmosé ; je t'envoie du secours. Kaha, nous devons examiner le sol, en bas, avant qu'il ne soit piétiné.

— Vous voilà ! leur lança Ouser. Il faut nous embusquer avant l'arrivée des chardonnerets. Si nous les effrayons, les cailles ne viendront jamais.

Faisant signe à l'explorateur d'approcher, Bak appela Psouro, qui choisissait des armes pour la chasse avec Senna, Nebrê et Rona. Ouser avait posé quelques pièges, mais les Medjai préféraient se servir de l'arc, avec lequel ils excellaient.

— Minmosé a été assommé pendant la nuit.

Bak expliqua rapidement que la blessure du jeune Medjai était légère ; il ordonna à Rona de le ramener au campement et, sans tenir compte de sa déception à la perspective de manquer la chasse, il lui indiqua où trouver leur compagnon. À Ouser, il confia :

— Je crains que son agresseur se soit glissé parmi nous pendant que nous dormions.

— Alors, pour la chasse… hasarda l'explorateur, qui avait envie de ramener du gibier, mais pas au prix d'une imprudence.

— Vas-y avec ton groupe, recommanda Bak. Kaha et moi, nous chercherons des empreintes en votre absence.

Psouro et Nebrê proposèrent de rester, mais leur chef secoua la tête.

— Si l'on veut ramener assez de volaille pour que chacun en ait plus qu'une bouchée, il faut que vous participiez à la chasse. Cela m'étonnerait que les autres sachent se servir d'un arc.

— Moi, je t'aiderai, lieutenant, offrit Senna.

— Non, merci. Nous serons assez de deux.

Ouser appela les membres de l'expédition et se mit en route. Un ânier armé d'un arc et d'un carquois portait le panier où l'on déposerait les prises. Ani et Nebenkemet ne prirent pas d'arme, car ils ne pensaient pas chasser. Ils voulaient simplement voir la multitude d'oiseaux que Bak avait décrite. Ouensou s'était muni d'un arc, mais Bak soupçonnait que les autres chasseurs risquaient bien plus que les cailles de recevoir ses flèches. Avec Amonmosé, il ne savait à quoi s'attendre. Depuis le début du voyage, cet homme n'avait cessé de le surprendre par ses talents et son endurance.

Tandis que le groupe se hâtait en direction de la source, Bak dit à Rona :

— Si tu estimes que Minmosé va assez bien pour rester seul un moment, rejoins-les.

Rona le remercia d'un sourire et suivit la procession. Les chasseurs gravirent les pentes de chaque côté des plans d'eau, tandis que Rona escaladait rapidement les degrés de la cascade.

Les hommes s'installèrent au milieu des rochers. Bak remarqua alors que Dedou n'était pas parmi eux.

Bak et Kaha passèrent leur campement au crible. Ne trouvant rien d'intéressant, ils franchirent la courte distance jusqu'à celui d'Ouser. Un ânier était resté, préférant ne pas participer à la chasse. Il avait séparé cinq de ses bêtes du reste et enduisait d'un onguent vert les écorchures causées par des charges mal équilibrées. Il ne comprenait pas bien la langue de Kemet, mais Kaha, à sa manière lente et saccadée, lui expliqua que Minmosé avait été assommé et qu'un intrus avait pénétré dans le camp.

— Comme nous, ils ont cherché un serpent la nuit dernière, rapporta-t-il à Bak.

— Demande-lui où est Dedou.

Bak vit à l'air troublé du nomade qu'il ne savait que répondre, ce que Kaha lui confirma. L'homme se remit à s'occuper de l'âne. Par l'entremise de son Medjai, Bak continua à l'interroger. Kaha butait sur les mots, s'interrompait souvent pour réfléchir à un terme, à une expression plus clairs. Les réponses ne venaient pas plus facilement. Dedou aurait-il pu s'éclipser pendant la nuit ? Sa silhouette familière aurait-elle inquiété les ânes ? Sans doute pas. Et, non – à ce point de l'interrogatoire, l'ânier se tint sur la défensive –, il n'avait aucune raison de frapper Minmosé. Quelqu'un que les bêtes ne connaissaient pas était venu. Pourquoi ? demanda Kaha. Le nomade haussa les épaules, incapable de répondre.

— Croit-il que Dedou ait pu simplement s'éloigner et sera bientôt de retour ? demanda Bak. Ou craint-il qu'il ait été attiré dans un traquenard ?

Plus Kaha posait de questions, plus le nomade était nerveux. Bak se rappela qu'il était un proche de Dedou et s'en voulut de l'avoir inquiété sans raison. Il le laissa soigner ses ânes pendant que Kaha et lui examinaient les maigres possessions du guide. Pour autant qu'ils puissent en juger, ce dernier avait laissé là tous ses effets personnels. Cela trahissait un départ précipité ou inattendu.

Quand ils montrèrent à l'ânier le rasoir, le matériel médical et la marmite de Dedou, il secoua lentement la tête, refusant d'en croire ses yeux. Le guide avait quitté le campement dans la nuit. Peut-être pas de son plein gré.

— Chef ! appela Kaha.

— Tu as trouvé quelque chose ? demanda Bak en courant le rejoindre.

— Cette empreinte, indiqua le Medjai, accroupi au pied de la falaise, en montrant le sable fin. Identique à celle que j'avais repérée au nord de Keneh.

— Le guetteur…

— Je vais en chercher d'autres, mais il faudrait que tous les dieux nous sourient pour que je réussisse !

Kaha se leva et scruta le sol autour de lui.

— Il est parti par là, croyant que les ânes effaceraient ses traces.

— Il a couru un risque, en descendant dans le défilé.

Bak laissa le Medjai à ses recherches et s'approcha de l'endroit où les membres de l'expédition avaient dormi. Il fouilla chaque panier et chaque ballot sans rien découvrir de suspect. Quant à Kaha, il ne trouva pas d'autres empreintes.

— Descendons l'oued, proposa Bak. Mais d'abord, mieux vaut prévenir l'ânier ; Ouser voudra savoir où nous sommes.

— Je vais tâcher de le tranquilliser. Rien ne prouve qu'il soit arrivé malheur à Dedou.

D'un ton qu'il voulait apaisant, Kaha lui fit comprendre tant bien que mal ce qu'ils comptaient faire. L'ânier répondit, l'expression têtue, le ton obstiné. À la fin, le jeune policier expliqua à Bak :

— Il veut nous accompagner et amener deux ânes, l'un au cas où nous trouverions Dedou blessé, l'autre parce que Ouser lui a dit de ramasser des plantes pour les bêtes et du bois pour le feu. Il tient à obéir.

Bak avait plutôt songé à ne pas s'encombrer, mais l'ânier avait raison. Dedou pouvait fort bien être blessé. Et si leurs nombreux ânes broutaient autour des plans d'eau, faute d'autre nourriture, les troupeaux des nomades ne trouveraient plus rien à manger.

— Qu'il vienne, acquiesça-t-il, hochant la tête afin que l'homme sache qu'il était d'accord. Tant qu'il pourra s'occuper en accomplissant sa besogne et en nous aidant dans nos recherches, il se sentira moins désemparé.

— Je me fais beaucoup de souci pour Dedou, soupira Bak.

Kaha, l'ânier et lui étaient revenus fourbus, en sueur et découragés. Ils n'avaient pas trouvé trace du guide ni de celui qui s'était glissé parmi eux dans la nuit.

— Ça ne lui ressemble pas de partir sans prévenir, convint Ouser en arrachant la cuisse d'une volaille dorée à la perfection. Au moins, il aurait dit aux âniers où il comptait aller.

— Il n'est ni très lourd ni très grand, cependant on n'aurait pu le porter sur une longue distance. Il a dû quitter le campement de lui-même.

— Je suppose qu'il a repéré le guetteur et l'a suivi. On le reverra sans doute d'ici un ou deux jours.

Bak n'aimait pas ce manque de conviction dans la voix de l'explorateur.

— Je ne sais pas où nous pourrions encore chercher, à part dans les montagnes et les oueds proches d'ici, mais cela nous obligerait à rester.

— Je le voudrais bien, toutefois c'est impossible. Il faut user des bienfaits de cette oasis avec parcimonie, or nous avons trop d'ânes à nourrir et à abreuver. Les nomades comptent dessus pour leurs troupeaux. Or, personne n'est venu depuis ton arrivée, il y a deux jours. Leurs bêtes auront grand-soif.

Bien qu'il n'aimât pas les nomades, Ouser montrait une vive attention envers leurs besoins. Non seulement il apportait et troquait les objets utiles qu'ils ne pouvaient se procurer dans le désert, mais il respectait leurs réserves d'eau et de nourriture. Bak devait se ranger à sa décision.

— Je sais que tu te méfies de Senna, mais, maintenant que Dedou a disparu, nous n'avons pas d'autre guide.

— De ce côté des montagnes, tous les oueds aboutissent à la mer. J'en ai exploré quelques-uns et j'ai entendu parler des autres. Si Senna essaie de nous tromper, je le saurai.

— Je lui ai demandé où nous devrions aller en partant d'ici. Il m'a parlé de deux puits, l'un au nord et l'autre à l'est, à environ une journée de marche.

Bak but une gorgée à sa coupe en métal. La caille était aussi savoureuse qu'un mets des dieux, cependant il était repu. Même les effluves de la viande succulente ne pouvaient le tenter.

— Il préconise que nous allions vers l'est, abreuvions nos animaux, et, de là, rejoignions la mer. Penses-tu que ce soit un bon plan ?

Amonmosé, qui, un peu plus loin, aidait Nebenkemet à emballer les volailles rôties en prévision du lendemain, abandonna sa tâche et vint auprès d'eux. S'asseyant par terre, il se mêla à la conversation :

— Mes pêcheurs connaissent bien le littoral. Selon eux, il n'y a pas du tout d'eau douce sur cette partie du rivage.

— C'est aussi ce qu'on m'a dit, convint Ouser, qui dégusta une aile, puis jeta les os minuscules sur les braises mourantes. Faisons route vers le nord. Demain, nous parviendrons à un défilé où nous trouverons des bassins comme ceux-ci ; ensuite, il doit y avoir un puits à trois jours de là, près de la mer, paraît-il. Dedou voulait passer par ce chemin ; il s'attendra à ce qu'on suive ses indications et nous rattrapera.

Bak souhaitait de tout cœur qu'il en soit ainsi.

— Si je ne m'abuse, mon campement de pêche se trouve près du puits dont tu parles, remarqua le marchand. Nous pourrions y aller, en effet ; mais ne pourrait-on éviter de parcourir une telle distance entre deux points d'eau ?

Ouser réfléchit, les yeux dans le vague.

— On pourrait aussi suivre l'oued, tout droit après la cascade. Les nomades passent par là et campent sur le rivage le temps de pêcher et de faire sécher leur prise. Mais non, rectifia-t-il en regardant ses compagnons. Nous y serions en une étape, et il nous resterait encore trois nuits de marche le long de la côte, sans eau douce.

— Mes hommes m'ont parlé de ces nomades, dit Amonmosé, ramassant machinalement une brindille sèche pour remuer les braises qu'attisait chaque souffle du vent. Des îles s'étendent au large, autour desquelles on trouve souvent des bancs de poissons. Quelques-uns de mes bateaux restent dans les parages. On devrait pouvoir leur adresser un signal. Vous, je ne sais pas, mais quant à moi, je ne demande pas mieux que de quitter ce désert. Ce pourrait être la solution.

— Eh bien, lieutenant ? demanda Ouser à Bak. Es-tu d'accord ?

— On ne peut abandonner les ânes loin de tout point d'eau ; même les nomades ne pourront s'occuper longtemps de tant de bêtes – en supposant qu'ils daignent enfin se montrer.

Un court silence s'ensuivit, rompu par Amonmosé.

— Les navires royaux sillonnent ces eaux plusieurs mois durant, quand les mines sont exploitées de l'autre côté de la mer. Un de mes navires pourrait les intercepter. Souvent, les barges de transport ont de la place sur leur pont, et les capitaines sont d'un naturel obligeant.

— S'il faut patienter plus de deux jours avant l'arrivée d'une barge, certains d'entre nous devront retourner aux bassins pour abreuver les ânes, objecta Ouser. L'aller et retour prendra du temps.

— Les navires vous attendront, lui assura Amonmosé.

Bak espérait qu'Ouser connaissait bien le désert et que le marchand avait raison de faire confiance à ses semblables. Il préférait ne pas mourir de soif sur le rivage de la mer orientale.

La caravane rebroussa chemin vers l'oued principal, où elle prit la direction du nord-est. Au loin, la montagne rouge s'élançait vers le ciel, au-dessus de nuages teintés d'orange par le soleil couchant. Nebrê et Rona les rejoignirent peu après l'intersection.

— Nous avons parcouru les hauteurs depuis les plans d'eau, rapporta Nebrê. En vain.

— Quelque chose est arrivé à Dedou, répondit Bak. Ouser a beau essayer de se persuader du contraire, il s'inquiète autant que moi.

Les trois hommes marchaient à côté du train d'ânes, une vingtaine de pas derrière Senna. En l'absence de Dedou, le guide de Minnakht allait à nouveau en tête. Il aurait dû être heureux de retrouver son poste, pourtant il ne manquait pas une occasion de rappeler à Bak que lui seul, parmi eux, gagnait son pain en guidant les autres et que ce n'était ni à Ouser ni à Amonmosé de décider du trajet à suivre.

Le lieutenant avait dû se mordre la langue pour ne pas lui rappeler qu'il était le guide de Minnakht lorsque celui-ci avait disparu.

— Avez-vous aperçu le guetteur ? demanda-t-il à Nebrê.

— Non. Pas plus que son empreinte.

— Vous pensez que… ?

Rona regarda Bak et Nebrê et n'eut pas besoin d'aller au bout de sa question. Leur air lugubre disait assez qu'ils redoutaient que le guetteur ait attiré Dedou pour le tuer.

Le crépuscule tombait quand trois gros corbeaux au cri discordant fondirent du ciel et se perchèrent sur un replat au bord de l'oued. Ils penchaient la tête, observant les hommes en bas et le monde autour d'eux. Leurs plumes noires semblaient irisées sous les reflets du couchant. Un autre appel rauque résonna au loin. Comme convoqués par Seth lui-même, ils prirent leur essor et décrivirent un cercle vers un autre lit asséché, qui coupait l'oued deux cents pas plus loin.

Le temps que l'expédition approche du croisement, une clameur téméraire, impérieuse, résonnait à travers le désert.

— Une charogne, dit Kaha.

L'cxpression du Medjai était aussi sombre que celle de Bak.

— Allons voir.

Les deux hommes accélérèrent, informèrent Senna de l'endroit où ils allaient et remontèrent l'oued en courant. Sur leur gauche se dressait la face sud de la montagne de granit rouge qui, dans l'air transparent, semblait proche à la toucher. Les oiseaux étaient entrés dans un ravin étroit au pied de l'abrupt vertigineux.

Au-delà d'une étendue de sable, vingt corbeaux étaient perchés sur des pierres dominant le défilé. Un peu au-dessous d'eux, un énorme volatile s'efforçait de les effrayer en battant de ses longues ailes. Mais chaque fois qu'il tournait le dos pour plonger son bec entre les rochers, les corbeaux s'approchaient en sautillant, avant d'être à nouveau chassés.

— Le vautour ne veut pas partager, constata Kaha.

— Dépêchons-nous.

Ils s'élancèrent, hurlant et agitant les bras pour disperser les oiseaux. Les corbeaux allèrent se poser sur une corniche ; le vautour se réfugia à coups d'ailes maladroits sur un bloc de pierre d'où il les observa. Bak et Kaha gravirent la pente et distinguèrent, parmi les rochers, une épaule et un bras à la chair arrachée par le bec pointu du charognard. On avait enseveli le corps, mais pas avec assez de soin.

Bak confia sa lance et son bouclier à Kaha, puis s'agenouilla à côté du cadavre et repoussa les pierres qui lui couvraient la tête.

— Qui est-ce, mon lieutenant ?

— Dedou. Comme nous le craignions.

Le guide n'avait pas voulu dire le nom du séducteur de sa fille. Bak se reprochait de ne pas avoir insisté. S'il avait exigé la vérité, peut-être Dedou aurait-il encore été de ce monde. Ou bien cela n'aurait-il rien changé ?

— Je me demande comment on l'a tué, marmonna-t-il.

Il rejeta d'autres pierres sur le côté, révélant le torse. Des mouches s'agglutinaient sur une plaie sanglante, sous le sternum. En agitant la main pour les chasser, Bak crut revivre le moment où il avait découvert la blessure de l'inconnu du puits.

— Il avait l'air d'un brave homme, dit Kaha, la voix adoucie par la compassion.

Bak remit les pierres en place.

— Pendant que tu examines le terrain, je retournc à la caravane chercher de l'aide. Il faut l'enterrer, mais pas sur cette pente. Pas question de laisser les charognards se repaître de sa dépouille.

10

Après avoir enterré Dedou au plus profond du sable et l'avoir recouvert de pierres, la caravane reprit l'oued principal en contournant la montagne rouge. Ouser demeurait taciturne, se bornant à répondre quand on lui adressait la parole. Les âniers se concentraient sur leurs tâches, aussi abattus que l'explorateur. Leurs bavardages incessants et leur sourire facile manquaient à tout le monde ; et le vide à la place où le guide avait eu coutume de marcher emplissait chacun de tristesse.

Comme les autres, Bak allait en silence, accablé. Il ne pouvait comprendre pourquoi on avait assassiné Dedou. Certes, cela avait sa place dans une sorte de logique. Minnakht était un explorateur, comme l'homme disparu près d'un an plus tôt. L'inconnu poignardé au nord de Keneh paraissait être soldat ou archer, peut-être habitué à patrouiller dans le désert. Bak se reprit, se moquant de lui-même. Non, rien n'étayait cette dernière hypothèse, sinon qu'elle prêtait une relative cohérence aux faits connus.

Dedou avait servi de guide, comme le père de Nefertoum ; tous deux avaient voyagé avec des explorateurs. Mais contrairement au second, Dedou n'exerçait plus depuis maintes années. Qu'avait-il pu se passer, au cours de ses neuf jours avec Ouser, pour faire de lui la cible d'un meurtrier ?

Alors que le soleil se couchait derrière la montagne rouge en embrasant les collines environnantes, des nuages dissimulèrent les pitons déchiquetés. De plus en plus méfiants, Senna et les nomades les observaient sans cesse. Ouser marmonna quelque chose à propos de la pluie.

Le crépuscule épaissit les ombres. La brise fraîchit. Au loin, le tonnerre retentit et des éclairs semblables à de longs doigts grêles déchirèrent les nues. Ouser suggéra qu'on cherche un endroit plus élevé pour la nuit, au cas où l'oued serait submergé.

Bak, qui longtemps auparavant avait assisté à un orage dans le désert alors qu'il chassait à l'ouest de Ouaset, connaissait la violence des torrents qui déferlaient parfois dans les lits asséchés. Il avait vu, aussi, les oueds de la frontière sud s'emplir des eaux furieuses d'orages si lointains qu'on ne voyait à l'horizon qu'un ciel d'azur. Il envoya Nebrê et Kaha en reconnaissance dans les collines, afin de trouver un refuge.

Des nuages bas enveloppèrent les pentes. Les éclairs se rapprochèrent, aveuglants, et le tonnerre éclata avec fracas. Minmosé et Rona s'efforçaient de calmer leurs ânes, pendant qu'Amonmosé, Nebenkemet, et même Ani et Ouensou, aidaient les nomades à contrôler les leurs.

Tandis que les dieux se déchaînaient sur la montagne, la voûte céleste demeurait dégagée et lumineuse. Seules la lune et les étoiles les plus brillantes surpassaient l'éclat du firmament. L'oued était baigné d'une lueur jaune irréelle. Le désert exhalait une odeur particulière, humide et fraîche.

Ouser, qui marchait avec Bak près de la tête de la caravane, lui montra trois gazelles grimpant sur le flanc d'une colline.

— Elles fuient l'inondation.

— Si mes hommes ne trouvent pas très vite un refuge, il faudra suivre leur exemple et faire monter les ânes dans les rochers.

— Ces orages passagers déversent des trombes d'eau. Le sol ne pouvant les absorber, ellcs dévalent les pentes en emportant des blocs de pierre aussi grands qu'une maison.

« Sans parler des hommes et des animaux », pensa Bak, frissonnant.

L'orage finit aussi vite qu'il avait commencé. Les nuages se fragmentèrent puis se dispersèrent, révélant la silhouette de la montagne découpée contre un ciel de feu. Les ânes dressaient encore l'oreille, en alerte. Nul ne savait s'ils percevaient une menace ou étaient sensibles à l'inquiétude des hommes.

Rê pénétra dans le monde souterrain. L'obscurité venue, la lune redoubla d'éclat et les étoiles illuminèrent le ciel, permettant aux voyageurs de voir loin devant eux. Soudain, Nebrê et Kaha apparurent au détour de la piste et accoururent.

— Nous avons trouvé, chef ! annonça Nebrê. Un plateau que les eaux ne pourront atteindre. Il y aura de la place pour tout le monde.

— À quelle distance ? demanda Ouser.

— Au train où vous allez, presque à une heure de marche. Il n'y a pas de chemin bien tracé. Il faudra peut-être décharger les ânes pour leur faire escalader la pente.

— Rien de plus proche ?

— Rien.

— Voilà déjà une heure qu'on voit monter les gazelles, souligna Bak.

— Nous en avons vu quelques-unes, et des ibex, admit Kaha d'un air soucieux. On pourrait grimper n'importe où, mais pas les ânes.

— Nous devons les presser, répondit Bak, et dire à ceux qui ferment la marche de resserrer les rangs. Restons groupés.

D'un air résolu, Ouser fit demi-tour afin de transmettre la consigne. Soulagé qu'il se montre beaucoup moins intraitable qu'il l'avait d'abord paru, Bak alla retrouver son sergent.

— Avance avec nos ânes, Psouro. Kaha te montrera où nous camperons. Vous devrez trouver les meilleurs chemins pour accéder au plateau et les dégager si nécessaire. Nous autres restons derrière afin d'encourager les bêtes d'Ouser.

— Et Senna ?

— Vous n'aurez pas besoin de lui. Nous, si.

— On est environ aux deux tiers du chemin, déclara Nebrê à la vue d'un grand monolithe saillant du lit de l'oued.

Bak ne mit pas l'affirmation en doute. Sur la frontière sud, ses Medjai avaient appris des nomades à utiliser de tels repères et d'autres formations naturelles moins évidentes pour trouver leur chemin dans le désert.

Nebrê s'arrêta, réclama le silence en levant la main et écouta. Bak entendit, lui aussi, un grondement lointain.

— Un glissement de terrain ?

— On peut appeler ça ainsi, répondit Ouser. C'est l'eau qui se rue le long d'une pente.

Sentant le ver de la peur ramper sur son échine, Bak tenta de garder espoir :

— Cela semble loin au nord.

— Elle arrive dans notre direction. Je parie que les premières pluies sont tombées là-bas.

— Elles auraient avancé en même temps que les éclairs ?

Ouser eut un sourire désenchanté.

— Nul ne connaît les intentions des dieux, lieutenant, mais je ne serais pas surpris de voir de l'eau avant l'aube.

— Tire fort ! hurla Amonmosé en frappant durement l'âne sur le flanc.

Nebenkemet, qui tenait une corde entourant le cou et les antérieurs de l'animal, le hissa quasiment dans la faille étroite. Pendant qu'il l'encourageait à continuer vers le plateau où Minmosé et Psouro attendaient, Bak passa à l'âne suivant. Il trouva Ani tirant sans résultat sur la longe. L'animal avait posé les deux pattes avant sur la pente caillouteuse mais, sentant le sol glisser, il refusait d'aller plus loin. Bak le tapa sur le flanc et le poussa. Avec un braiment furieux, l'âne finit de monter en projetant une pluie de pierres derrière lui. Ani se hâta de le guider vers le plateau.

Bak aida Rona à convaincre son âne d'avancer sur un chemin plus raide, mais plus stable, et attendit afin de porter assistance à Ouensou. Ouser et lui avaient décidé de ne décharger les bêtes qu'en dernier ressort. Il restait peu de temps et ils n'avaient pas assez d'hommes pour tout porter.

— Combien encore ? cria Ouser d'en haut.

— Quatre ! lança le lieutenant, après un coup d'œil en arrière.

Nebenkemet dévala la pente et s'arrêta, en sueur, à côté du premier âne pour l'entourer de la corde afin de le hisser. Empoignant le licou du deuxième, Nebrê l'entraîna sur un rocher en pente vers un passage sablonneux assez facile, qui menait au plateau. Alors qu'il allait l'atteindre, les sabots du baudet glissèrent sur le granit et il tomba à genoux. Amonmosé grimpa pour l'aider à se relever.

Ouensou descendait chercher un autre âne quand Bak entendit un bruit rocailleux, comme des pierres roulant à l'intérieur d'une poterie. Cela se transforma en grondement et alla s'amplifiant.

— Remonte, Ouensou ! cria-t-il, jetant la longe du troisième âne à Kaha. L'eau arrive !

Terrifié par le bruit, l'âne s'emballa, tirant pour ainsi dire le Medjai vers le sommet. Les yeux écarquillés, Ouensou les regarda passer et resta pétrifié. Amonmosé et Nebrê réussirent à remettre leur âne sur ses pattes et à le faire monter jusqu'au chemin.

Bak se retourna pour saisir le licou du dernier animal, qui évita sa main, mais il l'empêcha de fuir en attrapant la courroie qui maintenait les jarres. L'âne secoua la tête et rua pour se libérer. Évitant ses sabots, Bak l'entraîna vers la pente déjà empruntée par Kaha. Amonmosé vint à sa rescousse et tira avec lui.

Soudain surgit, au détour d'une courbe, un mur d'eau qui engloutissait rochers, buissons et arbres dans un affreux grondement. L'âne roulait des yeux terrifiés et poussait des braiments déchirants ; il se remit à ruer, obligeant Bak à se déporter sur la pente caillouteuse.

À ce moment, Senna dégringola à moitié sur la surface instable. Cherchant à ralentir, il s'accrocha à une excroissance rocheuse, mais son pied percuta le lieutenant et le précipita vers l'eau.

Le choc fut si violent qu'il en eut le souffle coupé et crut s'être brisé la colonne vertébrale. Les flots l'aspirèrent et le roulèrent comme les pierres autour de lui. Hébété par le fracas, aveuglé par les tourbillons de sable, il avait trop peur pour réfléchir. Il se mit en boule pour se protéger de son mieux, puis s'abandonna au courant.

En même temps que le désir de respirer, la volonté de vivre grandit en lui. Implorant Amon afin que son dos fût intact, il se redressa et s'étira de tout son long. Son corps était endolori, mais il n'était pas blessé. Soulagé, il regarda tant bien que mal à travers l'eau trouble. Ce qu'il avait pris pour le fond de l'oued, en bas, brillait plus que ce qu'il distinguait au-dessus de lui. Repoussant une branche d'acacia, il se retourna et nagea de toutes ses forces vers la lumière. Il brisa la surface, aspira l'air à pleine gorge – et de l'eau sableuse en même temps. Toussant, il chercha la terre des yeux.

Aussi loin qu'il pût voir, l'oued était empli d'eaux turbulentes et rapides. Chaque vaguelette scintillait sous le clair de lune tel du verre argenté se brisant à peine formé. Il se trouvait à vingt pas d'une colline très semblable à celle où la caravane s'était réfugiée. À vingt pas de la terre ferme. Une distance qu'il eût parcourue avec aisance en temps normal, mais qui, dans ces flots impétueux et chargés d'obstacles, semblait infranchissable. Cependant, il n'avait pas le choix : il commença à fendre le courant. Il ne laisserait pas passer cette chance de rester en vie.

Une grosse jarre le dépassa en dansant sur l'eau, prise dans les branches d'un arbre mort. Sans doute une de celles de la caravane. Cela lui rappela le malheureux baudet. Et Amonmosé. Ils avaient, à coup sûr, été emportés comme lui.

Il regarda de tous côtés dans l'espoir de les apercevoir. À mi-chemin du rivage, il repéra l'âne qui maintenait son museau au-dessus des remous. Débarrassé des jarres, il nageait au fil du courant. Son fardeau s'était-il détaché seul ? Avec obstination, Bak scruta les eaux. Il crut distinguer une tête humaine de l'autre côté de l'âne.

Espérant avoir trouvé Amonmosé – ou Senna ; il ne savait si le nomade aussi était tombé –, il se propulsa vers l'animal. La force initiale du courant avait diminué, toutefois pas au point de faciliter ses mouvements. Les bouillons d'écume l'empêchaient de s'assurer qu'il y avait bien un homme.

Lentement, il s'approcha. L'âne s'affola, craignant un nouveau danger après tous ceux qui l'avaient déjà assailli. Bak se laissa porter par les flots, accordant un répit à ses muscles las, tout en lui parlant pour le rassurer.

— Lieutenant ? cria Amonmosé, dont la tête apparut au-dessus du baudet. Les dieux soient loués ! Je pensais ne jamais te revoir.

Bak s'accrocha à la crinière en brosse.

— Moi aussi, en pensant à toi et à cette pauvre bête, je redoutais le pire.

— Sans lui, je ne serais pas là. Je ne sais presque pas nager. Il a bien essayé de se débarrasser de moi, mais j'ai tenu bon. Je savais qu'il était ma seule chance de salut.

La nécessité de crier pour se faire entendre ne rendait pas Amonmosé moins loquace.

— Par bonheur, malgré ma peur, j'ai eu la présence d'esprit de le décharger. Il avait peine à surnager, avec ces grosses jarres sur son dos. Il a dû comprendre que je l'aidais, car il s'est calmé et m'a laissé m'agripper à son cou.

Bak poussa doucement l'âne vers la rive, formée de rochers acérés.

— Nous n'arriverons peut-être pas tout de suite à rejoindre la terre ferme mais, au moins, nous serons assez près si nous trouvons un endroit accessible.

« Ou si nous cédons au désespoir », ajouta-t-il en son for intérieur.

— Où sommes-nous, le sais-tu ? demanda Amonmosé.

— Pas très loin, la caravane nous rattrapera demain matin.

Plaisantant pour détendre l'atmosphère, il ajouta avec une feinte tristesse :

— Amonmosé, je crains fort que nos compagnons finissent les cailles et ne nous laissent rien à nous mettre sous la dent.

Le marchand lui sourit par-dessus l'âne – un sourire mouillé mais plein de bonne humeur.

— Une chose est sûre : on ne risque pas de mourir de soif.

— L'âne se fatigue, lança Amonmosé. J'avoue que moi aussi.

— Pas question de renoncer !

Bak, aussi épuisé que ses compagnons, observa l'éminence devant laquelle ils passaient. Il nageait en avant, cherchant une issue. Jusqu'à présent, toutes les parois qu'il avait vues étaient impossibles à escalader. Et sa plus grande inquiétude n'était pas la terre émergée, mais les rochers dissimulés sous la surface. Après le vaillant combat que l'âne avait livré pour nager avec eux, en supportant le poids croissant d'Amonmosé, il ne voulait pas qu'il se casse une patte et meure noyé.

À plusieurs reprises, il s'était approché de la rive, tâtant le fond sous ses pieds. Chaque fois, il avait senti des obstacles, des arêtes vives que l'âne n'aurait pu franchir. Et, chaque fois, il avait dû affermir sa volonté pour continuer. La violence des flots déclinait, mais ses forces aussi. Il lui semblait qu'ils étaient tombés depuis une éternité.

Il supplia les dieux de les considérer avec faveur. À peine avait-il émis cette prière qu'il remarqua une profonde entaille dans une crête. Il lutta contre les rapides qui en barraient l'entrée et pénétra dans une anse paisible. Quelques instants plus tard, il sentit – merveilleuse sensation ! – du sable sous ses pieds. Bientôt, l'eau ne lui arriva plus qu'à la taille, puis aux genoux. Un peu plus loin s'étendait une plage de sable sec.

Il n'aurait pu trouver meilleur havre.

Il entendit un bêlement et distingua alors, vers le fond de la crevasse, quatre chèvres et un chevreau qui s'y étaient eux aussi réfugiés.

Il rebroussa chemin et nagea rapidement vers l'oued. Il devait rattraper Amonmosé et l'âne avant que les eaux ne les emportent. Ils étaient tous trop las pour résister longtemps.

Comme il le craignait, ils étaient passés, mais tout n'était pas encore perdu. Il pensait avoir la force de les ramener – s'ils puisaient en eux-mêmes celle de l'y aider.

— J'ai trouvé ! cria-t-il.

Il se propulsa vers l'âne, dont il attrapa la bride afin de le tourner contre le courant. L'animal n'eut pas le courage de se rebeller longtemps.

Amonmosé secoua la tête.

— Je n'en peux plus.

Jamais Bak ne l'avait vu aussi las, aussi accablé.

— Accroche-toi à sa crinière près du garrot et bats des pieds. Mais ne lui fais pas supporter tout ton poids. Nage ! Ce n'est pas loin.

Avec l'énergie du désespoir, Amonmosé obéit. Soutenus par les encouragements de Bak, ils gagnèrent la faille en progressant à contre-courant, puis pénétrèrent dans la crique.

Bak se dressa pour évaluer la profondeur de l'eau ; elle lui arrivait aux épaules. Amonmosé le regarda fixement comme s'il ne pouvait y croire, puis l'imita. Dès que l'âne épuisé sentit le sable sous ses sabots, il s'arc-bouta et refusa d'avancer.

— On ne peut pas le laisser là, marmonna Bak. Il faut qu'il sèche, qu'il se réchauffe.

Hébété, Amonmosé poussa l'animal par-derrière pendant que Bak le tirait. Dès qu'ils furent sur le rivage, il lâcha la longe, tomba à genoux et, murmurant une vague prière de gratitude, il roula sur le sable chaud. Il eut à peine le temps de voir Amonmosé s'écrouler de l'autre côté des pattes tremblantes de l'âne, et il s'endormit.

Bak entendit un appel brusque, puis il se sentit secoué par l'épaule. Il ouvrit les paupières et, à contre-jour devant le soleil aveuglant, il découvrit un petit visage au-dessus de lui. Se protégeant les yeux, il s'assit lentement pour regarder le gamin qui l'observait. Celui-ci recula vivement et le sourire de Bak ne put le rassurer.

Amonmosé était resté là où il était tombé, cependant l'âne avait disparu. Les eaux également. Elles s'étaient retirées du sol sablonneux de la faille, et de l'oued aussi, sauf par endroits où de grandes flaques reflétaient le ciel. Bak sourit à nouveau à l'enfant. Ce que les dieux donnaient, ils le reprenaient – et parfois très vite.

Ses pensées se tournèrent vers ses Medjai et la caravane. La dernière fois qu'il les avait vus, ils étaient assez haut sur la colline pour échapper à l'inondation. De tous, Senna courait le plus grand péril. Bak espérait qu'il était sain et sauf. Sa maladresse avait failli leur coûter la vie, à tous deux ; mais nul ne méritait de mourir pour une faute accidentelle. Si tant est qu'elle le fût.

Ouser, en homme de bon sens, conduirait la caravane jusqu'au puits suivant. Dans le cas improbable où il aurait pris la décision d'attendre, les Medjai continueraient leur chemin afin de chercher les disparus. Le soleil se levait à peine au-dessus des sommets. Ils devaient être en route depuis longtemps.

Bak et Amonmosé essayèrent l'un et l'autre de tirer quelques mots au gamin, mais il ne parlait que sa propre langue. Il demeurait assis à bonne distance, trop timide ou craintif pour s'approcher, et il les observait de ses yeux intrigués.

— Quand la caravane viendra, nous lui donnerons à manger, dit Amonmosé.

— Et aussi un cadeau. Il a pris soin de l'âne pendant que nous dormions.

Au bout d'un long silence, Amonmosé avoua :

— Jamais je n'ai eu autant faim. Bientôt, je ne serai plus que l'ombre de moi-même, ajouta-t-il en tapotant son ventre volumineux.

— Nous avons de l'eau douce en abondance, lui rappela Bak en souriant.

— La seule pensée de l'eau me dégoûte. Ce Senna ! s'exclama-t-il en examinant une longue estafilade sur son bras, due à une branche d'acacia. À la moindre provocation, je lui tords le cou.

— Il n'avait pas l'intention de me faire tomber. Lui aussi a pu être emporté, d'ailleurs.

— Il t'a poussé d'un coup de pied.

— Non, il a glissé sans pouvoir contrôler sa chute.

Le marchand ne parut pas convaincu.

— Le jour où il s'est joint à notre caravane, Ouser m'a conseillé de ne jamais lui faire confiance.

— Minnakht a insisté pour partir sans lui. Que pouvait-il faire ?

— Qui te dit que Senna n'a pas tué Minnakht ? Ou cet homme, au nord de Keneh ? Comment sais-tu qu'il n'est pas l'assassin de Dedou ?

— Quand l'inconnu du puits est mort, Senna était sur la piste avec mes hommes et moi. Et en ce qui concerne le meurtre de Dedou, l'un d'entre nous l'aurait entendu s'il avait quitté notre campement.

— Ouser m'a dit que tu te méfiais de ton guide, et voilà que tu prends sa défense !

— Comme tu le sais, je suis un policier. Je ne dois pas juger de manière hâtive.

— Accorde-moi une chose : il est possible que Senna t'ait poussé exprès.

Bak posa la main sur l'épaule du marchand.

— Sois tranquille, Amonmosé. Désormais, je me tiendrai sur mes gardes.

11

— Tu es sûr que tu vas bien, chef ?

Psouro, assis sur le sable humide avec Bak et Amonmosé, ne savait s'il devait se réjouir de les avoir retrouvés sains et saufs ou se lamenter à cause des contusions dont ils étaient couverts. Bak finit de manger et jeta les derniers os. Même froides, les volailles étaient aussi délicieuses que la veille.

— Ne t'inquiète donc pas, Psouro ! En considérant tout ce qui aurait pu arriver, nous nous en sommes très bien tirés.

— Heureusement que vous êtes arrivés ! La seule vue de ces biquettes commençait à me mettre l'eau à la bouche, dit Amonmosé, regardant du coin de l'œil les chèvres qui attendaient patiemment leur petit berger.

Celui-ci se tenait à faible distance devant Ouser et Senna. Avec sa peau foncée et ses haillons, il semblait un Amset en miniature.

— Le petit ne te l'aurait jamais pardonné, répondit Bak. Elles sont sous sa responsabilité et il doit les ramener à sa famille.

La réserve de l'enfant avait fondu lorsque Ouser lui avait donné une caille rôtie. Il l'avait engloutie et en avait accepté une deuxième avec empressement. Toutefois, quand, son repas terminé, l'explorateur appela Senna pour essayer de lui parler, il se montra encore plus timide qu'auparavant. Les yeux rivés sur le sol, il ne savait que faire de ses mains et semblait avoir perdu sa langue.

Par l'entremise du guide, Ouser tâchait de savoir où se trouvait la famille de l'enfant. Celui-ci avait acquiescé quand on lui avait demandé s'il avait été bloqué dans le défilé alors qu'il cherchait ses chèvres égarées. Mais, à chaque autre question, il se contentait de secouer la tête.

— Son campement ne peut être loin, dit l'explorateur, déçu. Pourquoi refuse-t-il de dire où ? Sa mère serait peut-être intéressée par ce que j'apporte – remèdes, lin ou aiguilles, elle ne pourra jamais s'en procurer dans le désert.

— Il le sait, pourtant, assura Senna, visiblement agacé. Je ne comprends pas pourquoi il ne veut pas parler.

— Quelque chose lui fait peur, murmura Bak à ses compagnons.

— Tu devrais essayer, mon lieutenant, suggéra Psouro, se préparant à ramener l'âne parmi ses congénères, près d'une petite mare au milieu de l'oued. Il a été témoin de ton courage et il sait que tu es officier, le chef vers lequel se tournent les Medjai. Ces raisons à elles seules pourraient l'inciter à parler.

Bak observa les deux hommes et l'enfant. Celui-ci n'avait manifesté aucune timidité envers Ouser avant qu'il ne commence à le questionner. La présence de Senna pouvait-elle en être la cause ?

— Appelle Kaha, Psouro. Nous allons essayer avec un autre traducteur.

— Bien, chef ! répondit le sergent sans cacher sa satisfaction.

Il n'avait pas été témoin de la chute de Bak, mais il avait écouté ceux qui l'avaient vue de leurs yeux.

Comme Amonmosé, il n'éprouvait que méfiance vis-à-vis du guide nomade.

S'étant nettoyé les mains dans le sable, Bak se leva et rejoignit Ouser, Senna et l'enfant.

— La caravane doit avancer, Senna. Si tu tiens à en prendre la tête, va avec Psouro.

— Mais…

— La route est longue jusqu'au prochain point d'eau, rappela le lieutenant d'un ton sec.

Senna obéit en rougissant.

Le guide, qui avait pu échapper au sort de Bak et d'Amonmosé, avait imploré son pardon. Depuis, il se montrait soumis et effacé. Bak ne voulait pas l'humilier, cependant il ne tolérerait aucune protestation de l'homme qui avait failli causer sa perte.

Amonmosé alla dire au revoir au jeune garçon, dont il ébouriffa les cheveux. L'enfant lui rendit son sourire, presque avec tristesse, comme s'il avait le sentiment de perdre un ami.

— Puis-je te dire un mot, Ouser ? demanda Amonmosé.

Songeur, l'explorateur les regarda, Bak et lui, comprenant qu'on cherchait à l'éloigner. Il sourit à l'enfant en guise d'adieu et retourna vers la caravane aux côtés du marchand.

Kaha arriva sans tarder. Bak lui expliqua la situation et lui demanda d'interroger le garçon.

— Plutôt que d'insister pour savoir où campe sa famille, tâche de découvrir pourquoi il ne veut pas le révéler.

Kaha posa sa question en butant sur les mots. L'enfant haussa les épaules comme s'il ne comprenait pas. Après plusieurs autres tentatives, Kaha jeta un regard désespéré à Bak et essaya une méthode différente. Il se baissa pour se trouver au niveau du gamin et prononça un long et difficile discours, en montrant Bak à de nombreuses reprises. Au bout d'un moment, l'enfant commença à suggérer un mot quand le Medjai hésitait. Il ouvrait grand les yeux et regardait souvent en direction du lieutenant.

— Si tu l'incites à me craindre, Kaha, il ne t'apprendra jamais ce que nous voulons savoir.

Le Medjai expliqua avec un petit rire :

— Je fais l'éloge de ta bravoure, de ta force et de ton astuce face à l'ennemi, toi qui sais recourir à la ruse aussi bien qu'aux armes pour remporter la bataille.

Souriant à l'enfant, Bak répondit :

— Explique-lui plutôt que je ne ferai aucun mal à sa famille ni aux nomades de ce désert, à moins qu'on ne nous oblige à nous défendre.

Le Medjai traduisit. Le garçon observa Bak d'un air grave et hocha la tête. Il dit quelques mots à Kaha, qui lui posa alors une question. Têtu, l'enfant répéta les mêmes paroles. Kaha le fixa longuement, comme si, par un effort de sa volonté, il pouvait l'amener à en dire plus. Comprenant que c'était en vain, il ramassa le panier contenant les quatre dernières cailles et le lui donna. Avec un sourire reconnaissant, l'enfant courut rejoindre ses chèvres dans le défilé.

— Que t'a-t-il dit ? demanda Bak.

— Que nous voyageons avec un homme méchant.

Un homme méchant. Comme s'il avait besoin qu'on le lui dise ! Il soupçonnait que c'était une allusion à Senna, mais cela pouvait aussi bien désigner n'importe quel membre de l'expédition – ou le guetteur. Un seul fait était sûr : l'enfant n'avait marqué aucune timidité envers Amonmosé.

La caravane s'ébranla, en quête d'un endroit ombragé où passer les heures chaudes. Minmosé affirma qu'on distinguait déjà de nouvelles feuilles sur les plantes du désert. Amonmosé refusa que l'on charge l'âne qui, jurait-il, lui avait sauvé la vie, car il avait besoin d'être ménagé. Ouser lui demanda s'il voulait en faire une bête capricieuse, sur un ton sévère que démentait son clin d'œil malicieux à Bak. L'abondance d'eau avait mis chacun de belle humeur.

Même les âniers semblaient moins accablés, toutefois ils demeuraient sur le qui-vive. Bak avait l'impression qu'ils ne se fiaient plus à personne, pas même à Ouser qui était pourtant leur employeur. Ils continuaient à accepter l'aide de Nebenkemet, mais ne se montraient plus expansifs. Lorsque Kaha tenta de les sonder, ils secouèrent la tête, feignant de ne rien comprendre.

Depuis le défilé, le guetteur ne donnait plus signe de vie. Les observait-il toujours de loin ? Ou la mort du guide avait-elle été son but ultime, libérant la caravane de sa surveillance constante ?

Convaincu qu'ils n'étaient pas encore débarrassés de lui, Bak envoya Kaha et Rona inspecter les environs, après quoi il rejoignit l'avant de la caravane pour s'enquérir du trajet de la journée. Il trouva Senna extraordinairement prolixe en informations et soucieux de le satisfaire.

— Minnakht s'intéressait à cette région plus qu'à toute autre, lieutenant. Nous avons passé près de deux semaines à explorer les pentes et les oueds, sans nous éloigner de plus d'un jour de marche des points d'eau : la source où nous étions quand Dedou est mort, le puits à l'est qu'Ouser et toi avez dédaigné et la gorge où nous passerons la nuit.

— Restiez-vous toujours dans ce triangle ? s'enquit Bak.

— De temps en temps, nous nous aventurions plus loin s'il distinguait une formation intéressante, ou s'il trouvait une pierre charriée dans l'oued par les eaux.

Minnakht avait-il restreint son champ d'exploration à cause de la proximité de l'eau, ou quelque chose l'avait-il persuadé qu'il découvrirait ce qu'il cherchait dans ce fameux triangle ? Ouser ne marquait aucun intérêt particulier pour le paysage qu'ils traversaient et riait à l'idée qu'il y eût de l'or si loin au nord. À voir les masses granitiques érodées qui les entouraient, Bak était enclin à penser comme lui.

— Si tu le voulais, lieutenant, nous pourrions nous séparer de la caravane et je t'emmènerais dans les endroits que nous avons explorés. Peut-être Minnakht avait-il remarqué quelque chose qui m'a échappé. Qui sait ce que nous trouverions en retraçant son chemin ? dit Senna avec un enthousiasme croissant.

Bak contint un sourire. Dommage qu'Amonmosé ne fût pas là pour entendre cette proposition – rendue plus alléchante encore par l'attrait d'un filon. Sa réaction aurait été intéressante.

— Je me croyais proche de Minnakht, poursuivit Senna, cependant je ne serais pas surpris qu'il ait gardé sa découverte pour lui. Ces explorateurs ! Tu n'as pas idée comme ils se replient dans leur coquille sitôt qu'ils pensent être près d'un trésor.

Le guide sentait sans doute que Bak ne lui accordait pas une confiance entière. Était-il naïf au point de croire que l'appât de l'or briserait ses défenses ?

— Je préfère que nous restions avec Ouser. Nous pourrons toujours explorer ces oueds et ces montagnes en retournant à Ouaset.

Senna lui lança un regard surpris.

— Tu comptes revenir par ce chemin, lieutenant ?

Bak n'en fut pas sûr, mais il crut percevoir de la consternation dans sa voix.

— À moins que je ne retrouve Minnakht entre-temps, il le faudra. Son père et le commandant Thouti n'en attendent pas moins.

— Pour moi, c'est clair, dit Nebrê. Senna cherche à séparer le lieutenant Bak de la caravane afin de l'assassiner.

— Là où le lieutenant ira, nous irons, remarqua Psouro. Il ne l'a pas encore compris ?

Bak s'adossa contre la paroi rocheuse et regarda les deux Medjai transvaser l'eau d'une jarre dans une outre en peau de chèvre.

— En fait, j'ai été tenté d'accepter, rien que pour savoir s'il est innocent comme il le prétend.

— Tu ne ferais pas ça, chef ! protesta Psouro, horrifié.

— Pas sans m'entourer de précautions, non, mais cela pourrait en valoir la peine. Si nous avions la preuve qu'il veut ma mort, nous n'aurions aucun scrupule à lui arracher la vérité, au sujet de Minnakht. Quant aux meurtres commis depuis notre départ de Keneh, je ne serais pas surpris qu'il connaisse le coupable.

— Crois-tu toujours que c'est un des membres de l'expédition ?

— Je ne sais plus. L'absence de toute trace étrangère au premier puits désignait l'un des leurs ; l'empreinte du défilé indiquait que Dedou avait été assassiné par un intrus.

— Le guetteur.

— À ce qu'il semblerait.

Les deux Medjai et Bak se tenaient dans un large pan d'ombre, au pied de la muraille presque verticale de l'oued. Trois ânes somnolaient à côté d'eux ; les autres se reposaient plus loin. L'explorateur et son groupe dormaient, un peu à l'écart. Minmosé, de garde, jouait aux jonchets avec Senna sous une saillie rocheuse. Cet emplacement n'offrait pas un point de vue idéal, mais c'était le seul où l'ombre suffisait pour abriter deux hommes.

Psouro reboucha l'outre et la posa, puis il en prit une autre afin que Nebrê la remplisse.

— Minnakht avait l'expérience de ce désert. De plus – et c'est un élément important –, il menait à Kemet une vie de luxe et d'aisance. Un homme dont les jours ne sont qu'une longue suite de privilèges choisirait-il de disparaître ?

— Peu probable, estima Nebrê.

— S'il se défiait de Senna, il a pu préférer partir seul, argumenta Bak.

— Ne serait-il pas caché chez ses amis nomades ? avança Psouro.

— Nefertoum tient autant que moi à savoir ce qui lui est arrivé, dit le lieutenant. Je ne pense pas qu'il ait voulu me lancer sur une fausse piste. Ses gens ont vraiment cherché partout, c'est pourquoi il veut que nous continuions l'enquête de l'autre côté de la mer.

— Et nous devrons emmener Senna, je suppose ! déduisit Psouro avec un manque notable d'enthousiasme.

— Je crains bien qu'il restera mon seul suspect, si je ne peux convaincre tout le groupe de nous accompagner.

Un raclement résonna au-dessus de leur tête, suivi du crépitement des pierres sur les rochers. De la poussière et des cailloux criblèrent la tête et les épaules de Bak, ainsi que l'âne le plus proche, qui se réveilla en sursaut.

— Il y a quelqu'un en haut ! cria-t-il. Fuyez !

Il frappa les ânes pour les chasser de l'ombre. Psouro partit en courant, l'outre contre son cœur. Nebrê redressa la jarre, sauvant le reste du précieux liquide, avant de s'enfuir lui aussi.

Un bloc de granit tomba du ciel, fracassant une jarre posée presque à l'endroit où Bak se tenait un instant plus tôt. De petites pierres suivirent dans son sillage, puis le silence revint.

Bak s'assura que Psouro et Nebrê étaient indemnes. Les ânes s'étaient arrêtés près de quatre acacias qui poussaient au bord de l'oued. Le reste du groupe, debout au soleil, était encore hébété après ce trop brusque réveil. Par bonheur, personne n'était blessé. Il suffisait de regarder les débris de terre cuite baignant dans une flaque d'eau pour se représenter ce qui aurait pu arriver.

— Chef ! cria Minmosé, qui arrivait en courant. J'ai vu un homme, là-haut. C'est lui qui a poussé le rocher dans le vide !

— Par où est-il parti ?

— Vers le nord, je crois.

— Nebrê, allons-y.

— Je viens aussi, dit Psouro.

Bak lui prit l'outre des mains, la donna à Nebrê et ramassa celle que ses hommes avaient remplie auparavant.

— Non. Quelqu'un doit veiller sur la caravane en mon absence.

Prestement, il se munit d'un arc et d'un carquois qu'il jugeait plus maniables qu'une lance et un bouclier. Nebrê, bien meilleur archer que son supérieur, fit un choix identique.

— Il y a une passe entre cette colline et la suivante, après le tournant. Elle nous permettra d'accéder au sommet.

Ils partirent en courant, ignorant les appels anxieux des compagnons d'Ouser qui se demandaient ce qui arrivait. Au détour de la courbe, ils découvrirent le défilé.

— Il est sûrement descendu par là, dans l'idée de traverser l'oued et d'aller vers la montagne rouge, dit

Bak. Sur ce terrain, il lui serait plus facile de nous échapper.

— A-t-il pu arriver avant nous ?

Ils s'engouffrèrent dans la passe. Au début, le sol était presque plat. Ils ralentirent et scrutèrent le sable encore humide, où subsistaient quelques ruisselets. Soudain, le Medjai s'accroupit pour observer une pierre rougeâtre et la cavité humide d'où elle avait été délogée.

— Quelqu'un vient de passer par ici.

Un peu plus loin, il repéra la marque du bord extérieur d'une sandale. La semelle usée s'adaptait à la courbure du pied qui la portait et présentait une légère entaille près du petit orteil.

— Le guetteur, dit Bak. Il semble se diriger vers l'oued.

Ils en eurent bientôt confirmation. Quelques pas plus loin, sur une pente où le sable avait séché, ils virent une longue trace montrant que l'homme avait glissé. Il avait reporté tout le poids de son corps sur l'autre pied, laissant une empreinte identique à la première.

Sa hâte montrait qu'il espérait traverser l'oued avant qu'ils puissent le repérer et se perdre dans les contreforts de granit rouge.

Nebrê fit une grimace de dépit. Bak n'avait pas plus que lui envie de suivre une piste dans ce paysage façonné par Seth, mais plus vite ils mettraient la main sur le guetteur, plus vite leurs nombreuses questions trouveraient une réponse.

— Combien de fois l'avons-nous aperçu ? demanda Bak.

— Quatre, répondit Nebrê, qui plissa les yeux en scrutant les hautes murailles de l'oued qu'ils remontaient. Chaque fois que nous perdons sa trace, il réapparaît.

Trop loin pour qu'on l'attrape, assez près pour qu'on le remarque.

— Je me faisais la même réflexion.

Dans le sol lavé de tout son sable, des trous profonds retenaient de l'eau. Les premières précipitations de l'orage qui avait frappé la montagne rouge par le nord s'étaient écoulées ici.

— Ces apparitions m'inquiètent, Nebrê. Essaie-t-il de nous perdre ? Nous attire-t-il dans un traquenard ?

Nebrê répondit par un grognement.

Bak s'agenouilla au bord d'une flaque pour s'éclabousser le visage et les bras. L'eau était claire, tiédie par le soleil.

— Nous irons jusqu'au bout de cette gorge, mais pas plus loin. Notre absence a duré trop longtemps. Psouro doit se ronger d'inquiétude.

— On va donc laisser cet homme nous échapper à nouveau ? demanda Nebrê, déçu.

— Il connaît la région. Pas nous. Ne soyons pas trop téméraires.

— Si on renonce toujours, chef, on ne l'attrapera jamais.

Le Medjai ressemblait à un chien : une fois qu'il avait flairé une piste, il aurait risqué sa vie plutôt que d'abandonner la chasse.

— Nous devons trouver un moyen de le piéger.

— Comment ?

— Si je le savais, Nebrê, nous n'en serions pas là.

Le Medjai eut la sagesse de ne pas répliquer.

Ils suivirent un ruisseau qui serpentait de bassin en bassin. Puis, après un nouveau coude, ils s'arrêtèrent net. La passe s'achevait devant eux, barrée par une muraille d'où une cascade, argentée et murmurante, se déversait sur des marches en granit rouge, chacune plus haute qu'un homme.

L'ascension était possible, et tentante, néanmoins le bon sens prévalut.

— On fait demi-tour, décida Bak.

Nebrê jeta un coup d'œil méfiant par-dessus son épaule, vers le défilé qu'ils avaient emprunté.

— Pourrait-ce être le piège auquel nous nous attendons ?

— Je ne peux imaginer meilleur endroit.

Scrutant le roc de chaque côté, la chute d'eau devant eux, ne sachant s'il fallait se préparer à l'attaque d'un seul ou d'une armée, Bak et le Medjai reculèrent lentement. Soudain, une silhouette solitaire surgit au sommet de la cascade et s'approcha du bord. L'homme les fixa avec impudence, puis il s'agenouilla pour boire dans ses mains en coupe. Un geste délibéré, narguant ses poursuivants prêts à battre en retraite.

Bak lâcha un juron, auquel celui de Nebrê fit écho.

L'homme se leva, s'étira et bâilla d'un air moqueur. Il était grand et mince ; il avait la peau sombre de Nefertoum et des gens de sa tribu. Ses vêtements – un pagne marron, probablement en cuir, et une tunique à manches longues, décolorée par le temps ou la saleté – étaient ceux d'un nomade. Il portait un bâton ou peut-être une lance.

— J'aimerais connaître son dessein, Nebrê. Penses-tu pouvoir le blesser ?

Souriant de toutes ses dents, Nebrê tira une flèche de son carquois.

— Je préférerais le tuer, chef, mais puisque je n'en ai pas le droit, une flèche dans la cuisse te suffirait-elle ?

Au moment où il levait son arc, l'homme se jeta sur le côté et disparut. La flèche siffla, s'éleva dans les airs et retomba. Nebrê jura entre ses dents et s'élança vers la cascade.

— Je te le ramène !

— Non ! ordonna Bak, péremptoire.

Nebrê s'arrêta, frémissant de rage, les yeux fixés sur le sommet.

— S'il nous laissait escalader cette chute d'eau sans encombre – mais je doute qu'il manque une telle occasion –, le temps que nous arrivions en haut, il serait déjà loin.

Inflexible, il attendit que le Medjai entende raison. Quand celui-ci finit par faire demi-tour, non sans réticence, le lieutenant ajouta :

— Rejoignons la caravane. Je n'aimerais pas passer la nuit dans ces parages, sachant qu'un tueur rôde à proximité.

— Le reconnaîtrais-tu, si tu croisais son chemin ? demanda Bak.

— Il était trop loin, répondit Nebrê, maussade.

Il comprenait la décision de son supérieur, cependant son irritation n'était pas encore tout à fait apaisée.

— Et toi, mon lieutenant ?

— J'en doute. Il s'arrange toujours pour qu'on le voie, sans qu'on puisse distinguer ses traits.

Le soleil s'était couché derrière la montagne, laissant le monde autour d'eux dans l'ombre. Collines et précipices, corniches et défilés se fondaient dans une nuance de rouge sombre. Même le sable, dans les anfractuosités, semblait refléter le ciel flamboyant.

Bak estimait qu'ils se trouvaient à une demi-heure de l'oued principal, et qu'ils l'atteindraient à la nuit. La caravane se serait mise en route depuis une ou deux heures, mais ils la rattraperaient sans peine. Les traces du passage récent des hommes et des bêtes seraient nettes, sur le sable lisse.

Il reconnut la marque luisante sur le flanc d'un rocher que Nebrê avait écorné, à l'aller, pour baliser leur chemin, et il se réjouit de cette précaution.

— Je n'ai repéré personne derrière nous, chef, remarqua Nebrê. Ça m'étonne. Le guetteur ne nous suit donc pas ?

— Il doit connaître la destination de la caravane et prend peut-être un raccourci.

— Si seulement j'avais été plus rapide ! se lamenta le Medjai. La peur d'être abandonné là-haut, blessé, lui aurait délié la langue. Nous aurions su pourquoi il nous épie.

— Il croit que nous le conduirons à l'or de Minnakht.

— De l'or ? Ouser répète que nous n'en trouverons jamais.

— Qui sait ce qu'on découvrirait si l'on prenait le temps d'étudier le terrain ?

— Le guetteur doit voir que nous ne faisons que passer.

— La simple idée de la richesse grise bien plus un homme que le vin de dattes, et, comme à l'ivrogne, lui ôte toute logique.

— Et Dedou ? Et l'inconnu du puits ? Les a-t-il tués pour ne pas avoir à partager avec eux ?

— Il y a aussi l'explorateur disparu, et le père de Nefertoum qui aurait été assassiné.

— Par Senna, à ton avis ? Guider Minnakht était un travail enviable.

— S'il a tué le père de Nefertoum afin de travailler pour Minnakht, pourquoi aurait-il tué ce dernier ensuite ?

Tout en réfléchissant à cette énigme, ils bifurquèrent dans un oued hérissé de pierres de toutes tailles. Ils durent marcher l'un derrière l'autre le long d'un sentier que les nomades avaient dégagé avec patience ; des amas de pierres le jalonnaient à intervalles irréguliers.

Les deux policiers se sentaient trop exposés, des proies faciles pour un guet-apens.

Ils marchaient vite, observant le paysage avec appréhension. Ils devaient être à un quart d'heure du but quand, sur une éminence devant eux, ils distinguèrent un homme tourné dans leur direction comme s'il guettait leur arrivée. Il était grand et mince. Son pagne et sa tunique, blancs dans la lumière incertaine, lui donnaient l'apparence d'un habitant de Kemet. Il était armé d'un arc. Ses traits étaient indistincts, de même que la couleur de sa peau.

Nebrê saisit une flèche dans son carquois, mais il était troublé ; ses gestes manquaient d'assurance.

— Est-ce l'homme de tout à l'heure ? Pourraient-ils être deux, chef ?

— Je ne sais pas, avoua Bak, également perplexe.

L'homme continuait à les observer comme s'il attendait qu'ils approchent. « Quelle est la portée de son arme ? se demanda Bak. Porte-t-il un arc ordinaire, ou à double courbure comme Nebrê et moi ? Des armes précises, puissantes, que l'on ne se procure pas aisément dans le désert. »

Les deux compagnons n'étaient pas d'humeur à hésiter, au contraire : ils allongèrent le pas.

Au même instant, des silhouettes vêtues de blanc débouchèrent d'un lit perpendiculaire, au-delà de la colline sur laquelle l'inconnu était posté. Kaha, Minmosé et Amonmosé ! Dès qu'il aperçut Bak et Nebrê, le marchand cria quelque chose dans ses mains en cornet. Bak ne put distinguer les paroles, mais il leva le bras en un geste amical.

— Ils devaient nous croire perdus, dit le Medjai, esquissant un sourire.

Bak désigna l'homme sur la colline.

— Prêt à le coincer ?

— Et comment !

Les voyant se mettre à courir, l'homme partit rapidement de l'autre côté, se pencha pour regarder au-delà d'un monolithe et découvrit les nouveaux venus. Se sachant pris entre deux feux, il escalada les rochers brisés et disparut derrière la crête.

— Rien n'est sûr, vu la distance, dit Bak, mais ce pourrait être un habitant de Kemet.

— Les nomades s'installent parfois dans notre pays dans l'espoir d'une vie meilleure, puis ils adoptent notre habillement et nos coutumes, remarqua Amonmosé qui, parfaitement remis de ses épreuves, marchait à côté de Bak avec une vigueur juvénile. Cet homme venait peut-être rendre visite aux siens.

La soirée était fraîche, et une brise régulière soufflait sur les hauteurs. Le petit groupe passait entre des berges de gravier couvertes de sable afin de rejoindre le prochain point d'eau.

— Imagine notre stupeur quand, après avoir perdu le premier, nous avons découvert le second ! Mais peut-être tous les deux ne font-ils qu'un…

En repensant à la poursuite à travers les avant-monts, Bak se sentait humilié. Il avait averti Thouti qu'il ne connaissait pas le désert oriental. Eh bien, jusqu'à présent, il l'avait prouvé de façon répétée ! Leur gibier les avait menés, Nebrê et lui, par le bout du nez, puis il leur avait filé entre les doigts.

— Je prie afin que tu l'arrêtes, confia Amonmosé. Il me déplaît de le conduire droit à mon campement de pêche. S'il tue par plaisir, il pourrait voir dans mes hommes des proies toutes trouvées.

Bak songea à ceux qui avaient été assassinés ou dont on avait perdu la trace. À une exception près, tous exploraient cette sinistre contrée en quête d'un trésor. Il doutait que les pêcheurs courent un réel danger, toutefois…

— Pourquoi ne pas les envoyer de l'autre côté de la mer, dans le port qui dessert les mines ? Ils pourraient partir chaque jour vers le large et auraient un marché pour leurs prises. Ils seraient en sécurité, là-bas.

Amonmosé resta pensif.

— Hmmm. La pêche est excellente autour des îles, mais que vaut le profit, comparé à des vies humaines ? Dans ce cas, je devrai m'y rendre moi aussi. Il leur faudra des autorisations et d'autres documents. Verrais-tu une objection à ce que Nebenkemet et moi poursuivions le voyage avec toi ?

Ravi de ne pas avoir à le convaincre de l'accompagner, Bak répondit en souriant :

— D'accord, mais promets-moi que nous ne nagerons plus dans des oueds inondés.

— Pas la moindrc baignade, lieutenant ! assura Amonmosé en riant.

— Maintenant qu'Ouser n'a plus de guide, penses-tu qu'il préférera rentrer ?

— Ani ne cesse de parler de turquoise depuis Keneh. S'il arrive à ses fins, il persuadera Ouser de continuer. Dans le cas contraire, il voudra venir avec nous. Ouser ne serait-il pas téméraire en restant ici avec Ouensou pour seul compagnon ?

Bak se promit de parler à l'explorateur. Qu'il y eût ou non un meurtrier dans son groupe, ils devaient rester ensemble, ne fût-ce que parce qu'il voulait les protéger.

12

Bak s'éveilla en entendant les ânes s'agiter. Déjà le soleil levant lançait ses premiers feux, telles de longues flammèches rouges. Frissonnant, le lieutenant quitta sa couche et étira ses muscles, plus douloureux après cette nuit de repos qu'au sortir de sa lutte contre les flots.

La caravane faisait halte entre de hautes rives de gravier, près d'un bouquet d'acacias. Les autres dormaient encore et il ne voulut pas les déranger. Psouro lui avait rapporté la décision d'Ouser : la dernière étape jusqu'à la mer se ferait d'une traite, dans la fraîcheur de la nuit suivante.

Bak regarda du côté des arbres où, avant de s'endormir, il avait vu Rona remplacer Minmosé pour monter la garde. Le Medjai n'était plus là. Pensant qu'il était allé boire ou faisait une ronde, Bak remonta vers le point d'eau, dont Psouro lui avait indiqué la direction.

Il parvint devant des éboulis qui s'élevaient jusqu'au sommet d'une paroi de granit. Au-delà, les pentes rouges de la montagne luisaient dans la lumière matinale. Au détour de gigantesques rochers arrondis, le lit asséché le conduisit aux bassins, alimentés par une source.

Le chant des oiseaux saluait l'aube nouvelle sans nulle présence humaine pour le troubler.

La succession de petits lacs, au pied de la cascade asséchée, lui rappela leur précédente halte. Là s'achevait la similitude. L'eau jaillissait à l'intérieur de la gorge ; aucune végétation ne poussait sur le sol rocheux. D'après Psouro, en voyant les plans d'eau, les hommes s'étaient réjouis à l'idée d'un nouveau festin. La déconvenue avait été rude quand Ouser avait expliqué que les oiseaux ne venaient pas y boire, préférant les terrains découverts.

Trois corbeaux s'envolèrent en croassant d'un tertre de pierres. Curieux, Bak s'approcha. Son regard fut attiré par un pied nu, à la peau foncée. Une prière sur les lèvres, il courut, redoutant ce qu'il allait trouver.

Derrière les rochers, Rona était couché sur le flanc, inerte – sans vie. Le sang avait coulé d'une longue plaie dans son dos ; une nuée de mouches grouillait sur la croûte. Bak eut l'impression de recevoir un coup de poing au creux de l'estomac.

Il se força à respirer plusieurs fois profondément, à reprendre ses esprits. Il arracha une branche sur un buisson à moitié mort, chassa les insectes, et s'agenouilla près du corps couvert de poussière. Avec douceur, comme si le Medjai pouvait encore ressentir de la douleur, il le retourna sur le ventre, révélant une flaque de sang séché. Un filet rouge sur sa joue montrait qu'il avait aussi saigné de la bouche. Son corps était à peine raide.

Des larmes lui montèrent aux yeux. Depuis des années qu'il dirigeait sa compagnie medjai, il n'avait perdu qu'un homme. À l'époque, il s'était juré que ce serait le dernier. Et voilà que cela recommençait. Ici, dans ce désert oublié des dieux, où l'on ne pourrait l'enterrer de manière décente ni l'envoyer vers l'autre monde avec les sortilèges et les incantations appropriés.

Recouvrant son sang-froid, il se leva et regarda autour de lui. La passe était flanquée d'énormes rocs arrondis qui s'amoncelaient jusqu'en haut des falaises. Bak imagina les milliers de nomades venus chercher de l'eau au fil des siècles, procession d'humanité et de bétail. Un endroit sombre et inquiétant, la nuit, évocateur de mythes et de superstitions. Pourquoi Rona était-il venu ici ?

— Chef ! appela Psouro, qui accourait.

Alors il aperçut le Medjai. Il tomba à genoux en poussant un cri déchirant.

— Comment est-ce arrivé ?

— Il a dû être témoin de quelque chose, dit Bak, qui avait peine à parler tant sa gorge était serrée. Et il l'a payé de sa vie.

Accablé par la mort de son ami, le sergent se leva lentement, comme un vieillard aux articulations raides.

— Je dois l'annoncer aux autres.

— Envoie-moi Nebrê et Kaha, ordonna Bak d'une voix dure. Le meurtrier ne doit pas nous échapper.

Sous le regard attentif de Bak, Nebrê et Kaha, tristes et déterminés, examinaient avec soin le sol autour du corps. À force de persévérance, ils trouvèrent près d'un buisson une poche de sable que l'on avait aplanie pour effacer des traces. Cette tentative de dissimulation les encouragea et ils élargirent progressivement leurs recherches. Ils s'acharnaient depuis une demi-heure quand Psouro arriva en courant.

— Chef ! Senna est parti !

Le sergent s'arrêta sur une pierre plate de peur d'effacer un indice.

— Nous avons cherché partout. Je parie une jarre de la meilleure bière de Kemet qu'il a tué Rona et pris la fuite.

— Il devait avoir rendez-vous avec l'assassin, et Rona l'a suivi.

— Dans cette gorge ?

Le sergent leva les yeux vers les parois vertigineuses et frissonna.

— La nuit, il doit y faire aussi noir que dans un tombeau.

— Je me demande comment il s'est laissé attirer dans ce cul-de-sac.

Les corbeaux avaient décrit un cercle pour se poser à mi-hauteur. Leurs cris rauques se mêlaient à ceux de deux autres, perchés un peu plus loin.

— Nous traquerons Senna, ce serpent ! gronda Psouro. Je sais que tu n'aimes pas recourir à la trique, mais dans ce cas, cela s'impose. Il sera frappé jusqu'à ce qu'il dénonce son complice.

Dans son cœur, Bak applaudissait la détermination de Psouro à pourchasser le traître, toutefois il voulait Senna vivant, et non battu à mort. Il serait jugé selon la loi de Kemet ; sa culpabilité serait pesée sur les plateaux de la justice, non dans ce maudit désert. Le châtiment ne serait pas moins exemplaire.

— On continue d'inspecter le terrain ? voulut savoir Nebrê.

— Nous cherchons deux hommes, désormais, lui rappela Bak. Psouro, amène-nous du renfort pour transporter Rona jusqu'à notre campement. Il faut veiller à ce qu'il soit enterré sans tarder.

— Mais, chef, mieux vaut poursuivre ce traître au plus vite !

Les croassements persistants alertèrent Bak et firent surgir une autre possibilité à son esprit. Il observa les oiseaux perchés sur les rochers, qui penchaient la tête d'un côté, puis de l'autre, regardant, pleins d'espoir… simplement Rona et les intrus sur leur domaine ?

Dans le ciel qui s'éclaircissait, trois vautours tournaient en rond.

— Les oiseaux, Psouro... que t'apprennent-ils ?

Le sergent lança une imprécation. Un instant plus tard, Bak et lui se déchaussaient pour escalader l'amas rocheux. Bientôt, ils tombèrent sur une traînée brunâtre – le sang d'un corps tiré vers le haut. Ils suivirent d'autres traces semblables jusqu'à ce qu'ils découvrent un nouveau cadavre, enfoncé la tête la première dans une fissure. Ils durent l'en tirer pour avoir la certitude que c'était bien celui qu'ils cherchaient.

Comme Rona, Senna avait été poignardé. À ceci près que, cette fois, on lui avait plongé la dague en plein cœur. Il connaissait son assassin et se fiait à lui.

Les Medjai portèrent Rona et Senna au camp sur des civières improvisées au moyen de nattes et de lances. Bak détestait l'idée d'abandonner Rona dans le désert, mais il n'avait pas le choix. La caravane était loin de Keneh, et le pays des turquoises s'étendait par-delà la mer.

Psouro et lui trouvèrent un lieu de sépulture approprié sur la rive, assez haut pour échapper aux inondations. Quand les corps eurent été déposés près de leur dernière demeure, Bak renvoya Nebrê et Kaha à leurs recherches. Pendant que Psouro et Minmosé creusaient les tombes, il examina les dépouilles minutieusement.

N'ayant rien trouvé de particulier, il regagna son campement. Pendant qu'il fouillait les effets personnels de Senna, il entendit des éclats de voix provenant du camp d'Ouser. Le temps qu'il termine, l'intensité de la dispute s'était accrue. Il résolut d'aller voir quelle en était la cause.

Ouser, avec à ses côtés Amonmosé, Nebenkemet, Ani et Ouensou, s'opposait aux âniers. Il était rouge de colère, après avoir tenté de se faire comprendre dans une langue qu'il maîtrisait mal. À la vue de Bak, il maugréa :

— Où est Kaha, ton maudit Medjai ? Peut-être que lui saura leur faire entendre raison.

— Qu'est-ce qui ne va pas ? interrogea le policier.

— À la nouvelle de la mort de Rona, ils ont commencé à chuchoter entre eux. Ensuite, Psouro nous a appris que Senna avait subi le même sort. Pour eux, c'en est trop, conclut Ouser en les foudroyant des yeux. Ils ont empaqueté leurs affaires et se préparent à partir.

— Ils ont peur.

— Comme nous tous, non ? riposta l'explorateur.

— Dedou était de leur famille, lui rappela Bak. Je m'étonne qu'ils aient tenu aussi longtemps.

— Je sais, je sais... Mais pourquoi faut-il qu'ils partent maintenant ?

Bak comprit que, dans sa colère, l'explorateur ne céderait pas. Résigné, il fit appel au marchand :

— Va trouver Kaha, Amonmosé. Explique ce qui se passe et dis que nous avons besoin de son aide.

Il ne pensait pas que les vagues connaissances du Medjai dans la langue des nomades leur soient d'un grand secours, cependant il fallait essayer.

— Si les âniers s'en vont, demanda-t-il à Ouser, emmèneront-ils les bêtes ?

— Ces ânes m'appartiennent. Je les ai achetés à Keneh et j'ai engagé ces bons à rien pour s'en occuper.

Bak poussa un soupir de soulagement. Sans les bêtes de somme, le groupe d'Ouser se serait trouvé dans la plus extrême difficulté.

— Ne peut-on se passer de ces hommes ?

— Nous n'avons plus qu'eux pour nous guider.

— Tu disais que tu serais à même de nous conduire jusqu'à la mer. Et il me semble qu'après cette gorge il suffit de suivre l'oued jusqu'à son embouchure.

— Ils m'éviteraient néanmoins de me fourvoyer.

— Je ne crois pas qu'ils connaissent cette partie du désert beaucoup mieux que toi, répliqua Bak, contenant son exaspération.

Ouser s'entêta :

— Ils ont accepté de prendre soin de nos ânes pendant tout le voyage. J'insiste pour qu'ils tiennent parole.

— Voici Kaha. Laissons-les discuter, dit le lieutenant, entraînant l'autre avec lui.

Le Medjai parla longuement aux nomades. Il hésitait et cherchait souvent ses mots, mais persévérait d'une voix calme et posée même lorsque les nomades s'emportaient. Enfin, il se tourna vers Bak et secoua la tête.

— Ils refusent de rester, mon lieutenant. Ils ont peur qu'on les tue dans la nuit, comme Dedou, Rona et Senna.

— Dis-leur que leur vie n'est pas en danger, mais que, puisque je ne peux garantir leur sécurité, je ne les retiendrai pas. Ils recevront la moitié de la somme convenue avec Ouser lorsque cette caravane sera de retour à Kemet.

Kaha traduisit. Avec un soulagement manifeste, les âniers ramassèrent leurs quelques possessions et détalèrent. Ils escaladèrent la pente de gravier vers le sud, évitèrent les sépultures inachevées et traversèrent l'arête comme s'ils comptaient reprendre le même chemin en sens inverse. Bak espérait qu'ils avaient des parents dans la région, qui veilleraient à ce qu'ils parviennent à Keneh sans encombre.

— Qu'allons-nous faire, maintenant ? interrogea Ouser avec colère. Longer la mer jusqu'à la piste du sud, dans le faible espoir de leur trouver des remplaçants ?

— On ne va pas rebrousser chemin à présent ! s'exclama Ani, consterné. Pas alors que nous sommes presque à la montagne de turquoise !

— J'ai l'intention de franchir la mer avec le lieutenant Bak, annonça Amonmosé au joaillier. Mes pêcheurs seront plus en sécurité dans le port qui dessert les mines, et je dois leur procurer un permis officiel. Nebenkemet sera du voyage. Pourquoi ne viendrais-tu pas aussi ?

— Si tu décidais de nous accompagner, dit Nebenkemet à Ouser, je pourrais m'occuper des ânes. J'aurais besoin d'aide pour ramasser leur nourriture, pour charger et décharger, mais cela ne devrait pas poser de problème insurmontable.

— Je t'aiderai avec joie ! affirma Ani en jetant un regard de défi à Ouser.

— Je suis allé trop loin pour reculer, dit Ouensou. Mais il faudra me montrer ce que j'aurai à faire.

Ouser les regarda d'un air renfrogné, toutefois il n'émit aucun commentaire. Bak n'aurait su dire s'il continuerait le voyage au-delà de la mer, resterait dans le désert ou retournerait à Kemet.

Adressant un dernier adieu aux tombes couvertes de pierres, la caravane se mit en route une heure avant la nuit. Bak la dirigeait, faisant halte chaque fois que le chemin devenait délicat afin de consulter Ouser. Apaisée par ces marques de confiance, la colère de l'explorateur retomba.

Malgré les jarres remplies à ras bord et les lourds fardeaux, les ânes se montrèrent dociles envers leurs conducteurs inexpérimentés. Dans la fraîcheur nocturne, l'étape fut rapide et facile. Ils laissèrent derrière eux les hautes montagnes rouges et traversèrent une région tout aussi aride, mais au relief moins torturé, où le granit gris était omniprésent. Devant eux s'étendait une vaste plaine côtière de sable et de rochers. À l'horizon, Bak crut distinguer la mer. Ouser jura qu'il entendait le bruit des vagues sur le rivage et qu'il sentait déjà une odeur de sel et de poisson.

Les étoiles disparaissaient dans un ciel jaune pâle quand ils parvinrent à la lisière des hauts plateaux. L'oued s'élargit. De chaque côté, les collines paraissaient petites, insignifiantes après les cimes majestueuses qu'ils venaient de quitter. Des acacias et des fleurs du désert poussaient dans les ruisseaux qui irriguaient la plaine. Selon Ouser, ils se trouvaient à moins de deux heures de la mer.

Bak était resté en arrière pour conférer avec Psouro lorsque Kaha apparut au pied d'un groupe de collines, sur leur gauche. Il courut vers eux, l'arc à la main, le carquois glissant de son épaule. Un messager, pressé d'annoncer sa nouvelle. Nebrê, lui, demeurait invisible alors qu'ils auraient dû rester ensemble. Craignant un nouveau malheur, Bak et Psouro se précipitèrent à sa rencontre.

Kaha s'arrêta devant eux, hors d'haleine.

— Nous avons trouvé un homme. Nebrê veut que je te dise…

Il se pencha en avant, les mains sur les genoux, cherchant à reprendre son souffle.

— C'est celui que vous avez vu il y a deux jours, dans les montagnes. Pas celui que vous avez suivi, non, mais le second. Il désire te parler.

— Comment va Nebrê ? s'inquiéta Bak.

— Il tient l'homme sous la menace de son arc et reste vigilant.

— Où sont-ils ? interrogea Psouro.

— De l'autre côté de cette colline, montra Kaha, le doigt tendu. L'homme ne veut parler qu'à toi, avec nous deux pour seuls témoins.

Bak savait que Nebrê ne prendrait aucun risque, néanmoins il ne pouvait tout prévoir. Inquiet pour le Medjai, il ordonna à Psouro de rester avec la caravane et pressa le pas avec Kaha.

— Ce n'est pas un piège ?

— Nous n'avons vu personne d'autre de toute la nuit, et Nebrê lui a promis de lui tirer une flèche dans le ventre à la moindre alerte, afin qu'il connaisse une mort lente et douloureuse.

— Et cet homme m'a demandé, moi en particulier ?

— Oui. Il a même prononcé ton nom : le lieutenant Bak.

— Il sait donc qui je suis ?

Les pas de Bak se firent hésitants. Plissant les yeux, mais pas à cause de l'éclat du soleil, il fixa pensivement la colline d'où Kaha était venu.

— Aurait-il précisé son nom, par hasard ?

— Non, chef, répondit Kaha en rajustant son carquois sur son épaule. Et il y a plus : c'est un habitant de Kemet.

— Lieutenant Bak.

L'homme se tenait au pied de la colline grise et regardait les nouveaux venus. Nebrê s'était posté à dix pas sur la droite de son prisonnier – trop loin pour que celui-ci lui saute dessus à l'improviste. Bak s'arrêta à la même distance.

— D'où vient que tu connais mon nom ?

L'homme était plus grand que lui, mince et musclé, et il devait avoir à peu près le même âge. Ses cheveux noirs étaient coupés court, sa peau cuivrée par le soleil. Comme tous ceux qui parcouraient ce désert, il était loin d'être propre, toutefois sa tunique et son pagne conservaient un semblant de blancheur et ses sandales paraissaient assez neuves. Il tournait le dos à la vive lumière orange qui montait à l'orient, de sorte que ses traits demeuraient indistincts.

— Senna me l'a appris. Tu es un soldat, envoyé par ton commandant afin de chercher Minnakht.

Bak sentit croître ses soupçons. Il se félicita d'avoir caché qu'il était policier. Pouvait-il se fier à cet homme ? N'était-ce pas lui, plutôt que le nomade qu'ils avaient poursuivi, qui avait précipité le bloc de pierre dans l'oued où ils se reposaient ?

— Ainsi, tu étais en contact avec Senna.

— Ton Medjai m'a dit qu'on l'a assassiné. C'était un brave homme, sérieux à l'excès et d'une loyauté à toute épreuve. Il me manquera.

— Depuis quand le connaissais-tu ?

— Assez longtemps pour lui accorder ma confiance. Pas comme toi, paraît-il.

Bak se déplaça sur le côté, espérant que l'homme se tournerait vers la lumière et que son expression serait moins indéchiffrable.

— Tu lui as parlé, depuis notre départ de Keneh.

L'homme inclina la tête, l'admettant d'un air amusé.

— Trois fois, et toujours de nuit. Il disait que tes Medjai se réveillent au moindre bruit, comme les chats. Il avait du mal à s'éclipser, aussi nous nous retrouvions moins souvent que nous l'aurions voulu.

Les Medjai ne réagirent pas à ce qui était censé être un compliment.

— Devais-tu le voir, la nuit dernière ?

— Il savait où j'ai l'habitude de camper. Je pensais qu'il viendrait, s'il le pouvait.

Peu à peu, Bak manœuvrait afin qu'il se tourne vers le soleil.

— Est-ce toi qui surveilles notre caravane ?

— De temps en temps. Les nomades vous observent aussi.

— Comment as-tu évité mes éclaireurs ?

L'homme jeta un coup d'œil vers Kaha et éclata de rire.

— Depuis des années que j'explore ce désert, je le connais par cœur. Chaque fois que je les voyais, je me cachais dans l'ombre, ou au creux des rochers.

— Et les nomades ?

— Ils sont plus difficiles à éviter, mais j'ai réussi à rester assez loin afin qu'ils me prennent pour un des leurs.

Tant d'aplomb frôlait l'arrogance. Cependant, Bak voulait bien admettre que c'était un exploit d'échapper à des gens qui avaient vécu là toute leur vie.

— Qui es-tu, et pourquoi souhaitais-tu me voir ?

— Tu ne l'as pas encore deviné, lieutenant ?

Souriant, l'inconnu s'inclina bien bas.

— Je suis Minnakht, celui que tu cherchais.

— Si tu es celui que tu prétends, pourquoi ne t'es-tu pas montré plus tôt ?

Bak, dont la surprise s'était vite muée en scepticisme, s'assit sur un rocher à moitié enseveli dans le sable. Minnakht l'imita, en prenant garde à ne pas trop s'approcher de peur de recevoir une flèche.

— Je crains pour ma vie.

— Qui désire ta mort ?

— Si je connaissais son nom, je ne me cacherais pas du monde entier.

Bak remarqua l'air soupçonneux de ses Medjai et faillit sourire. Celui qui disait être Minnakht avait beaucoup plus à redouter d'eux, dont le camarade avait été poignardé dans le dos, que d'un ennemi mystérieux et sans nom.

— Explique-toi, ordonna-t-il.

— Comme Senna te l'a dit, je suis parti pour la montagne de turquoise, pensant voir les mines. Je voyageais avec un convoi militaire et n'avais donc pas besoin de guide. À mon retour, il était souffrant. Nous avons convenu de nous retrouver plus tard, à mon campement habituel, près du point d'eau où vous avez fait halte la nuit dernière. J'ai embarqué avec deux hommes qui se disaient pêcheurs. Après la traversée, ils m'ont débarqué sur le rivage. Là, deux autres m'attendaient, des nomades que je ne connaissais pas. Ils m'ont roué de coups pour tenter de me faire avouer où j'avais trouvé de l'or. Je ne pouvais rien leur dire, n'en ayant pas découvert. À la fin, ils m'ont laissé pour mort.

Pendant qu'il parlait, Bak le dévisageait, essayant de discerner une ressemblance entre Inebny et lui. Hormis la taille, ils n'auraient pu être plus différents.

— Je croyais qu'il n'y avait pas d'eau douce sur ces côtes ?

— Peu d'hommes auraient survécu, il est vrai, mais n'oublie pas que cette terre ne possède plus de secret pour moi.

Bak songea à tous ceux qu'il avait interrogés sur Minnakht et aux réponses contradictoires qu'il avait reçues. Il n'avait pas souvenir qu'aucun d'eux eût mentionné son absence totale de modestie. Ses récits fascinaient-ils au point que cet aspect de son caractère passait inaperçu ?

— Je ne me rappelle rien de ces moments-là, continua Minnakht. J'ai réussi à me traîner jusqu'à un endroit où l'eau sourd à travers le sable. Les nomades y vont rarement ; l'eau sort trop lentement pour désaltérer les animaux. Mes bourreaux avaient emporté tous mes biens, sauf mon drap. Mû par l'instinct de conservation, j'ai eu l'idée de me protéger du soleil en m'enveloppant dedans. Près de la source, j'ai étendu le drap sur des buissons afin de former une tente, et là, je suis resté… je ne sais combien de temps. Je me souviens d'avoir creusé pour trouver de l'eau, et d'avoir bu.

« Invraisemblable, pensa Bak, mais pas impossible. »

— Dès que j'ai recouvré des forces, j'ai marché, la nuit, jusqu'au puits le plus proche. Je ne voulais pas que mes ennemis me retrouvent, vivant, s'ils revenaient.

— Puisqu'ils t'avaient laissé ailleurs, le risque n'était pas grand.

— Je crois que mes pensées étaient confuses, admit Minnakht, souriant aux deux Medjai à l'expression rébarbative. Je me suis rendu à mon rendez-vous avec Senna et j'ai attendu, me remettant de mes blessures. Il est venu, et il m'a emmené à un puits, haut dans les montagnes, où nous avons campé. Étant donné que j'ignorais qui voulait ma mort, ami ou ennemi, je lui ai dit de feindre de me chercher, pensant que mes adversaires se révéleraient. Peine perdue ! Depuis, je n'ai fait que fuir et me cacher.

— Ton père s'inquiète de ton sort. Pourquoi ne lui as-tu pas fait porter un message par Senna pour le rassurer ?

— Mon père m'aime trop. S'il savait que je vis, il proclamerait la nouvelle comme un fermier sème du grain. Tout le monde saurait, et il aurait sans le vouloir signé mon arrêt de mort. Une autre raison m'incite à la prudence, poursuivit Minnakht, frottant une fine cicatrice sur son bras droit. Il y a environ un an, mon ami Ahmosé, qui m'était plus proche qu'un frère, a disparu dans ce désert. Je soupçonne qu'on l'a tué, ainsi que Senna et ceux qui sont morts depuis que ta caravane a pris la route.

Ahmosé était donc le nom de l'explorateur disparu, dont Amonmosé avait entendu parler à Keneh…

— Des hommes te rouent de coups, et tu ne sais pas s'ils sont tes amis ou tes ennemis ? Cela n'a aucun sens.

— Ils parlaient souvent d'un autre sans le nommer. « Il » ne serait pas content si je ne révélais pas l'emplacement du filon. Ils redoutaient de « lui » apprendre que j'avais refusé de parler. « Il » ne m'aimait pas et ne verrait pas d'inconvénient à ce que je meure.

Cet argument ne convainquit pas Bak que Minnakht avait raison de faire croire qu'il avait disparu, y compris à son père. Peut-être, à force de rester seul, voyait-il partout des dangers imaginaires.

— Qui cet « autre » pourrait-il être ?

— J'ai longuement réfléchi, pendant mes journées solitaires. Je crois que c'est Ouser.

Bak resta songeur. Il s'était pris d'amitié pour Ouser – il aimait sa compétence tranquille, sa capacité à admettre ses faiblesses. Il ne voulait pas penser qu'il pouvait être un assassin.

— Quels sont tes arguments ?

— Depuis des années, il ne cache pas son espoir de trouver de l'or ou des pierres précieuses. Maintenant que son épouse est malade, ce n'est plus seulement une obsession, mais une nécessité. Il est parmi les rares à connaître ce désert presque aussi bien que moi, et je parie qu'il n'aurait pas besoin de guide s'il voulait commettre un crime sans témoin.

— Je pense que tu fais fausse route.

— Qui, à part lui, aurait pu tuer l'homme qu'on a retrouvé au nord de Keneh ? Qui aurait pu rester en contact permanent avec le nomade que tu appelles « le guetteur », l'auteur de tous les crimes commis contre les membres de la caravane ?

Minnakht semblait sûr de lui, mais Bak n'avait entendu aucune preuve, rien que des propos en l'air. Les deux Medjai s'étaient un peu détendus, sans toutefois poser leur arme. S'ils paraissaient intéressés par l'histoire de Minnakht, ils montraient également une saine méfiance.

— Pourquoi as-tu décidé de me révéler ta présence ?

— Tu perdais ton temps à me chercher. J'ai voulu te mettre sur la bonne voie.

Bak observa cet homme impénétrable. Il le trouvait arrogant, mais peut-être cette attitude était-elle une réaction de peur face à un ennemi inconnu. Son histoire tenait debout, cependant il avait eu tout le loisir d'en affiner les détails. Pourquoi, alors qu'il était connu comme l'ami des nomades, n'était-il pas allé demander leur aide ?

— M'as-tu suivi quand j'ai été enlevé ?

— Non, Senna me l'a appris plus tard. J'étais parti en avant, aussi je n'ai rien su jusqu'à ce que je te voie avec l'enfant. Qu'ont-ils dit de moi ? s'enquit-il en observant Bak avec attention.

— Ils m'ont menacé de mort si je ne m'employais pas à te trouver. Cela ne te convainc donc pas qu'ils te tiennent en haute estime ?

— Peut-être se servent-ils de toi pour m'atteindre. À moins que, comme Ouser, ils en aient après l'or…

Bak préféra ne pas répondre.

— Je pensais aller à la montagne de turquoise, mais pour tranquilliser ton père, nous devons retourner à Kemet sans délai. Je suggère que nous suivions la côte et rentrions par la piste du sud. À cette époque de l'année où tant de caravanes vont et viennent, nous devrions être en sécurité.

— Ouser restera-t-il avec toi ?

— Je le crois.

— En acceptant, je mettrais ma vie entre ses mains.

— Peut-être, concéda Bak, dubitatif.

— Je vois que tu doutes de moi, et je ne t'en blâme pas. Nous nous connaissons à peine. Il te faut du temps pour te faire à l'idée que je suis vivant. Je propose que tu ailles à la montagne de turquoise. Moi, je te rejoindrai à ton retour.

— Tu voudrais prolonger le supplice de ton père ? Non. Nous reprendrons le chemin de Kemet sur-le-champ.

Minnakht le regarda fixement, accablé par cet ultimatum.

— J'ai deux ânes attachés, plus au nord, loin de toute eau et de toute nourriture. Je dois aller m'en occuper. Ensuite, je te suivrai, et je te retrouverai à la mer avant la fin du jour.

— Kaha et Nebrê t'accompagneront.

— Tu te méfies à ce point ? constata Minnakht avec un rire amer. Lieutenant, tu exiges ma confiance sans m'accorder la tienne. Si tu les envoies avec moi, je leur échapperai et tu ne me reverras jamais.

— Où irais-tu ? Tu te sauverais au fin fond du désert pour te terrer comme un animal effrayé ?

— Kemet me manque, admit Minnakht avec tristesse. Je te rejoindrai, j'en fais serment. Sinon aujourd'hui, alors demain.

Il dut remarquer le manque de conviction de Bak, car il ajouta d'un air grave :

— Si, pour quelque raison, j'étais en retard, je te suivrais où que tu ailles. Senna disait que tu étais un homme de parole, qui ne manque jamais à son devoir. Toi seul peux me protéger, m'aider à revoir un jour mon père et mon foyer. Tout ce que je demande, c'est que tu observes Ouser et que tu attendes qu'il se trahisse. Il se peut qu'un autre soit coupable, mais cela me paraît peu probable.

Minnakht se pencha en avant, comme pour appuyer sa supplique.

— Quoi que tu fasses, ne révèle à personne que je suis en vie. Depuis un an, trop de gens ont disparu. Je n'aimerais pas les suivre dans le monde souterrain.

Bak scruta le jeune homme assis devant lui, laissant le silence s'installer. Il ne pouvait et ne voulait se fier entièrement à lui, cependant il ne voyait aucune raison de répandre la nouvelle qu'il avait survécu.

— Je ne dirai rien, je le promets. Et mes hommes aussi resteront muets.

13

— Les nomades sont partis, dit Ouser, énonçant l'évidence.

Contrarié, Bak regarda le campement abandonné, sur le rivage.

— Ils nous ont évités tout au long de notre voyage. Pourquoi en irait-il autrement ici ?

Il était irrité contre Nefertoum. Sans avoir la certitude qu'il avait recommandé à son peuple de rester à l'écart de la caravane, il soupçonnait fort que tel était le cas. Pourquoi, au lieu de l'aider, lui mettait-il des bâtons dans les roues ?

Ils se rassemblèrent sur la plage, entre deux huttes et le bord de l'eau. Les abris n'auraient pu être plus sommaires : des branches d'acacia supportant des toitures de joncs, maintenues en place par des pierres. Ils n'auraient pas résisté à un orage, mais suffisaient pour faire la sieste pendant la chaleur du jour. Plus loin, une grande cabane rectangulaire avait été occupée par des chèvres et des ânes, dont elle conservait les traces.

Bak s'approcha d'une barque de bois brut couchée sur le côté, à bonne distance des vagues. Comme trois autres embarcations similaires, on l'avait retournée afin qu'elle sèche au soleil. Il s'accroupit et tâta le sable sous le petit bateau.

— Ils sont partis il y a peu, conclut-il en se frottant les mains pour les débarrasser du sable humide.

Les Medjai et les autres, longtemps privés de bain, contemplaient la mer avec envie. Ouensou abandonna ses compagnons et s'élança dans l'eau au milieu d'une gerbe d'éclaboussures.

— Pas si vite ! maugréa Ouser, qui alla l'empoigner par le bras et le fit reculer. Les ânes passent avant ton bon plaisir.

Ouensou eut la grâce de rougir.

Bak se tint au bord de l'eau d'un bleu-vert intense, où les vagues minuscules venaient lécher ses pieds. La longue plage de sable blanc s'incurvait le long de la baie. Le sable était doux, marqué autour des huttes et des barques par les allées et venues des nomades ; une trace en forme de grille subsistait à l'endroit où l'on avait déployé un filet pour le faire sécher. D'aussi loin qu'il pût voir, pas un arbre, pas un buisson n'interrompait la ligne du rivage. En revanche, les oiseaux de mer étaient partout : au-dessus de leur tête, plongeant pour attraper un poisson ou immobiles sur la plage, séchant leurs ailes au soleil.

— Je ne distingue aucun de mes bateaux, remarqua Amonmosé en s'approchant du lieutenant et en scrutant l'horizon.

— Quel est le meilleur moyen de signaler notre présence ? interrogea Bak, refusant de penser que les secours pourraient tarder.

— Je vais te le montrer.

Le marchand longea la rangée d'embarcations, examinant les mâts qui reposaient par terre. Il s'arrêta devant le plus haut et appela Nebenkemet. Celui-ci fourrageait dans un panier fixé sur le dos d'un âne. Il en tira un tissu blanc roulé, le secoua, révélant une tunique à manches longues d'une propreté douteuse, et se hâta de rejoindre Amonmosé.

Bak les aida à incliner le bateau de sorte à décoller le mât du sol, afin que Nebenkemet puisse nouer le vêtement tout en haut. Les autres membres de la caravane s'étant approchés, mus par la curiosité, le marchand leur réclama des pierres. Pendant qu'ils se dispersaient, il creusa le sable avec Bak et Nebenkemet, puis ils redressèrent complètement la barque dont le fond plat reposa dans la cavité. Leurs compagnons revinrent avec assez de pierres pour caler la coque dans son berceau de sable, et la brise du nord, soulevant l'étoffe, la fit ondoyer et claquer au soleil.

Avec un sourire de satisfaction, Bak demanda à la ronde :

— Qui veut du poisson frais pour le repas du soir ?

Toutes les voix s'élevèrent avec enthousiasme.

Bak leur montra un réseau de mailles enchevêtrées qu'il avait trouvé dans la proue.

— Tu as déjà pêché au filet, Psouro ?

— Non, chef, mais je peux apprendre.

— Moi, je sais, intervint Ouensou à la surprise générale. Mon père possède un domaine non loin de la Grande Verte. Quand j'étais petit, je partais en cachette avec les pêcheurs.

Une demi-heure plus tard, deux barques sortaient vers le large. De la première, sous la supervision de Ouensou, Kaha déployait le filet entre leur embarcation et celle de Psouro et Nebrê.

— Pourvu qu'ils ne se perdent pas ! s'inquiéta Ouser.

Bak fit voler un à un ses vêtements sales et entra dans l'eau. Nebenkemet installa les ânes à l'ombre de la cabane rectangulaire, pendant que Minmosé préparait un foyer pour le feu. Ani et Amonmosé, ayant fini leur besogne, savouraient déjà leur premier vrai bain depuis des jours.

— Ouensou a promis de ne pas quitter la côte de vue.

— Il fait des progrès, approuva Ouser en suivant l'exemple de Bak. Au moins, maintenant, il essaie. Mais jamais je n'avais vu un tel parasite.

Bak sourit à l'explorateur, qui nageait à son côté.

— Psouro veillera à ce qu'ils reviennent sains et saufs.

— D'habitude, tu sais ce que tu dis, lieutenant. Espérons que ce soit le cas cette fois-ci.

Trois heures avant la nuit, après une longue baignade suivie d'une sieste, Nebenkemet et Minmosé conduisirent une demi-douzaine de baudets vers la plaine côtière afin de chercher du bois et du fourrage. Le soleil flottait au-dessus de l'occident quand Bak les vit revenir. Il partit au-devant d'eux. À leur retour dans le campement, trois bateaux se profilaient dans la baie, poussés rapidement par la brise. Les deux plus petits devaient être ceux de Psouro et de Ouensou. Le troisième, beaucoup plus gros, était adapté à la pêche en haute mer.

— C'est un des miens, lieutenant ! s'écria Amonmosé, dansant d'allégresse. Ouensou et Psouro ont dû l'intercepter !

Un bonheur mêlé de soulagement inonda le cœur de Bak. Il ne pouvait croire à tant de joie et, maintenant, s'avouait enfin son impatience à quitter le désert.

— Je suppose que je pourrais emmener un ou deux d'entre vous, concéda le capitaine, un petit homme musclé d'une trentaine d'années, en considérant les voyageurs hirsutes et brûlés par le soleil qui se pressaient autour de lui.

Amonmosé ignora cette proposition hypocrite.

— En partant demain à l'aube, combien de temps te faudra-t-il pour rencontrer une barge royale ?

— Dix à quinze jours si nous allons vers le nord, quatre ou cinq en suivant la route du sud, moins si, par chance, nous en croisons une en chemin.

— Je propose que tu navigues vers le sud – et je prie pour que tu rencontres vite une barge à destination du nord. Il nous faut un pont assez spacieux qui contienne tous nos ânes, précisa Amonmosé. Je ne tolérerai pas qu'on abandonne un seul d'entre eux.

— Minnakht ne viendra pas, hein, chef ? souffla Psouro à voix basse afin que personne d'autre n'entende.

— Il a dit « aujourd'hui ou demain ». Nous verrons.

Ils étaient debout à côté d'une des cabanes, tandis que les autres étaient assis en cercle sur le sable, autour du feu. Les pêcheurs savouraient la compagnie de gens qui, deux semaines plus tôt, foulaient les rues de Ouaset, qu'eux-mêmes n'avaient pas vue depuis des mois. Les effluves de poisson cuit flottaient au gré d'une brise glacée.

— Et s'il ne se montrait plus jamais ? murmura Psouro.

— S'il nous rejoint ici comme il l'a promis, nous le ramènerons à Kemet sans tarder. Sinon, nous l'abandonnerons à ses propres ressources et poursuivrons notre voyage jusqu'aux mines.

— La montagne de turquoise ? s'étonna le sergent. Pourquoi ? Sûrement pas pour satisfaire Nefertoum. Nous savons que Minnakht est vivant et pouvons le lui dire.

— Notre brève rencontre a laissé maintes questions en suspens et en soulèvera de nouvelles si jamais il manque à sa parole. Des questions liées à son caractère et à son intégrité. Une visite aux mines pourrait y répondre et, en même temps, nous aider à attraper le meurtrier de Rona.

À l'aube, les pêcheurs levèrent l'ancre et prirent la mer, les voiles gonflées par le vent. Les dix hommes restèrent au bord de l'eau pour regarder le navire disparaître à l'horizon. À voir l'expression de leur visage, chacun d'eux se sentait abandonné, y compris Bak. Il souhaita avec ferveur qu'une barge s'en vienne bientôt, avec toute la place nécessaire sur le pont, afin qu'ils n'aient jamais à retourner au point d'eau où Rona et Senna avaient trouvé la mort.

Toute la journée, ils s'occupèrent des tâches qu'imposait tout campement dans le désert. Ils allèrent chercher de nouvelles provisions de combustible et de fourrage. Ouensou, qui avait pris beaucoup de poissons, avait laissé le filet dans la mer afin de les conserver à proximité. Ils rendirent aux flots le menu fretin et tuèrent les plus gros, qu'ils nettoyèrent. Ils en donnèrent une partie à Minmosé pour le repas et mirent le reste à sécher. Ils raccommodèrent les vêtements déchirés et les longes effilochées, vérifièrent les sabots et soignèrent les plaies, nagèrent et se reposèrent. Bak scrutait souvent l'oued d'où ils étaient venus, sans qu'aucune silhouette apparaisse.

À la fin de la journée, appuyé contre le poteau d'une cabane, il contempla la scène en apparence idyllique. Ils disposaient d'une profusion de nourriture et s'accordaient enfin un repos bien mérité. Cependant, l'eau posait un problème. D'ici à deux jours, ils devraient envoyer des hommes et des bêtes à la gorge remplir les jarres.

Psouro lui proposa de marcher le long de la plage. Quand ils furent loin de toute oreille indiscrète, il confia :

— Minnakht m'a déçu. J'espérais rentrer à la maison.

— On pourrait croire que, dans sa situation, si habitué au désert qu'il soit, il profiterait de l'aide que nous lui offrons, répondit Bak sans cacher son irritation. S'il ne veut pas se fier aux nomades, nous sommes son unique chance de rentrer à Kemet.

— N'a-t-il pas dit qu'il craignait Ouser ?

— Une peur sans fondement, j'en suis convaincu. Ouser est furieux qu'on ait tué Dedou, autant que nous le sommes à cause de Rona.

Bak regarda vers l'ouest, où un soleil semblable à une boule de feu descendait derrière les montagnes, laissant les pentes à l'ombre tout en teintant le ciel de rouge.

— Nous ferons peut-être une ultime tentative pour le retrouver. Mais il est sûrement déjà loin. Je doute que cela en vaille la peine.

— Crois-tu qu'il s'en sortira ?

— Il est plus capable de veiller sur lui que toi, moi et tous nos Medjai réunis.

Psouro lui lança un coup d'œil étonné. Bak s'autorisait rarement tant d'ironie.

— On n'aurait jamais dû le laisser filer.

Bak n'était pas convaincu d'avoir commis une erreur. Le seul fait que l'explorateur ait préféré rester dans le désert plutôt que de rentrer auprès de son père était révélateur, et donnait matière à réflexion.

Minmosé avait obtenu du capitaine du bateau un petit sac de grain. Il avait trouvé une pierre plate pour le moudre et une marmite profonde où cuire du pain. Comme ils en manquaient depuis plusieurs jours, l'odeur attira tous les membres de l'expédition, leur mettant l'eau à la bouche. Bak ne fit pas exception. Il s'assit à côté d'Ouser sur le sable, près du foyer.

— À Keneh, on a parlé à Amonmosé d'un homme qui parcourait le désert voici un an, et que l'on n'a jamais revu. Toi aussi, tu as dû entendre cette histoire.

Ouser eut un sourire en coin.

— Depuis des années que je me ravitaille là-bas, j'y connais tout le monde, du dernier-né des nourrissons au plus âgé des grands-pères. Tous ceux qui étaient en âge de le faire m'en ont parlé.

— Quand était-ce ?

— Il y a six ou huit mois, je suppose. Voyant qu'il ne revenait pas, on s'est mis à jaser.

— C'était un explorateur ?

— Oui. Il se nommait Ahmosé.

Comme l'avait souligné le marchand, rares étaient ceux qui s'aventuraient dans cette immensité ; ils se connaissaient forcément.

— Tu l'as rencontré ?

— Non, j'ai seulement entendu parler de lui. Sa région de prédilection se trouvait beaucoup plus au nord, près de la piste qui relie Mennoufer à la mer orientale.

— Que venait-il faire ici, selon toi ?

L'explorateur remonta ses genoux et les enveloppa de ses bras.

— J'ai entendu dire, il y a quelques années, qu'il connaissait Minnakht. Il a peut-être eu vent des rumeurs et aura voulu obtenir sa part du trésor. Mais non, impossible ! se reprit-il en secouant la tête. Ahmosé a disparu bien avant.

Minmosé et Kaha soulevèrent la marmite brûlante entre deux bâtons flexibles. Minmosé repoussa le couvercle pour laisser refroidir le pain, et la bonne odeur qui s'échappa fit gémir les hommes.

— As-tu décidé d'aller à la montagne de turquoise ? s'enquit Bak.

— Tu as certainement remarqué qu'Amonmosé a envoyé ses pêcheurs au sud, répondit Ouser avec un rire dépité. En toute probabilité, le navire qu'ils rencontreront se dirigera dans la direction opposée. Nous irons donc au port qui dessert les mines, que nous le voulions ou non.

— Non, lieutenant, on ne peut pas rester. Dès qu'on aura chargé les ânes, il faudra partir.

Le capitaine Kherouef se tenait à la proue de la plus grande des trois barges de transport qui étaient entrées dans la baie une heure après le point du jour, alors que Bak et Nebrê s'armaient en vue de partir une dernière fois sur les traces de Minnakht.

Les mains sur la rambarde, il regardait Kaha s'évertuer à faire nager un âne jusqu'au navire sur lequel les bêtes voyageraient.

— Nous transportons des vivres en suffisance pour nous-mêmes, mais dix bouches supplémentaires auront tôt fait de les épuiser. Quant aux ânes, par un heureux hasard, nous convoyons justement de la paille et du grain pour les animaux des caravanes qui arrivent au port.

Les trois vaisseaux, les plus grands de la flotte royale, avaient été construits plusieurs années auparavant en vue d'une expédition vers le pays de Pount, d'où ils avaient rapporté de l'encens, des animaux exotiques, de l'ébène et d'autres produits précieux. Plutôt que de démanteler les navires et d'acheminer les pièces à travers le désert afin de les réassembler à Ouaset, ainsi qu'on avait procédé avec le reste de la flotte, ces trois-là étaient restés intacts ; ils faisaient la navette sur la mer orientale, transportant hommes et équipement dans un sens, cuivre et turquoise dans l'autre. Comme Ouser l'avait supposé, ils voguaient vers le nord quand le bateau de pêche les avait interceptés.

Le navire qui se chargerait des ânes s'était ancré aussi près du rivage que le permettait son large fond presque plat. Étant souvent utilisé pour le transport d'animaux, le pont avait été facilement dégagé de ses marchandises, puis aménagé en enclos. Six marins, postés près de la rambarde ouverte à l'endroit où se trouvait habituellement la passerelle, devaient hisser les ânes au moyen d'un treuil en bois. Au-dessous, Nebenkemet et deux autres matelots attrapaient le baudet récalcitrant et glissaient une sangle sous son ventre. Au signal donné, l'âne s'élevait dans les airs, lançant des ruades et des braiments de frayeur, mais en un clin d'œil il se retrouvait sur le pont, aussi docile que sur la plage quelques instants plus tôt.

— Quel savoir-faire ! constata Bak, admirant l'aisance avec laquelle la besogne était exécutée.

— Nous trouvons rarement des quais sur ces rivages, lieutenant.

— Nous serions partis quatre heures tout au plus, dit le policier, reformulant une requête qui, jusqu'à présent, était tombée dans l'oreille d'un sourd. Je voudrais simplement savoir si Minnakht est dans les parages.

— D'après ce que tu m'as dit de lui, je crois plutôt qu'il se cache dans les montagnes, loin des ombres qu'il redoute.

Bak n'avait eu aucun scrupule à relater son histoire au capitaine, jugeant préférable d'informer un homme investi d'autorité que Minnakht vivait encore.

— Nous devrions remplir nos jarres au campement d'Amonmosé.

— J'en ai l'intention. Il faut aussi prévenir ses pêcheurs qu'ils doivent se réfugier de l'autre côté de la mer. Je pense, comme toi, qu'ils ne risquent rien ici, néanmoins mieux vaut être prudent. Ce bref détour est nécessaire ; raison de plus de quitter cette baie sans tarder.

14

— Pas tout à fait ce à quoi tu t'attendais ? lança le lieutenant Pouemrê, le regard malicieux, alors que Bak et lui se tenaient à la proue du vaisseau de Kherouef.

Les trois barges étaient ancrées devant le port desservant les mines. Un navire plus petit et plus rapide – utilisé pour transmettre des messages, avait expliqué Pouemrê – était amarré à côté. Bak le comparait à une gracieuse colombe auprès de trois autruches.

— Non, lieutenant, convint-il. Même la frontière sud ne m'avait pas préparé à cet avant-poste solitaire sur cette côte désolée.

Accoudés à la rambarde, les deux hommes contemplaient le port dont Pouemrê était responsable, au-delà d'une eau si claire qu'on voyait les poissons nager autour de la coque. Dans une enceinte de pierre, leurs couleurs fanées par la poussière, se trouvaient une dizaine de baraquements à un seul niveau, une bâtisse plus grande qui servait de quartier général et un entrepôt, facilement identifiable à son toit voûté. Un quai de pierre brute avançait dans la mer devant l'enceinte. À l'extérieur de la muraille se blottissait un modeste village ; quelques maisons ressemblaient à celles de l'armée, mais la plupart n'étaient que des cabanes en torchis. L'enclos des ânes se situait au sud des habitations. Une grande plaine s'étendait au-delà du port, bornée par des collines voilées de brume et, au loin, une ligne de pics montagneux.

— Si tu trouves l'endroit solitaire, répondit Pouemrê, tu devrais nous rendre visite à la saison chaude, quand les mines sont fermées !

— Je suis sidéré que vous restiez.

— Ceci est une base militaire, qu'il nous faut garder tout au long de l'année. Les nomades vont et viennent, et un nombre surprenant de gens peuplent les quelques oasis dispersées sur les flancs des montagnes ou dans les oueds. Sans parler des pêcheurs qui sillonnent les eaux, à la pointe sud de cette péninsule !

— Ils viennent tous faire du commerce ? s'enquit Bak, pensant à Ouser, déçu dans ses espoirs de troc avec les nomades.

— Chaque bateau apporte des articles difficiles à trouver dans cette région. Un geste bienveillant de notre souveraine, apprécié comme il se doit.

Bak lui montra alors l'explorateur, qui jouait aux osselets avec Ani et Ouensou, entre les deux rames de gouvernail qui dépassaient du navire voisin. Autour d'eux, des marins récuraient le pont pour le débarrasser du crottin tout en chantant une chanson paillarde. Bak demanda si les marchandises d'Ouser trouveraient des amateurs au port, et Pouemrê affirma que oui.

Amonmosé avait débarqué depuis longtemps et marchait le long du rivage vers l'endroit où ses pêcheurs avaient commencé leur installation. Psouro et Nebenkemet étaient partis soigner les ânes, et les autres Medjai, à bord du troisième navire, assistaient à l'épreuve finale d'un concours de lutte qui durait depuis plusieurs semaines entre les marins.

Le vaisseau oscillait sur la houle légère dans un craquement de gréements. De temps en temps, un banc de petits poissons affleurait à la surface, attirant une multitude de mouettes et quelques sternes. Plusieurs nacelles s'alignaient sur le rivage, au-dessus de la ligne de marée haute. Sur la plage, un groupe d'enfants nus pataugeaient dans l'eau, leurs éclats de rire résonnant dans l'air pur.

— Qui habite ces cabanes ?

— Ceux qui ont choisi de rester là pour une raison ou une autre, en général parce qu'ils ont épousé une nomade et fondé une famille. Nous avons, bien sûr, le lot habituel de ceux qui traînent autour d'un camp. Les joueurs, qui rêvent de mettre la main sur quelques morceaux de turquoise, les filles à soldats, les matelots qui ont sauté par-dessus bord et se retrouvent sans moyen de subsistance. Comme tu peux l'imaginer, conclut-il en souriant, quand nous ne nous occupons pas des chargements, notre tâche principale consiste à maintenir la loi et l'ordre.

Sur la frontière sud, Bak avait vu beaucoup de villages misérables. Celui-ci était parmi les pires.

— Toi et les soldats de cette garnison, vous êtes vraiment dignes de respect.

— Tout a une fin, lieutenant, bonne ou mauvaise.

Tandis que les deux hommes tournaient le dos au port pour remonter le pont, Bak observa son compagnon : petit et trapu, il arborait une bedaine naissante et des cheveux gris clairsemés.

— Je serai relevé à la fin de cette saison, expliqua Pouemrê. Je serai affecté à Kemet, avec un peu de chance… et si la Maîtresse de la turquoise me sourit, ajouta-t-il, utilisant le surnom local de la déesse Hathor.

Ils se baissèrent pour entrer dans la cabine. Sous le toit en joncs tressés, les nattes colorées qui constituaient les parois étaient roulées afin de laisser passer l'air.

— Si j'en crois Kherouef, tu n'es pas ce que tu parais, remarqua Pouemrê en s'asseyant.

Bak, qui avait fait une incursion dans les réserves de bière du capitaine, brisa le bouchon de deux cruches, en tendit une à son collègue et s'assit à son tour. Il confirma qu'il était policier, exposa sa mission et relata les événements survenus au cours du voyage dans le désert. Il parla du guetteur, peut-être doublé d'un meurtrier, mais s'abstint de préciser que Minnakht était toujours en vie. Après mûre réflexion, il pensait obtenir plus d'informations en laissant ceux qu'il interrogeait dans l'ignorance sur ce point.

Il passa sur les détails de leur longue traversée et conclut :

— Et nous voici arrivés à bon port, douze jours plus tard.

Pouemrê but sa bière en passant en revue ce que Bak venait de lui raconter, et il lécha la mousse sur ses lèvres. C'était probablement la meilleure qu'il buvait depuis longtemps, car il eut un hochement de tête appréciateur.

— Je m'étonne qu'Amonmosé soit venu avec toi. Et plus encore qu'il ait recommandé à ses pêcheurs d'abandonner leur campement. Il doit vraiment s'inquiéter.

— Beaucoup d'hommes ont trouvé la mort en moins d'un an.

Pouemrê l'observa avec intérêt.

— Et tu es déterminé à découvrir le coupable.

— Je veux m'assurer que justice sera faite, répondit Bak d'une voix dure.

L'officier du port changea de position sur sa natte, mal à l'aise devant cette promesse de vengeance.

— Pourquoi avoir franchi la mer ? C'est dans le désert oriental que le meurtrier sévit, et non ici.

— Quelque chose me dit que ces nombreux meurtres sont liés à la disparition de Minnakht.

Bak sirota le breuvage à l'amertume légère, le faisant rouler sur sa langue.

— On ne l'a plus revu depuis qu'il a quitté ce port. J'espère en apprendre davantage sur ses derniers jours. Je ne sais même pas pourquoi il s'est aventuré loin du territoire qu'il connaissait.

— La mort a frappé trop d'hommes parmi ceux qui voyageaient avec toi, je te l'accorde. Mais pourquoi ? Pourquoi se serait-on acharné sur ta caravane ?

— À l'exception de mon Medjai, les victimes s'étaient investies, à un moment ou à un autre, dans la recherche de l'or, expliqua Bak, approchant un panier de dattes séchées pour en proposer à Pouemrê. Minnakht ne cachait pas son espoir de découvrir un filon. Comme nous avons suivi la dernière route qu'il avait empruntée, le tueur a pu croire que nous le mènerions à l'or. Ou alors, il craint que nous tombions sur une veine qu'il a déjà trouvée.

— Crois-tu qu'il t'ait suivi jusqu'ici ? Ni mes hommes ni moi n'avons d'expérience en matière de meurtre.

Bak ne sut que répondre. Le silence perplexe tomba entre eux tel un rideau invisible.

— Minnakht n'est sans doute plus de ce monde, soupira tristement Pouemrê, avant de mordre dans une datte. J'en suis navré. Je l'aimais bien, comme la plupart de ceux qui l'approchaient.

— Il n'avait jamais quitté le désert oriental. Pourquoi a-t-il changé ses habitudes ?

— Il voulait voir la montagne de turquoise. Après tout, c'est bien dans le caractère d'un explorateur qui, inlassablement, étudie la terre en quête des richesses qu'elle peut offrir.

Bak trouva cette réponse un peu trop simple.

— Parle-moi de sa visite.

— Les mois chauds de l'année étaient sur nous, si bien que nous fermions les mines. Le lieutenant Nebamon, chargé des caravanes, préparait l'ultime voyage dans les montagnes, pour ramener les derniers mineurs et soldats, avec le fruit de leur labeur. J'ai conseillé à Minnakht de voyager avec eux.

Pouemrê finit de savourer le fruit à la chair sucrée et jeta le noyau par-dessus bord.

— Il a attendu ici deux jours. Il passait son temps dans ce qui est considéré au village comme un lieu de plaisir. Il buvait de la bière et racontait ses aventures dans le désert à qui voulait l'entendre. Puis il est parti avec la caravane vers la montagne de turquoise.

— Et il a quitté ce port peu après son retour des mines.

— Il pensait partir le lendemain, mais il a modifié ses plans. Il avait discuté avec le surveillant des mines de cuivre, à l'ouest de la montagne de turquoise, et il voulait aussi voir celles qui se trouvent loin au sud. Il m'a réclamé un guide, mais j'ai refusé. Ces mines-là aussi étaient en passe d'être fermées. Je lui ai suggéré d'attendre que le surveillant arrive avec une autre caravane, ce qui ne l'a retardé que de trois jours.

— Si c'était de l'or qu'il cherchait, pourquoi voulait-il visiter ces mines de turquoise et de cuivre ?

— Afin d'élargir ses connaissances, j'imagine. Il posait des questions à tout bout de champ. Voilà pourquoi on l'aimait tant. Les gens adorent parler d'eux-mêmes et de ce qu'ils font jour après jour.

— Et Senna, le connaissais-tu ?

— Je savais que Minnakht avait amené un guide nomade. J'ai entendu dire, pendant qu'il était dans les mines, que Senna essayait de se lier avec des nomades de la région, mais il était un étranger et on le traitait comme tel. Le temps que j'apprenne qu'il était malade, Minnakht était de retour. Je croyais que tout allait donc bien et je n'y ai plus pensé. J'ai été surpris d'apprendre, quelques jours plus tard, que Minnakht était reparti sans lui. Alors, j'ai envoyé un de mes hommes voir si son état nécessitait des soins, mais il avait disparu.

Bak porta la cruche à ses lèvres, prenant garde à ne pas remuer les sédiments. Il n'apprenait là rien de très nouveau, et certainement rien d'important.

— J'ai promis de suivre le même chemin que Minnakht. Voudrais-tu m'aider en facilitant mon enquête de ce côté de la mer ?

— Une caravane part demain, avant la nuit, pour la montagne de turquoise. L'officier responsable est le lieutenant Nebamon, avec lequel Minnakht a voyagé il y a quelques mois. Il appréciera ta compagnie.

Bak lui adressa un sourire reconnaissant.

— À la mine, combien trouverai-je d'hommes qui ont pu parler avec Minnakht ?

— Les officiers et les surveillants, la plupart des mineurs et environ la moitié des soldats. Les prisonniers qui agrandissent le sanctuaire de la déesse changent d'une année sur l'autre.

Bak posa sa cruche vide et se leva pour s'étirer le dos.

— Le groupe d'Ouser souhaitera venir et je veux mes Medjai avec moi. Est-ce trop demander ?

— Si tu as une bonne raison d'emmener tant de monde, cela peut s'arranger.

— Je n'ai aucune idée de l'identité du coupable et je pense parfois qu'il y a un serpent parmi nous. Alors, admit Bak avec un sourire désabusé, en les gardant tous réunis à proximité, j'espère prévenir un autre meurtre.

L'après-midi suivant, la caravane quitta le port. La marche était facile dans la vaste plaine qui s'étendait entre la mer et les collines. Le sol sablonneux était parsemé de gros morceaux de granit gris et rouge, de feldspath rose et de basalte noir, charriés depuis les montagnes des siècles plus tôt. Ani courait de l'un à l'autre avec ravissement. Il ramassa nombre d'éclats colorés, mais, sachant désormais la difficulté du transport, il laissa la plupart là où il les avait trouvés.

Outre les soldats, qui s'occupaient aussi des ânes, et la petite troupe de Bak, la caravane incluait trente prisonniers qui travailleraient sur le chantier du temple. Leur sort n'avait rien d'enviable. Rê s'était couché dans un magnifique déploiement de couleurs, pourtant il faisait toujours aussi chaud. Un avant-goût des innombrables journées brûlantes que ces hommes auraient à endurer.

Quittant la plaine, ils suivirent une succession d'oueds serrés entre des collines et des escarpements, les uns jaunes, les autres d'un gris scintillant ou marron, leur couleur peu à peu estompée à l'approche du soir. Sur le lit de sable doré poussait une quantité surprenante d'acacias, de touffes de fleurs du désert et une sorte de buisson dont les ânes ne voulaient pas. Des oueds secondaires partaient dans toutes les directions, formant un dédale de goulets asséchés creusés dans le roc.

— Tu n'as aucune idée de ce que tu cherches ? s'enquit le lieutenant Nebamon en entraînant Bak à l'écart.

Il laissa son sergent prendre la tête de la caravane, qui contourna un épaulement rocheux en empruntant une piste étroite, couverte d'une épaisse couche de sable. Sous les pas des bêtes de somme, celui-ci s'écoulait le long de la pente en un doux chuchotement.

Ils dépassèrent quelques ânes et s'arrêtèrent près d'un gros rocher, au bord de la piste, où ils seraient tranquilles pour parler.

— Minnakht t'a-t-il expliqué pourquoi il tenait à voir les mines ? interrogea Bak.

— Pas précisément.

Nebamon repoussa ses cheveux noirs en arrière. Il était de taille moyenne et très maigre. Il devait avoir l'âge de Bak, toutefois sa peau était ridée, tannée par le soleil.

— Il m'a questionné sur la façon de localiser un gisement, d'extraire et de traiter ce que l'on trouve. Je crains de l'avoir déçu, avoua-t-il en souriant. Voir des hommes creuser le sol ou travailler sur des fourneaux ne m'intéresse pas. Je vais rarement au-delà des campements des mineurs.

Nebamon était en charge des caravanes depuis trois ans. Bak n'imaginait pas que l'on pût vivre si longtemps dans un avant-poste d'un tel ennui sans chercher de distraction. Pour autant qu'il sache, il n'en existait pas d'autre que les mines.

— Tu n'es donc pas du tout curieux ?

— Je suis monté une fois sur la montagne. J'ai vu quelques trous dans le sol, des ouvriers qui entaillaient le roc. Il m'a semblé que les petits bouts de turquoise qu'ils trouvaient étaient une médiocre récompense, comparés à l'effort qu'impose le transport d'hommes, de nourriture et de matériel sur d'aussi incroyables distances.

— Le plus souvent, l'acheminement se fait de Mennoufer, par une piste située au nord, n'est-ce pas ? Ce doit être plus court que la piste du sud, qui part de Ouaset.

— Oui, d'autant que le vent du nord rend le trajet par mer assez rapide. Néanmoins, que d'énergie dépensée pour un gain si modeste !

— Notre reine prend un plaisir infini à porter ces petits bouts de roche, une fois taillés et montés en bijoux, souligna Bak.

Nebamon bondit pour soutenir un âne qui avait marché sur une pierre branlante au bord de la piste.

— Pouemrê t'a dit, je suppose, qu'elle fait ajouter des chambres au sanctuaire de la Maîtresse de la turquoise.

Il secoua la tête avec réprobation.

— Elle n'est jamais venue ici, bien entendu. Elle ne mettra jamais les pieds dans ce maudit pays. Mais elle s'imagine qu'en agrandissant le temple elle accroît son prestige. Quand j'étais là-haut, j'y suis entré pour m'incliner devant la déesse. J'ai failli me rompre le cou en trébuchant sur les blocs de pierre qui traînaient un peu partout.

Bak appréciait l'attitude irrévérencieuse du lieutenant, mais il pouvait lui prédire un avenir difficile. S'il était un jour cantonné dans une garnison de Kemet, il aurait intérêt à tenir sa langue pour éviter les ennuis.

— Minnakht a-t-il fini par trouver quelqu'un capable de répondre à ses questions ?

— Il paraît qu'il a passé beaucoup de temps auprès d'un des mineurs. Un habitant du Rétênou[1], qui travaillait là depuis plusieurs années.

Pouemrê avait expliqué à Bak que nombre de mineurs venaient de loin. Ils parlaient des langues inconnues à Kemet et vénéraient des divinités différentes. Pour quelque obscure raison, le temple de la Maîtresse de la turquoise satisfaisait leur dévotion.

— Cet homme est-il revenu, cette saison ?

— Je ne l'ai pas vu. Il était plus âgé que les autres. Trop pour ce rude labeur, à mon avis, et il semblait le savoir. Il parlait de quitter cette vie de privations et de finir ses jours dans son pays natal, près de sa femme, ses enfants et les enfants de ses enfants.

Bak soupira. Jusqu'à présent, les dieux lui mesuraient les informations qu'il cherchait avec tant de parcimonie qu'il craignait de mourir de vieillesse avant de découvrir la vérité.

Les prisonniers passèrent d'un pas lourd, sous l'œil vigilant de leurs gardiens. « Où pourraient-ils fuir ? » se demanda Bak. Leurs mains étaient attachées der-

1. Région de Syrie. *(N.d.T.)*

rière leur dos et ils étaient enchaînés les uns aux autres. Leurs visages étaient indistincts dans l'obscurité, mais il en émanait une terrible désespérance. Bak ne put s'empêcher de ressentir de la pitié, toutefois ils avaient offensé Maât ; justice devait être rendue.

Justice. Il pria afin de pouvoir un jour offrir aux dieux le nom du meurtrier de Rona et de tant d'autres. Parfois, il éprouvait un faible espoir d'y parvenir ; parfois, il ne se sentait pas plus près de la vérité que le jour où ses hommes et lui étaient sortis de Keneh.

La caravane atteignit le camp au pied de la montagne le lendemain matin. Bak plaignait les soldats en poste dans cette vallée blanchie par le soleil. Les mineurs et les prisonniers qui travaillaient au sommet devaient supporter une existence plus dure encore.

Le camp évoquait presque des temps reculés. Plusieurs groupes de huttes de pierre étaient érigés près d'éboulis de grès rouge. Un petit troupeau de chèvres et quatre grisons, sur lesquels veillait une famille de nomades, y étaient des résidents permanents et satisfaisaient les besoins modestes de l'armée. Comme les caravanes devaient pourvoir à la nourriture de leurs propres bêtes et qu'on allait chercher l'eau à un puits éloigné, personne ne restait jamais plus de deux ou trois jours. De même que les habitations, les enclos avaient des murs de pierre. Des acacias se déployaient en éventail au fond de la vallée, procurant un peu de bien-être.

Six soldats montaient la garde, pendant que d'autres accomplissaient les tâches simples, quoique fastidieuses, nécessaires dans un avant-poste en plein désert. Leur besogne essentielle consistait à prendre soin des animaux des caravanes durant leurs séjours brefs mais réguliers. Quelques hommes marqués de la flétrissure des prisonniers exécutaient les corvées les plus pénibles : réparer les outils, nettoyer les enclos. Des nomades, qui avaient laissé leur famille et leur bétail dans des oueds éloignés, venaient faire du troc.

Comme les soldats qui avaient escorté la caravane, Bak et son groupe dormirent toute la journée. Ce fut seulement après le repas du soir qu'il eut l'occasion de s'entretenir avec le lieutenant Houy, un homme mince au teint rougeaud qui, d'après Nebamon, chérissait plus que tout son jeu de *senet*[1] et pressait quiconque passait à sa portée de disputer une partie avec lui.

— Je te suis éternellement reconnaissant, lieutenant : il est rare que je puisse défier un nouveau partenaire.

Houy, assis avec Bak à l'ombre d'un acacia, installa le plateau muni de pieds pliants et d'un tiroir de rangement. Bak le regarda disposer les pièces sur les cases appropriées.

— Nebamon m'avait dit que tu voudrais jouer.

Ce que l'officier des caravanes avait dit, en vérité, c'était : « Si tu veux qu'il réponde à tes questions, tu devras jouer au moins une partie avec lui. Mais je t'avertis : il se prend pour un expert et il déteste perdre. De ses heureuses dispositions dépend le bon fonctionnement de cette mine, et tu n'as pas idée comme il est difficile de trouver sans cesse de nouvelles manières de le laisser gagner. »

— Il t'a sûrement dit, alors, qu'à chaque fois qu'il vient nous jouons ensemble, remarqua Houy qui, ayant donné à Bak les cônes blancs et pris les bobines bleues, ouvrit le jeu sans lancer les osselets pour déterminer, selon l'usage, qui commencerait. J'appré-

1. Jeu composé d'une tablette de trente cases, de pions et d'osselets. *(N.d.T.)*

cie nos parties, mais je peux prévoir chacun de ses coups. Il n'a absolument aucune imagination.

Bak but une gorgée de bière afin de dissimuler son sourire. Après avoir laissé Houy prendre son troisième pion, il remarqua :

— Donc, Minnakht posait beaucoup de questions sur l'extraction de la turquoise.

— C'est vrai, confirma Houy, fondant sur un autre pion adverse. Je l'ai aidé de mon mieux, mais, finalement, je l'ai envoyé à Teti, le surveillant. Je suis responsable des mines, en effet, précisa-t-il d'un ton aimable, cependant ma tâche principale est l'organisation du camp. Je m'attache à contenter les besoins de chacun, si modestes qu'ils soient. Teti connaît les mines mieux que personne, aussi je le charge de superviser les activités au sommet.

Bak vit sur la tablette une ouverture qui sautait aux yeux. Il ne résista pas et prit la pièce de Houy.

— Je crois qu'il posait aussi des questions au sujet des mines de cuivre.

L'officier contemplait le plateau, les lèvres pincées, mais comme le nombre de bobines excédait celui des cônes, il n'avait pas lieu de se plaindre.

— Oui. Celles qui se trouvent à l'ouest, et les autres, beaucoup plus loin au sud. Je lui ai appris tout ce que je savais, c'est-à-dire pas grand-chose. Je n'ai jamais vu les mines du sud.

— Il est allé visiter les plus proches…

Bak remarqua un coup imprudent de la part de Houy et résista à la tentation de prendre l'avantage.

— Le fait est. Ensuite, il a demandé un guide, comptant se rendre dans le sud. J'ai refusé. Nous fermions ces mines et aucun des hommes qui restaient n'avait d'expérience suffisante pour le guider dans les montagnes. Je l'ai averti, en outre, que ces mines-là étaient peut-être déjà fermées.

— Après la montagne de turquoise, je souhaite voir les mines de cuivre qu'il a visitées. Serait-ce possible ?

— Lorsque Nebamon retournera au port, sa caravane devra justement faire un détour par là-bas. Ils ont une cargaison de cuivre prête à être acheminée jusqu'à la mer, la première de la saison.

Nebamon et ses hommes avaient établi leur camp près de l'enclos, de même que le groupe d'Ouser. Bak et ses Medjai choisirent de dormir à mi-distance entre eux et les huttes les plus proches. Au crépuscule, pendant que Minmosé préparait un ragoût de poisson aux oignons, Bak se rendit au campement de l'officier des caravanes.

Nebamon le vit venir et lui fit signe de s'asseoir sur le sable, près de lui. Tendant à son hôte une cruche de bière, il demanda en souriant :

— Comment s'est passée ta partie, lieutenant ?

— Hélas, j'ai perdu ! répondit Bak avec une expression piteuse dont personne n'aurait été dupe, sauf peut-être le lieutenant Houy.

— Je suis sûr que tu as trouvé certaines compensations.

Bak goûta la bière et grimaça. Il n'en avait pas bu de plus amère depuis qu'il avait quitté la frontière. Sa réaction amena un sourire sur les lèvres de Nebamon.

— Demain, je monterai sur la montagne de turquoise et je parlerai avec le surveillant, annonça Bak.

— Teti.

— Tu le connais donc ?

— Je l'ai vu en bas deux ou trois fois, répondit Nebamon, calant sa cruche dans le sable, entre ses pieds nus. Les mineurs disent qu'il repère la turquoise à l'odeur. Il entre dans un puits et se promène, les mains dans le dos. Il penche la tête d'un côté, puis de l'autre, en scrutant les parois, et enfin il tend le doigt.

Huit fois sur dix, on découvre un gisement à cet endroit précis.

— Puisqu'il est tellement extraordinaire, pourquoi est-ce avec le mineur du Réténou que Minnakht a passé tout son temps ?

— Probable que Teti ne voulait pas qu'on le dérange.

Si le surveillant n'avait pas de temps à consacrer à un seul homme, que penserait-il de dix étrangers exigeant une visite guidée de son domaine ?

— Houy pense qu'un jour me suffira pour monter et redescendre.

L'officier prit sa cruche et la fit tourner entre ses doigts, comme plongé dans ses réflexions. Cela rappela à Bak la vieille Noferi, son espionne de Bouhen, et sa façon de distiller ses informations dans l'espoir d'en obtenir un meilleur prix. Nebamon répondit toutefois de bonne grâce :

— Mon sergent, Souemnout, et ses hommes doivent escorter les prisonniers jusqu'au sommet demain, et déposer les provisions que nous avons apportées. Ils partiront à l'aube. Tu pourras monter avec eux. La piste n'est pas difficile, mais quelqu'un qui ne la connaît pas pourrait s'égarer.

— Combien de temps resteront-ils ? J'aurai besoin de temps pour parler avec Teti et j'aimerais voir les mines.

— Ils ne s'attarderont pas, répondit Nebamon, qui ajouta, d'un ton un peu trop désinvolte : J'ai prévu de partir en début d'après-midi.

Bak posa sur l'officier un regard spéculateur, convaincu qu'il voulait quelque chose – mais il ne pouvait imaginer quoi.

— Je viens de trop loin pour une visite aussi précipitée.

Nebamon but à sa cruche. Avec une moue de dégoût, il acquiesça :

— J'en conviens.

Bak répugnait à poser la question, car la réponse risquait de lui coûter cher.

— Pourrais-je te convaincre de rester un jour de plus ?

Les lèvres de Nebamon frémirent.

— À une condition.

— Laquelle ?

— Quand, enfin, tu regagneras le pays de Kemet, je te saurais gré de me faire parvenir vingt jarres de la meilleure bière que tu pourras trouver, et une d'un bon vin du nord.

Bak éclata de rire.

— Marché conclu.

— J'aimerais aller avec toi, dit Psouro, déroulant sa natte sur le sable. Nous sommes entourés de soldats, mais si le tueur rôde à proximité, tu n'es pas plus en sécurité ici que dans le désert oriental.

— Tu m'accompagneras, sergent, ainsi que Kaha et Nebrê. Je suis certain qu'Ouser, Ani, voire tous les autres, souhaiteront venir. Chacun d'eux est autant en danger que moi.

— J'en doute, chef.

Refusant de discuter, Bak ramassa sa natte, la dénoua, puis la secoua. Un gros serpent brun tomba par terre en se contorsionnant. Une vipère ! Bak recula d'un bond. Le reptile fila dans le sable vers Psouro, qui restait pétrifié de surprise. Trop loin de leurs armes pour s'emparer d'une lance, Bak tira sa dague d'une main preste et la projeta en murmurant une prière hâtive. La lame mince embrocha le serpent juste au-dessous de la tête. Pendant qu'il fouettait l'air de sa queue pour tenter de se libérer, Bak courut prendre une lance et l'abattit sur l'animal. Un moment plus tard, il s'immobilisait définitivement.

Psouro le fixait, effaré.

— Comment a-t-il pu se glisser dans ta natte roulée ?

— Je parie qu'on l'y a aidé.

Le sergent détacha son regard de la vipère.

— Comme je le disais, chef, tu n'es pas plus en sécurité au milieu de tous ces soldats que dans la solitude du désert.

15

— La nuit dernière, lança Bak, on a tenté de me tuer.

Il observa chacun des hommes présents, notant leur réaction avant de préciser :

— Quand j'ai déroulé ma natte, une vipère en est tombée. Une vipère agressive, folle de rage d'avoir été enfermée.

Ouser, qui aiguisait son fer de lance, ne montra aucune surprise à l'annonce de cette nouvelle attaque contre un membre de la caravane, mais il se renfrogna plus encore. Nebenkemet leva les yeux du bol qu'il nettoyait avec du sable et jura tout bas. Ani, qui enfonçait un carré de lin sale dans sa ceinture, projetant de recueillir quelques échantillons de turquoise, parut atterré. Ouensou, assis par terre – le dernier à terminer son repas matinal –, se leva avec précipitation en regardant le sable autour de lui.

Amonmosé enfila les manches de sa tunique crasseuse et fit passer sa tête dans l'encolure avant de commenter :

— Je croyais qu'en traversant la mer on avait laissé ce vil criminel derrière nous.

— Le serpent aurait-il pu ramper à l'intérieur afin d'éviter la chaleur ? interrogea Ouensou.

Pour autant que Bak pût en juger, chacun avait réagi de manière prévisible.

— La natte était roulée trop étroitement. C'est seulement par la grâce d'Amon que Psouro n'a pas été mordu.

— Et grâce à la précision de ta dague, chef ! nuança le sergent.

Debout avec les autres Medjai à la lisière du camp, il observait les membres du groupe aussi attentivement que Bak.

Un peu plus loin, le lieutenant Nebamon et le sergent Souemnout, un homme de taille moyenne, aux muscles durs, se tenaient devant l'entrepôt où l'on gardait les provisions avant de les transporter en haut de la montagne. Les soldats venus du port avec la caravane s'affairaient ; ils plaçaient les jougs sur les épaules des prisonniers, puis vérifiaient l'équilibre des paniers et des jarres suspendus de chaque côté. Quand ce fut fini, plus de la moitié des soldats se chargèrent en maugréant de fardeaux identiques. Les autres restaient sur le côté, armés, attendant que Souemnout donne le signal du départ.

— Je sais que tu as failli mourir plusieurs fois, mais a-t-on vraiment voulu te tuer ? demanda Ouser à Bak. Tous ceux qui ont disparu se sentaient en territoire connu dans le désert oriental. Comme moi. On aurait pu penser que je serais la prochaine victime, et non toi. Ne te méprends pas, lieutenant ! dit-il pour prévenir tout commentaire. Je ne m'en plains pas ! Toutefois, je m'interroge.

— Tu connaissais l'homme du puits de Keneh ? demanda Bak en posant sur lui un regard pénétrant.

— Si ç'avait été le cas, je l'aurais dit, ronchonna Ouser, agacé. Dans cette caravane, tu n'es pas le seul capable d'arriver à la somme colossale de deux après avoir ajouté un et un. Aucun homme sensé ne s'aventurerait seul dans le désert, à moins qu'il lui soit familier.

Bak ignora le sarcasme.

— Tu as raison. En toute bonne logique, c'est toi que le meurtrier devrait viser. À moins que je lui fasse plus peur que toi.

— S'il court après la fortune, il n'a aucune raison de me craindre. Je ne suis pas plus près de trouver de l'or aujourd'hui qu'il y a vingt ans, déclara-t-il d'un ton de dérision. Quant à toi, lieutenant, si je tramais un acte abominable aux yeux des dieux, je voudrais t'écarter de mon chemin. Tu ne connais peut-être pas le désert, mais tu fais preuve de ténacité. Et tu es un soldat dégagé de toute obligation officielle. Dans ce pays oublié des dieux, c'est ce qu'il y a de plus proche d'un policier.

— Mais je suis de la police.

Bak jeta un coup d'œil à Amonmosé, le seul parmi eux à connaître son secret. Le marchand sourit, soulagé par cette révélation. Ani parut stupéfait et Ouensou ennuyé. Le visage de Nebenkemet s'était fermé, ne trahissant rien de ses pensées.

Ouser s'esclaffa.

— J'aurais dû le deviner ! Ces questions, cette façon méthodique d'examiner un cadavre, et surtout, tes Medjai ! Peu d'officiers ordinaires assurent le commandement d'une telle troupe !

— Comment as-tu pu nous le cacher ! protesta Ouensou. Nous avions le droit de savoir. Des meurtres ont été perpétrés sous notre nez, pourtant tu es resté là sans rien faire ! Sans rien dire ! Nous avions besoin d'être protégés, rassur…

— Silence ! tonna Ouser. Si le lieutenant et ses hommes ne s'étaient pas joints à la caravane, nous serions peut-être tous morts, à l'heure qu'il est. Ses Medjai ont parcouru dix fois plus de distance qu'aucun d'entre nous, à partir en éclaireurs, à le chercher quand on l'avait enlevé, à suivre des empreintes suspectes. Je ne t'ai pas vu fournir un centième de leurs efforts.

Ainsi réprimandé, Ouensou ravala ce qu'il avait pensé dire.

— Je venais non en tant que policier, mais en tant que soldat obéissant à son commandant, expliqua Bak. Si nous n'avions pas trouvé cet homme assassiné, au puits, j'aurais dévoilé plus tôt mon véritable métier. Mais les gens répondent plus volontiers à un ami ou à une connaissance, c'est pourquoi j'ai décidé de taire le fait que j'étais policier.

— Tu as donc vraiment cru que l'un de nous l'avait tué, conclut Ani.

— Mes hommes n'ont pas trouvé trace d'une intrusion.

— Et depuis, tu nous observes en silence dans l'espoir de confondre le traître parmi nous, ajouta Ouser, le regardant d'un œil nouveau.

— La nuit où Dedou a été assassiné, nous avons découvert une empreinte que Kaha avait déjà repérée entre Keneh et notre premier campement. L'empreinte d'un étranger qui, à compter de ce jour-là, n'a cessé de nous épier. Cela ne lavait personne de tout soupçon, néanmoins un autre avait pu commettre le premier meurtre.

— Et pour Senna et Rona ? demanda Amonmosé.

— Le sol de la gorge était trop rocailleux. Nous n'y avons relevé aucun indice.

— Crois-tu toujours que l'un d'entre nous soit le coupable ? voulut savoir Ani.

— J'ignore le nom du meurtrier et je ne suis pas persuadé qu'il se trouve parmi vous, concéda Bak. Quoi qu'il en soit, et où qu'il soit, j'ai l'intention de l'arrêter. Si l'un de vous l'a aidé, il subira le même sort. Que cela soit bien clair : je ne garde rien secret. Je confie à mes hommes mes certitudes et mes soupçons. J'ai relaté les faits au capitaine Kherouef ainsi qu'au lieutenant Pouemrê. Toute tentative visant à me réduire au silence ou à contrecarrer mon enquête serait vaine.

— Je ne peux pas croire que l'un d'entre eux soit un assassin, dit Psouro.

Il gravissait derrière Bak la piste étroite qui conduisait aux mines de turquoise, en haut de la montagne. Tout en remontant son carquois sur son épaule, il développa son raisonnement.

— Ouensou parle beaucoup, mais il est trop faible pour affronter un adversaire à la dague. Ani ne saurait que faire d'une arme. Quant aux autres…

— Tu ne penses pas qu'Ouser soit capable de tuer ?

— S'il en avait une bonne raison ou dans le feu d'une bataille. Mais il ne commettrait pas plusieurs meurtres à la suite, et il ne poignarderait jamais quelqu'un dans le dos. Cela vaut aussi pour Amonmosé.

Bak acquiesça ; il partageait entièrement son opinion.

— Et Nebenkemet ?

— À coup sûr, il serait capable de tuer. Mais le ferait-il ?

Ils marchaient à la suite du sergent Souemnout et des quatre soldats armés qui conduisaient le convoi. On n'entendait pas un bruit, hormis le crissement des sandales sur le roc et l'appel d'un faucon, haut dans le ciel. Au bout d'un long palier épousant la courbe de la montagne, ils escaladèrent une section verticale de grès rouge, découpée en plateaux par l'érosion.

Bak se retourna et observa les grimpeurs derrière lui. Nebrê et Kaha étaient les premiers. Quelques pas plus loin, Ouser menait son groupe, s'assurant souvent qu'Ani et Ouensou suivaient le rythme. Ensuite, lourdement chargés de provisions, venaient les soldats et les prisonniers. Les gardes s'étaient déployés le long de la file, maintenant l'allure, réduisant les écarts et guettant d'éventuels pillards. Les attaques étaient rares, d'après le lieutenant Houy, néanmoins il s'en produisait parfois.

La piste, maintes et maintes fois empruntée au fil des années, n'était pas difficile pour qui était habitué à l'exercice physique, mais il s'y ajoutait une chaleur accablante. Bak s'inquiétait au sujet d'Ani, qui risquait de souffrir de cette ascension.

Il examina le paysage stérile. Les profonds défilés, les pentes abruptes, l'absence totale de végétation. Une terre que les dieux avaient comblée de turquoise avant de la livrer à Seth. Le grès était d'un rouge différent de celui des pics de granit du désert oriental, non plus rosé mais teinté d'or, comme brûlé par un feu intérieur autant que par le soleil à l'extérieur.

Psouro reprit leur conversation comme si elle n'avait pas été interrompue.

— Penses-tu que le coupable soit parmi eux, chef ? Tu ne l'as pas dit.

— À mon avis, celui qui nous observe est l'assassin. Mais je ne saurais dire si l'un des membres du groupe est son complice.

— Ce serait donc l'homme que Nebrê et toi avez pourchassé dans les montagnes.

— Celui qui nous y a entraînés, tu veux dire ! nuança Bak, grimaçant à ce souvenir.

— Celui que j'aurais dû tuer, grommela Nebrê, qui marchait assez près pour entendre.

— Aurait-il, lui aussi, traversé la mer ?

— Bonne question, sergent, à laquelle je ne peux encore répondre.

— Amon fasse que je n'aie jamais à travailler dans un pareil endroit !

Bak sourit de la ferveur qui vibrait dans la voix de Psouro, quoique l'approuvant de tout cœur. La montagne de turquoise n'était pas un lieu où il aurait souhaité s'attarder.

— Tu ferais bien d'aller voir Ani, sergent. Il paraît mal en point. Je crains qu'il ne se ressente de ses efforts.

— Il doit boire davantage, chef. Il n'a pas absorbé assez d'eau pour compenser celle qu'il a perdue.

— J'ai vu des gens de toutes sortes entrer dans le sanctuaire, dit Ouser en les rejoignant. Tiens, Psouro, prends cette outre et emmène notre ami à l'intérieur, à l'ombre. Si quelqu'un se plaint, envoie-le-moi.

Psouro descendit une pente de sable grossier, aussi rouge que les rochers autour d'eux. Il dit quelques mots à Kaha, qui attendait avec les armes et les outres qu'ils avaient apportées de la vallée. Ensemble, ils s'approchèrent du joaillier, qui était assis le front sur les genoux, et lui offrirent à boire. Quand Ani eut avalé quelques gorgées avec précaution, Psouro l'aida à se lever et le conduisit vers le temple. Kaha, prenant les armes et les provisions d'eau, contourna à leur suite une chambre que l'on édifiait contre le mur d'une cour à ciel ouvert. Ils disparurent par une porte.

Comme Bak, Ouser continua de regarder dans leur direction pour s'assurer qu'aucun prêtre trop zélé ne renverrait les visiteurs.

— Amonmosé m'a raconté en quelle haute estime on te tenait à Ouaouat, lieutenant. Je suis dûment impressionné.

« Tu ne m'as pas l'air impressionné le moins du monde », songea Bak.

— Je me demande pourquoi ! Depuis que nous avons quitté Keneh, trois hommes, dont un des miens, ont été tués sous mon nez.

— Quelle était ton intention, ce matin ? Instaurer un climat de suspicion ?

— Tout être doué de bon sens se tiendrait sur ses gardes depuis longtemps. Or, je crois que tu n'en manques pas.

Le rire d'Ouser n'exprimait pas la moindre joie.

— Pourquoi, à ton avis, ai-je accepté d'amener Ani et Ouensou dans le désert ? Puis de laisser Amonmosé et Nebenkemet se joindre à nous ?

— Tu m'as dit que tu avais besoin de payer les médecins, lui rappela Bak.

— Oh, ça, oui ! Mais je préfère de loin voyager seul avec un guide nomade. J'en avais l'intention, cette fois-ci.

Ouser lança au lieutenant un de ses sourires désenchantés.

— Je l'avoue, j'ai ressenti un certain soulagement quand Ani et Ouensou sont venus me trouver, exprimant le souhait de m'accompagner. J'avais appris la disparition d'Ahmosé. Et voilà que Minnakht ne revenait pas. Tous deux explorateurs. Cela m'a donné à réfléchir.

Il se reprochait visiblement sa faiblesse, mais aux yeux de Bak, cette appréhension démontrait justement son bon sens.

— Amonmosé et Nebenkemet ont sans doute été plus faciles à accepter.

— Au moins, le marchand savait ce qu'était le désert.

Bak vit Kaha quitter le temple de la déesse les mains vides. Il avait dû trouver un endroit sûr où déposer son fardeau à l'abri du soleil.

— Notre arrivée n'a pas semblé te réjouir outre mesure.

— J'ignorais s'il fallait voir en vous des amis ou des ennemis. Vous nous étiez supérieurs en nombre et vous aviez des armes. Si Amonmosé m'avait révélé qui tu étais… Mais il a gardé l'information pour lui, dit Ouser en haussant les épaules.

— Je le lui avais demandé.

Les deux hommes discutaient sur un tertre de sable rouge, dominant les murs bas qui formeraient un jour l'une des chambres du temple. Dix ouvriers relevaient la rampe sur laquelle seraient hissés les blocs de pierre de la rangée suivante. Bien que prisonniers, ils bavardaient sans cesse comme tous ceux qui travaillent chaque jour côte à côte. Un surveillant aboyait des ordres, tandis qu'un garde somnolait, assis à l'ombre du mur. Un traîneau contenant deux blocs de grès attendait à proximité, entouré de huit autres blocs prêts à être chargés. Bak supposa qu'ils avaient été taillés la saison précédente et laissés là à l'intention de la nouvelle équipe.

— Où est ce surveillant qu'on appelle Teti ? grommela Ouser. Je n'ai aucune envie de passer la nuit ici.

L'éminence où ils se trouvaient descendait en direction du nord, leur permettant de voir, au-delà de la nouvelle chambre et de la cour, un très vieil édifice en partie détruit. Kaha avait rejoint Ouensou ; tous deux déambulaient entre des plaques commémoratives dressées ou couchées, souvenirs de rois passés et d'expéditions anciennes. De temps à autre, ils s'arrêtaient pour que Ouensou puisse lire une inscription au Medjai.

Le temple de la Maîtresse de la turquoise, bâti dans la pierre rouge de la montagne, semblait issu de la terre qui l'entourait. Il n'était pas grand – quatre ou cinq chambres, estima Bak. D'après le lieutenant Houy, le sanctuaire de la déesse et celui de Sopdou, dieu protecteur des déserts orientaux, étaient taillés à même le roc sous l'élévation qui se dressait derrière. Devant l'édifice, un vaste bosquet, qui subsistait on ne sait comment dans cette fournaise, prêtait un peu de vie au paysage austère.

Excepté les bâtisseurs du temple, les soldats et les prisonniers se reposant de l'ascension chargés comme des baudets, on ne voyait presque personne sur le plateau. Bak supposait que la surface dissimulait les mines et ceux qui extrayaient la turquoise. Un jeune scribe au long pagne discutait avec le sergent Souemnout, et quatre hommes approchaient sur une pente, à l'ouest.

— Je m'attendais à plus d'activité, à une fourmilière, remarqua Ouser comme en écho à ses pensées.

— D'après Houy, de trop lourds effectifs seraient impossibles à ravitailler. Par nécessité, la population se réduit à environ cent vingt personnes.

— Trente prisonniers sont venus du port pour aider à construire le temple, et j'en compte dix autres qui élèvent la rampe de la nouvelle chambre. Notre reine sait-elle que son offrande généreuse à la déesse se fait aux dépens de l'extraction minière ?

— Quelqu'un devra l'en aviser. Il paraît qu'elle surveille de près la quantité de pierres précieuses qui afflue vers le trésor. Une diminution l'inciterait à s'interroger.

Ouser sourit.

— Tu parles comme si tu ne la connaissais pas personnellement, lieutenant.

— La fille terrestre du dieu Amon ? Tu plaisantes.

Amonmosé avait-il entendu parler de son exil à Bouhen, et en avait-il raconté les circonstances à Ouser ? Sans doute. De telles histoires formaient la trame de la légende, beaucoup plus passionnantes que les rapports d'escarmouche dans le désert ou l'arrivée d'une jolie femme à la garnison.

À l'appel du sergent Souemnout, l'un des nouveaux venus bifurqua vers lui. Le sergent désigna Bak et Ouser. Des paroles furent échangées, pas toutes aimables à en juger par la vivacité des gestes qui les accompagnaient. Le sergent finit par imposer sa décision d'un ton sec, puis l'homme s'approcha d'eux.

— Je suis Teti, dit-il. Lequel d'entre vous est le lieutenant Bak ?

Le surveillant des mines avait une trentaine d'années et était doté d'une musculature impressionnante. Il portait un pagne sale, long jusqu'aux genoux, ainsi qu'un bâton. Ses yeux noirs au regard hargneux et le pli dur de sa bouche promettaient une visite intéressante, à défaut d'être agréable.

— C'est une de nos grandes mines, et à présent la plus productive, expliqua Teti en s'arrêtant près d'une ouverture carrée dans le sol, qui laissait voir, au fond, un tunnel horizontal partant vers la droite. L'un de vous veut-il descendre ?

Bak se mit à genoux pour mieux voir. Il distingua l'écho de voix et le martèlement de maillets sur des ciseaux.

— J'y vais, déclara-t-il.

Il avait formulé clairement ses intentions au sergent et ne doutait pas que le message eût été transmis. À l'évidence, Teti avait préféré ne rien entendre.

— Nous aussi ! dit Psouro en faisant signe à Nebrê et à Kaha d'avancer.

— Et moi, décida Ouser.

— Après ce long voyage ? Je ne voudrais pas manquer cela ! remarqua Ani en se frottant les mains d'impatience.

— Moi non plus, renchérit Nebenkemet, qui s'agenouilla à côté de Bak afin de scruter le puits.

Amonmosé imita le charpentier et demanda :

— Comment descend-on ?

— Ani, te sens-tu assez bien ? s'enquit Ouser.

Le joaillier, dont le teint était encore congestionné après son ascension difficile, afficha un sourire résolu, prit une outre des mains du sergent medjai et la porta à ses lèvres.

— Psouro avait raison. Plus je bois, et mieux je me sens.

Manifestement agacé par le nombre croissant de ceux qui souhaitaient l'accompagner, Teti toisa Ouensou, les sourcils froncés.

— Toi, tu ne viens pas, n'est-ce pas ?

Le jeune homme contempla l'orifice.

— Toutes les mines sont-elles aussi profondes ?

— Si on trouvait des turquoises à la surface, penses-tu que nous creuserions dans le sol comme des rats ?

Ouensou avala sa salive, mais refusa de se dérober.

— Je veux descendre, et je n'attendrai pas la mine suivante.

Teti fit volte-face, les yeux étincelants de colère, mais avant qu'il ait pu protester, Bak lui imposa silence.

— Oui, Teti. La suivante, et la suivante, puis la suivante. Autant qu'il le faudra. Plus tôt nous aurons appris ce que nous cherchons, et plus vite tu seras débarrassé de nous.

— Je croyais que tu voulais t'informer sur Minnakht, non passer ton temps à regarder les autres travailler.

— Je tiens à profiter le plus possible de cette journée. On y va ?

Teti les emmena en bas de ce qui se révéla être l'un des trois puits creusés dans la pierre rouge depuis le sommet de la montagne. Ils le suivirent dans le court tunnel horizontal jusqu'à une galerie d'environ vingt-cinq pas de large et moitié aussi profonde. Le sol était irrégulier et semé d'embûches, les excavations antérieures n'ayant jamais été comblées. Cette mine était mieux éclairée que la plupart et bien aérée. Outre les puits la reliant à la surface, le percement total de l'arête avait ménagé à une extrémité une grande ouverture qui dominait une vallée.

Neuf mineurs taillaient la face rocheuse, cinq à l'intérieur de chambres secondaires séparées par des murs ou des piliers de pierre, laissés intacts afin d'étayer le plafond. Chacune des chambres était assez haute et large pour qu'on y cherche à l'aise les pierres incrustées dans la matrice. Une poussière impalpable flottait dans l'air chaud et les mineurs empestaient la sueur. Ils se retournèrent tous en même temps, curieux de voir qui venait. Repérant Teti, ils se remirent vite à leur besogne.

Prenant garde à ne gêner personne, Bak et ses compagnons regardèrent les hommes dégager avec précaution de petits morceaux de pierre qu'ils laissaient tomber à leurs pieds. Toute turquoise découverte était détachée de la matrice et jetée dans la jatte en terre cuite la plus proche. De temps en temps, de simples ouvriers – des nomades vivant dans les montagnes voisines – chargeaient les déchets dans des paniers et les emportaient.

La tâche des mineurs était sale, laborieuse et parfois dangereuse. Leurs jointures étaient écorchées, leurs jambes et leurs pieds couverts de croûtes. Ces hommes-là n'étaient pas des prisonniers. Quelques-uns venaient des villages des environs, les autres de terres lointaines. Ils recevraient un paiement en nature à la fin de la saison et retourneraient dans leur foyer plus riches qu'avant. Bak n'aurait pas changé de place avec eux pour un empire.

Amonmosé croisa son regard et fit la grimace. La répugnance se lisait sur les traits de Psouro, et Nebrê murmura quelques mots dans sa propre langue, une prière, sans doute. D'eux tous, Ouser, Nebenkemet et Ani paraissaient le moins troublés. L'explorateur avait vu d'autres mines, d'autres carrières. Le charpentier se promenait dans la galerie, scrutait les parois, examinait les outils émoussés mis de côté pour être affûtés et observait les méthodes de travail.

Ani regardait autour de lui avec un intérêt avide.

— Combien de turquoises obtenez-vous chaque jour ?

Maussade, le surveillant ramassa les jattes. Il les apporta et montra leur contenu. Chacune renfermait trois ou quatre pierres bleu-vert, allant de la taille d'un petit pois à celle de l'ongle d'un pouce.

— Nous travaillons depuis l'aube, trois heures tout au plus. Quand les ouvriers trient les débris, il leur arrive de trouver encore quelques nodules, mais ça a l'air d'être une journée typique.

— Les pierres sont-elles toujours aussi petites ? demanda Ani d'un air déçu.

— La plupart, oui, mais de temps en temps…

Teti le foudroya des yeux sous ses sourcils froncés.

— Je suppose qu'après tu voudras voir tout ce que nous avons extrait depuis notre dernière livraison !

Le visage déjà rouge d'Ani s'empourpra violemment.

— Pardonne-moi, mais je gagne mon pain en fabriquant des bijoux dans l'atelier de la reine. J'ai vu passer quelques belles pierres, certes, mais je désirais ardemment les voir ici, à l'endroit où elles…

Sa voix se brisa et la tristesse envahit ses traits.

— Tu fabriques des bijoux pour notre reine ? répéta Teti en considérant le petit homme grassouillet avec intérêt – et un respect nouveau. Je n'aurais jamais pensé rencontrer un jour quelqu'un comme toi. Et certainement pas ici !

Un sourire s'épanouit sur son visage et il fit entrer Ani dans une chambre peu profonde, près de l'extrémité la plus basse de la galerie.

— Il faut que tu voies ça. C'est notre veine la plus prometteuse.

Ouser adressa un clin d'œil à Bak et tous deux s'empressèrent de les suivre. Teti tapa sur l'épaule du mineur et lui donna un ordre dans une langue inconnue. L'homme s'écarta et le surveillant fit signe à Ani d'entrer. Bak et les autres s'assemblèrent autour.

Teti montra plusieurs morceaux bleu-vert de la taille de pois chiches, tous distants d'un empan et disposés suivant une ligne oblique.

— Ça n'a pas grande allure, néanmoins cette veine me plaît. Je pense que nous en tirerons quelques beaux fragments.

— Pourrais-je avoir l'une de celles-ci ? hasarda Ani, passant ses doigts sur la rangée de pierres.

Sa requête déconcerta Teti.

— Je regrette. Si je distribuais des turquoises à tous ceux qui m'en demandent… Oh, et puis, pourquoi pas ? se ravisa-t-il en éclatant de rire. Elles ne sont ni très grosses ni particulièrement précieuses.

Il se tourna vers le mineur, hésita, et demanda à Ani :

— N'en préférerais-tu pas une plus belle ? On pourrait choisir parmi celles qu'on a extraites au début de la semaine.

— Je veux celle-ci, que j'ai vue dans son état naturel. En fait…

La voix d'Ani faiblit, puis exprima une assurance nouvelle :

— Pourrais-je avoir cette turquoise avec le grès qui l'entoure ?

Ils visitèrent ainsi une douzaine de mines. L'une mesurait plus de vingt pas de large et était bordée de petites galeries. Une autre, encore plus large, se composait de deux niveaux, où les hommes suivaient des couches de grès rouge prises entre des strates jaunes. Le groupe descendit un puits en pente où il fallait rester courbé, et y trouva un mineur solitaire. Deux mines ressemblaient à des bouches béantes ; ceux qui y attaquaient le roc avaient la chance de travailler à l'air libre. Une grande partie du plafond s'était récemment effondrée dans une galerie plus ancienne, rendant l'accès impossible, et dans un puits étroit mais profond, une nuée de chauves-souris les força à battre en retraite.

Pendant tout ce temps, Nebenkemet ne lâcha pas leur guide d'une semelle. Dès le début, ses questions confirmèrent l'impression première de Bak qu'il se passionnait surtout pour le processus d'extraction. Teti, qui était parvenu à la même conclusion, commença à partager son attention entre les deux artisans. Bak observa avec intérêt ce charpentier qui parlait rarement mais révélait parfois une profondeur insoupçonnée.

Alors qu'ils allaient d'une mine à l'autre, ils passèrent devant de hautes plaques commémoratives laissées par des rois depuis longtemps défunts, dont la soif de turquoise était aussi grande, sinon plus, que celle d'Hatchepsout. Teti leur montra les petites carrières de grès utilisées pour le temple, et une multitude d'autels à ciel ouvert où les gens venaient s'incliner devant leurs dieux.

Ils jetèrent un coup d'œil dans des mines abandonnées de longue date, certaines ténébreuses, converties en logis sommaires par les mineurs et les prisonniers. Des pierres au-dehors, gravées de symboles inconnus, identifiaient les équipes qui avaient élu domicile dans chaque abri. D'autres désignaient les mines transformées en entrepôts et le puits que s'était attribué le scribe. Le tout formait un petit village d'habitations et de réserves mieux identifiées et donc plus faciles à trouver que celles de Ouaset, la capitale.

À la mi-journée, ils partagèrent un repas de pain et de bière, bref et insuffisant, dans l'entrée ombreuse d'un entrepôt. Les provisions destinées aux mines ayant été emmagasinées en lieu sûr, Souemnout déjeuna avec eux. Le lieutenant Nebamon lui avait recommandé de rester en haut jusqu'à ce que Bak estime en avoir vu assez, cependant il les exhorta à se presser. Ils descendraient par un chemin différent, trop dangereux pour s'y risquer quand le soleil se coucherait.

— Comme vous pouvez le constater, ce lieu de culte est exigu, commenta Teti en leur faisant traverser la cour découverte qui précédait le sanctuaire. Notre souveraine projette de l'agrandir, cependant je n'en vois pas l'utilité. Les autels ne manquent pas, sur cette montagne.

Ils contournèrent un pilier carré étendu sur le sol. Un ouvrier polissait le visage de pierre de la Maîtresse de la turquoise sculpté au sommet. La divinité était dotée d'oreilles de vache, comme sous sa forme de déesse Hathor.

— Notre scribe fait office de prêtre et présente les offrandes. L'un des mineurs, un étranger, se charge d'offrir celles de son peuple. Ils voient dans notre déesse leur Astarté.

Franchissant un passage percé dans un haut mur, ils pénétrèrent dans une cour en partie recouverte pour former un portique. De là, on accédait au sanctuaire. À la surprise de Bak, Teti leur permit de regarder à l'intérieur. Au pays de Kemet, seuls les prêtres osaient approcher d'aussi près la demeure de la divinité.

La chambre, taillée dans le roc, était petite et éclairée par la lumière provenant de l'entrée. À l'origine, ses murs avaient été polis, de même que la surface de l'unique pilier. Des prières pour des fonctionnaires ayant jadis mené des expéditions vers la montagne de turquoise couvraient les murs. Beaucoup s'étaient effacées ou écaillées. Des niches renfermaient des symboles sacrés associés à la déesse : un sistre, un large collier *menat* avec ses rangées de perles et son contrepoids, ainsi qu'un morceau de turquoise gros comme le poing. Dans un coin, un autel carré accueillait la châsse fermée dans laquelle résidait la statue. D'épaisses volutes de fumée chargées de l'odeur d'encens montaient de plusieurs autels coniques disposés autour de la pièce.

Bak se sentait mal. Tout cela relevait trop d'un compromis avec un monde qu'il ne connaissait pas.

Il tourna les talons et, faisant signe à Teti de le suivre, il traversa rapidement l'édifice, ne s'arrêtant que lorsqu'il déboucha sous le soleil brillant, à l'air pur. Là, il s'assit au bord d'un réservoir en pierre destiné aux libations, et Teti prit place sur un gros bloc de grès.

— Où entreposez-vous les turquoises ? voulut savoir le lieutenant, recouvrant son sang-froid.

— Dans la demeure de la déesse, où elles sont en sûreté. Nous les envoyons en bas chaque fois que la caravane de ravitaillement retourne au port.

Bak approuva : moins on gardait de pierres précieuses sur la montagne, moins on risquait d'éveiller la tentation.

— As-tu vu ce que tu désirais ? demanda Teti.

— Tout, et plus encore. Tu t'es surpassé pour nous montrer ton domaine. Je t'en remercie.

Teti ne put cacher son contentement.

— Votre intrusion m'ennuyait, je l'avoue ; toutefois, Ani et Nebenkemet ont rendu cette journée mémorable. L'enthousiasme du joaillier est communicatif, dit-il en riant, quant à l'autre… Tu l'as vu indiquer la direction où il croyait qu'une veine continuait ?

— Penses-tu qu'il ait deviné juste ?

Teti le regarda vivement.

— Il connaît les mines, lieutenant. Il ne l'a jamais dit ?

— Il a traversé le désert oriental avec Amonmosé, qui possède un campement de pêche au bord de la mer. Il affirme être charpentier, et venir construire un bateau et des cabanes pour les hommes.

— Quel gâchis ! Je parierais un morceau de turquoise gros comme un œuf d'oie qu'il en sait autant que moi.

Venant de lui, c'était vraiment une louange. Bak se promit de s'entretenir avec Nebenkemet, et de le presser de dire la vérité.

— Revenons à la visite de Minnakht. Quel était son dessein ?

— Il désirait apprendre comment nous extrayons la turquoise. J'ai pu lui répondre en partie, mais, devant toutes ses questions, j'ai fini par l'envoyer voir un homme du Réténou, qui avait de longues années d'expérience.

— Ce mineur est-il revenu cette année, par hasard ? J'aimerais lui parler.

— Il m'a fait ses adieux à son départ, m'annonçant qu'il ne reviendrait pas – et il disait vrai.

Teti aperçut une outre oubliée sur le mur, et alla la chercher.

— Cette nouvelle saison vient à peine de commencer que déjà il me manque. Il pouvait abattre quatre fois plus de besogne en un seul jour que d'autres plus jeunes.

— As-tu la moindre idée de ce qu'il a appris à Minnakht ?

— On fermait les mines, aussi je n'ai guère eu le temps de discuter avec lui avant son départ.

Teti but à longs traits, puis tendit l'outre à Bak.

— Apparemment, j'avais adressé Minnakht à l'homme qu'il lui fallait. Au fil du temps, il avait cherché du minerai et des pierres précieuses dans de nombreux sites. Minnakht l'a interrogé sur chacun d'eux.

Bak se désaltéra, songeant à celui qui, selon la rumeur, avait trouvé de l'or – à celui qui le niait.

— Décris-moi son apparence.

— Tu ne le connais pas ?

— Son père m'a chargé de le retrouver longtemps après sa disparition.

— Laisse-moi réfléchir.

Teti reprit l'outre, la reboucha et la posa à côté de lui.

— Il était grand et mince, les traits et le corps formés à l'image d'un dieu. Il marchait droit et raide, le menton en l'air, comme s'il se croyait meilleur que quiconque. Selon moi, ce n'était pas qu'il voulait montrer sa supériorité, non ; il était fier, voilà tout.

Cette description concordait avec celles que Bak avait déjà entendues, mais elle n'était pas faussée par l'admiration.

— Il n'avait aucune marque sur le corps ? Aucune façon particulière de parler ?

Teti secoua la tête.

— À part sa bonne humeur et son empressement à raconter ses aventures, je ne vois pas.

Plus tard, alors qu'ils empruntaient une piste facile sur le plateau pour rejoindre l'endroit où ils descendraient de la montagne, Bak eut le loisir de repenser à tout ce qu'il avait appris. Enfin, il lui semblait qu'un rai de lumière perçait les ténèbres à l'intérieur de son cœur.

16

— Je comprends pourquoi tu préférais descendre avant la nuit.

Bak se tenait au sommet d'une cataracte aux gradins immenses, où l'eau ne tombait plus depuis de longues générations. Le sergent Souemnout se retourna vers la file irrégulière qui s'étirait derrière eux.

— Je prie Sopdou qu'aucun de tes compagnons n'ait peur du vide.

Les Medjai, chargés des armes et des outres, ouvraient la procession. Ensuite venaient quatre soldats, deux munis de lances et de boucliers, les deux autres portant chacun un sac de turquoises. Derrière eux, Ouser et son groupe, qui cheminaient entre deux murs rocheux, ne pouvaient voir que la trouée où le sentier disparaissait. Plus loin encore, les soldats qui s'étaient chargés des provisions à l'aller traînaient sur le plateau, leurs jougs vides. Les autres aussi allaient d'un cœur léger : ils n'avaient plus de prisonniers à surveiller et ne redoutaient plus les pillards. L'expérience avait prouvé que le ravitaillement exerçait plus d'attrait que les turquoises aux yeux des nomades.

Bak regarda l'oued vertigineux dont ils devaient descendre la paroi. La chute semblait ne pas avoir de fin. À cause des replis du terrain, on n'en distinguait pas le fond, mais il songea que, pour les timorés, mieux valait ne pas savoir quelles difficultés les attendaient.

— Si l'un d'entre nous avait peur, ne pourrait-il redescendre au campement par le chemin de ce matin ?

— À cette heure tardive, les ombres sont trompeuses, de l'autre côté de la montagne. Il est facile de se perdre ou de faire un faux pas. Il devrait passer la nuit avec les mineurs et descendre au matin.

— Je vais leur parler.

Bak revint en arrière et réunit les hommes autour de lui. Il expliqua les deux choix qui s'offraient à eux.

— Je propose que vous vous placiez tour à tour à côté du sergent Souemnout et regardiez en bas. Si vous ne pensez pas pouvoir descendre, dites-le. Un soldat vous raccompagnera aux mines, de l'autre côté du plateau.

L'un après l'autre, ils allèrent jeter un coup d'œil sur le précipice. Aucun des Medjai ne s'émut de ce qu'il voyait, pas plus qu'Amonmosé, Ouser et Nebenkemet.

Ani étouffa un cri et recula. Il adressa à Bak et au sergent un sourire timide, puis, avec hésitation, s'approcha du bord pour regarder une seconde fois.

— Je suis terrifié, mais je peux le faire. À condition que tu m'aides, sergent, rectifia-t-il en se retournant vers Psouro.

Le Medjai scruta le petit homme, jaugeant la peur, la détermination. Enfin, il hocha la tête.

— Je resterai avec toi.

Ouensou vint voir. Il pâlit, mais resta au bord du gouffre, fixant la paroi.

— Moi aussi, j'ai peur et pourrais avoir besoin d'aide.

Un tel aveu avait de quoi surprendre, dans la bouche de ce jeune homme entêté. Avec un léger sourire, Nebrê se porta volontaire.

— Une fois que vous aurez commencé, il faudra aller jusqu'au bout, leur rappela Bak. On ne pourra pas faire demi-tour.

Les deux hommes, si différents l'un de l'autre, répondirent d'une seule voix :

— Je descendrai par là.

Environ à mi-hauteur, ils firent halte sur une corniche surplombant un léger dénivelé semblable à une ravine. Sur la pente opposée, la surface lisse et sombre conservait encore des bas-reliefs gravés par des mineurs d'autrefois. Juste au-dessus, Psouro avait dû aider Ani à franchir une partie difficile de la piste où la pierre s'était effritée, rendant les degrés naturels instables et glissants. Des gouttes de sueur roulaient sur le visage en feu du joaillier. La descente avait été ardue, et la peur avait dû la rendre dix fois pire.

Il se laissa choir par terre, s'essuya le front et sourit à Bak d'un air hagard.

— J'ai les genoux qui tremblent. Mais, jusqu'à présent, j'ai réussi à ne pas la perdre.

Il tapota le carré de lin bosselé accroché à sa ceinture, contenant la turquoise que lui avait donnée Teti. Psouro lui tendit une outre.

— Tu t'es bien débrouillé, chef. Quand j'ai vu cette passe étroite le long de la saillie, j'ai craint pour toi. Avancer le dos tourné à la pente était une excellente idée.

— J'avais si peur que j'ai cru rendre mon repas de midi.

Le sergent s'esclaffa et lui donna une petite tape amicale sur le dos.

— Du pain et de la bière… Ça n'aurait pas été une grande perte, à mon avis !

Bak sourit en les regardant. Psouro n'était pas du genre à donner du « chef » à n'importe qui. Le joaillier avait forcé son respect – et le sien aussi. Ani ne s'était jamais trouvé bien haut sur la liste de ses suspects, mais plus il le voyait, plus il était convaincu que jamais il n'aurait pu commettre un meurtre. Pendant le voyage, il avait démontré sa force intérieure et sa ténacité, toutefois il manquait de force physique et d'aisance dans la nature. Mû par une détermination suffisante, il aurait pu enfoncer une dague dans la poitrine ou le dos d'un homme, mais il ne serait jamais sorti du campement sans réveiller un des dormeurs.

Ouensou s'affala à côté d'Ani et, avec un sourire de gratitude, accepta l'outre, les mains tremblantes. Alors que son voisin était cramoisi, il avait les traits pâles et tirés.

— Mon père ne me croira jamais, quand je lui parlerai de cette piste.

— Envoie-le-moi, répondit Nebrê en riant, que je lui raconte combien de fois tu as repoussé ma main et refusé mon aide.

Ouser et Amonmosé, transpirant abondamment mais pas autrement troublés, poursuivaient une discussion amicale entamée en pleine descente. L'explorateur soutenait que l'oiseau qui planait au-dessus d'eux était un aigle. Le marchand jurait que c'était un vautour. Comme ce n'était guère qu'un point noir dans le ciel, Bak soupçonnait qu'ils se disputaient pour le plaisir. Nebenkemet, qui ne se ressentait pas plus qu'eux de cet exercice physique, s'était installé avec les soldats chargés des turquoises. Ils lançaient en l'air une petite pierre plate qu'ils avaient puisée dans le sac, et pariaient sur la face qu'elle présenterait en tombant.

Souemnout observait la position du soleil et les ombres, plus longues, plus denses sur les rochers. Bak comprit qu'il aurait voulu continuer, mais qu'il laissait Ouensou et Ani se reposer davantage, estimant qu'ils en avaient besoin. Il donna l'ordre à l'un des soldats de s'occuper de ses camarades à la traîne et fit signe aux autres, sauf à quatre, de passer devant.

Souemnout allait et venait sur la corniche, attendant que les plus vulnérables du groupe recouvrent leurs forces. Peu à peu, le teint d'Ani devint moins vif et le visage de Ouensou reprit un peu de couleur. Sachant que leur guide tenait à quitter la montagne avant la nuit, Bak se leva et proposa de partir. Le sergent lui sourit avec reconnaissance.

Les soldats responsables des pierres précieuses abandonnèrent leur jeu à contrecœur. Les gardes et les Medjai se levèrent et prirent leurs armes. Lorsque tout le monde fut debout, Souemnout, dans sa hâte à se remettre en route, s'engagea sur la partie la plus raide de la pente.

Bak se trouvait à plusieurs pas derrière quand un craquement sec l'arrêta net. Il chercha des yeux l'origine du bruit. Ne voyant rien, il continua. Se pouvait-il que la pierre éclate parfois, lorsqu'elle était exposée à une chaleur extrême, puis refroidissait à l'ombre ?

Un autre craquement – si proche, cette fois, que des éclats volèrent du rocher à côté duquel il se trouvait. Il se baissa et regarda autour de lui. Un mouvement, sur sa droite, attira son attention. Sur le bord opposé de la ravine s'était campé un homme grand et mince. La distance et le contre-jour empêchaient de distinguer son visage, toutefois, à sa posture, à la manière dont il ramenait son bras en arrière puis le projetait en avant, Bak devina son arme.

— Couchez-vous ! hurla-t-il en s'écartant vivement. On nous attaque à la fronde !

Un caillou l'atteignit à la cuisse droite, le faisant tomber sur des pierres. Jurant vertement, il rampa derrière un rocher creux. Souemnout, courbé en deux, se laissa glisser le long de la pente jusqu'à un petit tertre. Psouro, Nebrê et Kaha poussèrent les autres vers le pied de la piste par où ils étaient venus. Ainsi serrés dans cette sorte de renfoncement, ils étaient invisibles aux yeux de l'assaillant.

Bak examina rapidement sa cuisse. Excepté une légère rougeur, on ne voyait rien, mais une douleur sourde promettait un bleu impressionnant. Il n'avait pas d'illusion sur la puissance d'une fronde entre des mains expertes, et il remercia Amon de s'en être tiré à si bon compte. À l'armée, l'usage de cette arme de combat faisait partie de l'entraînement, et il avait entendu dire que les nomades l'utilisaient pour chasser la gazelle et l'ibex, quand ce n'était pas pour s'entretuer au cours de guerres tribales.

Souemnout cria aux soldats qu'il avait envoyés en avant de revenir, mais sa voix se réverbéra à travers les oueds, ses paroles déformées par l'écho. Au cas improbable où sa troupe entendrait, Bak doutait qu'elle comprenne ses ordres.

L'homme à la fronde lança une nouvelle pierre, imposant silence au sergent. Psouro jaillit de sa cachette et décocha une flèche. L'angle n'était pas bon et le tir s'avéra trop court. L'homme ne recula pas d'un pouce et parut même rire, rappelant à Bak celui qu'ils avaient poursuivi dans les contreforts de la montagne rouge.

Psouro rejoignit Nebrê et Kaha, auxquels il murmura quelques mots. Le premier plaça une flèche et leva son arc, prêt à bondir à découvert. Ménageant sa cuisse qui commençait à palpiter, Bak quitta à demi son abri. S'il pouvait détourner l'attention de l'ennemi…

— Chef ! Ne bouge pas ! cria Psouro.

L'homme fit voler un projectile qui s'écrasa contre le rocher, près de la tête de Bak. Au même instant,

Nebrê se montra, les mâchoires crispées par la haine. Il banda son arc en un geste lent et délibéré. Sa flèche rasa sa cible du côté gauche, mais poursuivit sa course.

L'homme porta la main à son flanc, regarda ses doigts couverts de sang, puis visa Nebrê. Sa pierre érafla le bras du Medjai tandis que celui-ci préparait sa deuxième flèche. Kaha surgit en renfort. Alors, l'homme détala, échappant de justesse au trait de Kaha.

Les policiers empoignèrent leur carquois et une outre, coururent vers la cataracte et franchirent une pente de pierres branlantes à la poursuite de l'auteur de l'embuscade. Les deux gardes se précipitèrent derrière eux. Bak bondit de son abri, saisit une lance et les imita.

— Non ! s'écria Souemnout. Ne cherchez pas à le rattraper ! Il va bientôt faire nuit et vous ne connaissez pas la montagne !

Bak hésita, déchiré entre le bon sens et le désir de capturer leur assaillant.

— Revenez ! insista Souemnout.

À contrecœur, Bak ordonna aux hommes de renoncer. Bien qu'il n'ait pu distinguer le visage de l'homme à la fronde, son apparence physique lui était trop familière pour laisser place au doute. C'était le guetteur.

Bak avançait derrière Souemnout, fulminant de rage. L'ennemi avait le don singulier de toujours choisir le lieu et le moment qui lui assuraient l'avantage. Bak s'était juré de l'arrêter et savait qu'il réussirait, mais quand, et comment ?

Le chemin n'était plus aussi difficile, mais chaque pas avivait sa douleur à la cuisse, lui donnant l'intensité d'une plaie à vif. Une ecchymose s'était formée et commençait à s'étendre vers le bas. Comme si cela ne suffisait pas, la journée avait été longue ; il était fatigué et il avait faim. L'ombre des pics recouvrait peu à peu le paysage, annonciatrice de la nuit. Au moins, la chaleur déclinait.

— On y est, lieutenant !

Souemnout s'arrêta et tendit le doigt presque en face d'eux. Bak contempla l'oued en contrebas avec des sentiments mitigés. Il remerciait les dieux que le but apparaisse enfin, mais celui-ci semblait incroyablement loin. D'immenses pentes de grès rouge se déployaient au-dessous d'eux. En travers de la plus basse, une mince ligne pâle dessinait le chemin vers l'oued. Des acacias projetaient leur ombre sur une large bande de sable cuivré, qui disparaissait en serpentant entre des collines rouges, peut-être des éperons de la montagne de turquoise.

— La première pente n'est pas très éloignée, indiqua le sergent. Quand nous l'aurons atteinte, il ne s'agira plus que de mettre un pied devant l'autre.

Les soldats qui les avaient devancés, accoutumés à la descente, n'étaient nulle part en vue. Sans doute avaient-ils déjà regagné le campement. Bak les envia, songeant à la distance que ses compagnons et lui avaient encore à parcourir.

S'assurant d'un coup d'œil que ceux dont il était responsable suivaient toujours, Souemnout se remit en marche. Bak aussi regarda en arrière. Tout près, Psouro avançait à côté de Nebrê, tâchant de le convaincre que même s'ils avaient poursuivi l'homme à la fronde, ils n'auraient pu le rattraper. Le Medjai, rageant de ce nouvel échec, arborait une expression sombre et menaçante. Bak, qui éprouvait autant de colère, compatissait.

Bak était installé sur un épais coussin rembourré de paille, la jambe étendue devant lui dans le faible espoir de soulager sa cuisse. Mais ce n'était pas en se dorlotant qu'il guérirait, il le savait. Seul le temps effacerait l'hématome noir et la douleur constante qui le harcelait.

Le lieutenant Houy, impatient de disputer une nouvelle partie, avait insisté pour qu'il accepte le coussin. À présent, assis sur un tabouret de l'autre côté de la tablette, il disposait les pièces. Comme la première fois, il s'était attribué les bobines bleues et avait donné les cônes blancs à Bak. Le lieutenant Nebamon, assis sur une simple pierre, s'adossait contre le mur de la bâtisse qui servait de logis et de bureau à Houy et à son scribe. La lumière de la torche qui y était fixée laissait son visage dans l'ombre, mais éclairait la tablette de senet et les deux joueurs. Un chien jaune, aux pieds de Nebamon, tressaillait et geignait dans son sommeil.

Bak laissa Houy prendre trois de ses pièces avant de lui demander :

— Combien avez-vous de nomades, parmi vos ouvriers ?

— Entre vingt et vingt-cinq. Ils travaillent sur la montagne, où ils déblaient les mines, aident dans les carrières. Ils accomplissent toutes sortes de tâches qui nécessitent un effort physique plutôt que de l'intelligence ou du talent.

Houy examina les pièces sur le plateau. Faute de voir l'ouverture que Bak lui offrait, il opéra une manœuvre qui ne l'avançait guère. Nebamon ne put retenir un gloussement.

Si Houy s'en aperçut, il n'en montra rien.

— Trois femmes et leurs enfants restent dans ce campement pour s'occuper du bétail. Tu as sans doute remarqué que de nombreux nomades viennent ici faire du troc.

Il étudia le jeu, puis hocha la tête avec satisfaction. Bak ne put éviter de prendre la bobine qu'il venait de déplacer.

— Même du désert oriental ? interrogea-t-il.

— Pas souvent, répondit Houy, éberlué d'avoir perdu une pièce. Et ils restent rarement. La population locale nous considère comme une source de richesse. Elle n'aime pas partager avec des étrangers.

— Y en aurait-il en ce moment ?

— C'est possible. Mon scribe devrait le savoir.

— Tout homme qui veut travailler dans les mines se présente devant le scribe à son arrivée, expliqua Nebamon. Aussi longtemps qu'il reste, le contremaître porte chaque jour une marque sur un tesson. Quand il est prêt à partir, le tesson est transmis au scribe, qui remet au nomade un jeton à échanger au port contre un paiement en nature.

Bak soupira. N'importe qui pouvait traverser le camp et gravir la montagne sans jamais signaler sa présence. Un étranger aurait donc pu aller et venir sans qu'on le remarque, comme invisible. Il aurait parié un mois de rations que l'homme à la fronde n'avait pas même attiré un regard.

Bak perdit de justesse et tint à laisser Nebamon disputer la partie suivante. Mal jouer était beaucoup moins évident qu'il aurait cru. Cédant le coussin à l'officier des caravanes, il alla s'asseoir sur la pierre. Le chien se roula en boule et se rendormit avec un grognement de satisfaction.

Pendant que les officiers jouaient, les pensées de Bak revinrent au guetteur. Quelqu'un, dans le groupe, lui avait-il appris qu'ils comptaient venir à la montagne de turquoise ? Ou les avait-il simplement suivis à leur insu ? Sa connaissance du terrain de ce côté-ci de la mer était déconcertante. Alors que Bak et ses Medjai dépendaient de la caravane et de l'armée, l'ennemi n'était pas lié par de telles contraintes. Comment s'y prenait-il ?

Cette question ramena le policier à Minnakht. Celui-ci avait promis de rester à proximité. Bak songea à l'homme qu'il avait rencontré dans le désert, à celui qu'on lui avait tant vanté ces dernières semaines. Un explorateur intrépide, qui parcourait les terres les plus arides sans se laisser arrêter par l'adversité, et qui… Soudain, une nouvelle idée jaillit dans son cœur, impossible à écarter.

— Connaissez-vous un endroit, dans les parages, où quelqu'un pourrait trouver de l'eau et s'isoler des autres ?

— Là où tu trouves de l'eau, tu trouves des nomades, répliqua Houy d'un ton cassant.

Que lui arrivait-il ? Bak jeta un coup d'œil sur la tablette de senet. Nebamon avait gagné plus de la moitié des pièces de son camarade.

— La source la plus proche se trouve à l'ouest, près des mines de cuivre, dit l'officier des caravanes en prenant un autre pion.

Bak ne savait s'il avait l'esprit ailleurs ou s'il croyait que Houy avait été suffisamment ménagé pour cette nuit-là.

— Je cherche un lieu solitaire, où un homme pourrait se cacher lorsque les nomades amènent leur troupeau.

Houy lança un regard froid à son adversaire.

— Ton retour vers le port prend souvent un temps fou, Nebamon. Pouemrê dit que tu t'arrêtes à une oasis, au nord, où tu laisses tes hommes se détendre au lieu de convoyer au plus vite leur précieux chargement.

Frappé par ce ton agressif, Nebamon regarda le jeu avec plus d'attention et fut visiblement surpris de ce qu'il découvrait.

— Souvent ? Non. Rien que de temps en temps.

Il mit un cône en situation périlleuse et sourit à Bak d'un air penaud.

— Il y a un cours d'eau dans le premier grand oued au nord. Le trajet est plus long jusqu'au port, mais il m'arrive de rentrer par ce chemin afin que mes hommes et les ânes aient l'occasion de se baigner. L'eau a une odeur étrange et l'on ne peut la boire, toutefois cela fait du bien à tout le monde de se rafraîchir.

Il examina la tablette, semblant mûrir son prochain coup.

— Quelques nomades y vont, mais il est facile, si l'on veut éviter d'être vu, de remonter l'oued jusqu'à un endroit où le roc a été taillé par le vent et par l'eau comme par la main humaine.

Il poussa un nouveau cône en un geste propitiatoire. L'expression de Houy était presque apaisée.

— Mais sans eau douce, on ne pourrait tenir là-bas longtemps.

— On trouve une assez grande oasis, plus près de la mer, vers le sud. Les gens du port s'y ravitaillent. Elle est très fréquentée, si bien qu'on ne pourrait y rester sans être vu, mais on pourrait s'y glisser le temps d'abreuver les bêtes et de remplir les jarres. Penses-tu que l'agresseur campe dans une de ces oasis ? s'enquit-il en plaçant un autre cône sur le chemin de Houy, dont la bobine se dirigeait vers la case finale.

— Peut-être. Mais rappelle-toi que je cherche aussi Minnakht, répondit Bak en changeant de position, ce qui réveilla et le chien et la douleur dans sa cuisse.

— On ne l'a pas revu depuis qu'il a quitté le port, remarqua Houy sur un ton radouci. La plupart des gens pensent qu'il a regagné le désert oriental.

Bak resta aussi près de la vérité que possible.

— J'ai promis de suivre ses pas du début à la fin de son voyage. Je sais qu'il a visité la montagne de turquoise et les mines de cuivre. Il se peut qu'il ait quitté le port seulement pour accoster à un autre endroit du littoral. Près d'un point d'eau, nécessairement.

Voyant leur scepticisme, il ajouta avec un sourire contraint :

— Je ne dois négliger aucune possibilité, quelque vague qu'elle soit. Si je ne retrouve pas sa trace, je devrai rester dans le désert oriental jusqu'à ce que mon enquête aboutisse. Je préfère la compagnie des hommes de Kemet aux empreintes de nomades qui disparaissent à notre approche.

Nebamon lui adressa un bref sourire compatissant, puis sacrifia son dernier cône.

Houy exécuta le coup final et déclara sur un ton triomphal :

— Tu désires donc visiter ces oasis.

— Il te faudra y aller seul, précisa Nebamon. Cela rallongerait le chemin de ma caravane. Une nouvelle cargaison nous attend, sur un des vaisseaux avec lesquels tu es venu.

Bak s'en félicita. La seule vue d'une caravane approchant de l'oasis aurait fait filer son homme plus vite qu'un renard du désert.

— Serait-il possible qu'un de tes soldats me serve de guide ?

— Je peux envoyer avec toi un nomade à qui je confie souvent des messages à transmettre au port.

— Sa présence me serait précieuse.

Non seulement parce qu'il connaîtrait les oueds mieux que n'importe quel soldat, mais parce qu'il n'éveillerait pas les soupçons de l'homme que Bak espérait débusquer.

— J'aimerais d'abord voir les mines de cuivre. Quand projettes-tu de reprendre la route, Nebamon ?

L'officier rangea ses pièces dans le tiroir et sourit.

— En aurais-tu assez de la montagne de turquoise, lieutenant ?

— Plus qu'assez.

— Je pensais partir demain, avant la nuit.

— Je vais prévenir Ouser et les autres.

Bak se leva et bâilla, avant d'ajouter :

— Je préférerais qu'ils aillent au port avec toi. Tu n'y vois pas d'objection ?

Nebamon le regarda longuement, comme on regarde quelqu'un que l'on soupçonne d'intentions cachées.

— Ouser et Amonmosé sont d'agréables compagnons. Je les garderai, eux et les autres, hors de ton chemin.

— Vous comprenez donc ce que vous devez faire.

Bak donnait tout bas ses instructions afin que sa voix ne porte pas jusqu'au camp d'Ouser ou des soldats. Il était installé sur sa natte, la jambe allongée. Ses Medjai, assis autour de lui, se penchaient, l'air résolu, pour mieux entendre. Le chien jaune, qui l'avait suivi au sortir de chez Houy, était couché contre lui. Le ciel était d'encre, la multitude d'étoiles resplendissante, la lune immense et brillante.

— J'aimerais mieux rester avec toi, chef, dit Kaha tout en regardant Psouro comme pour chercher son soutien. Minmosé ou Nebrê ne pourraient-ils délivrer ton message ?

Minmosé s'agita, mal à l'aise à cette idée, et Nebrê bougonna. Le sergent resta muet.

— Ils ne parlent pas la langue des peuples du désert oriental, répliqua Bak. Toi, si.

— Ces gens ne comprennent pas la moitié de ce que je dis.

— Tant que tu peux les convaincre que tu dois parler à Nefertoum, le reste importe peu. Une fois devant lui, tu n'auras aucun problème. Notre langue lui est parfaitement familière.

— Et si je n'arrivais jamais devant lui ?

La patience de Bak était à bout. Il comprenait la réticence de Kaha à partir seul dans le désert, toutefois un ordre était un ordre.

— Reprenons, puisqu'il le faut : cherche une famille de nomades, montre-leur le pendentif et affirme que tu dois voir Nefertoum sur-le-champ. Quelqu'un te mènera à lui.

L'impatience de son chef ne pouvait échapper au Medjai, qui fixa d'un air lugubre le morceau de quartz dans sa paume.

— Si je réussis, quel message devrai-je lui transmettre ?

— Dis-lui que je reviendrai bientôt et que j'espère avoir Minnakht pour compagnon de voyage. Quand nous débarquerons, je désire qu'Amset nous retrouve sur le quai, à l'endroit où accostent les barges royales. Il nous conduira alors à Nefertoum, que je souhaite rejoindre à l'endroit où il a trouvé ceci.

Bak prit le pendentif dans la main de Kaha et le tint en l'air, laissant osciller le quartz au bout du lien de cuir. Puis il le lui rendit, et lui donna le rouleau de papyrus qu'il avait préparé.

— Remets ce document au lieutenant Pouemrê. Je lui demande de t'emmener au plus vite de l'autre côté de la mer. Le navire qu'il utilise pour porter des messages, que nous avons vu au port, est manœuvré par des soldats. Tu devrais avoir tout le temps d'entrer en contact avec Nefertoum.

— Devrai-je vous attendre sur le rivage avec l'enfant ? s'enquit Kaha.

— Tu resteras avec Nefertoum.

Kaha le regarda d'un air pitoyable.

— Je serai son otage.

— Je vais lui donner ce qu'il réclame. Il ne te fera pas de mal.

— Est-ce que tu ne t'avances pas un peu vite, chef ? demanda Psouro alors que Bak et lui contournaient l'enclos. Comment peux-tu être sûr que nous trouverons Minnakht dans une des oasis ?

Le chien jaune, attiré par ses congénères, avait couru dans les ténèbres et chassé une hyène trop audacieuse loin du campement. Les bêtes commençaient à s'apaiser ; l'agneau né dans la journée était en sécurité au milieu du troupeau.

— S'il n'y est pas, s'il ne nous a pas suivis comme il l'avait promis, je devrai néanmoins rencontrer Nefertoum. Seuls, nous n'avons aucun espoir de le revoir. Il nous faut l'aide d'un chef tribal, dont le peuple parcourt le désert en tous sens sans que rien ni personne ne lui échappe.

— Ils ne l'ont pas trouvé avant.

— Ils ne savaient pas quoi chercher.

— Tu avais juré de ne pas révéler qu'il vivait. Et maintenant, tu veux l'apprendre à Nefertoum. Est-ce bien sage ? Et s'il avait raison ? Si les nomades souhaitaient la mort de Minnakht ?

17

— Tu restes ? s'étonna Ouser, qui épousseta sa tunique en considérant Bak d'un air soupçonneux. N'avais-tu pas juré d'arrêter le criminel qui sème la mort dans le désert ?

— Je l'arrêterai, assura Bak.

Dans le camp de l'explorateur, chacun s'occupait à de petites tâches pour passer le temps. Ils attendaient que Nebamon ordonne de charger les ânes en vue de la courte étape vers les mines de cuivre, qui précéderait le voyage jusqu'au port. Le soleil se couchait derrière les sommets et l'air commençait à fraîchir ; le départ était imminent.

— À l'évidence, il nous a suivis au-delà de la mer, remarqua Amonmosé, levant les yeux des pointes de harpon à la forme inhabituelle qu'il avait obtenues par le troc. Pendant l'embuscade, ses intentions étaient claires : il veut te tuer. Ne serais-tu pas plus en sécurité avec nous ?

— Quatre hommes sont morts à quelques pas de votre campement, lui rappela Bak.

— Et du tien, marmonna Ouensou.

— Si le meurtrier décide de nous suivre, nous, plutôt que toi, beaucoup d'autres mourront peut-être, objecta Ouser d'un air grave. Nous ne serons pas capables de nous défendre, tu le sais bien.

— D'ici au port, vous devriez être en sûreté avec le lieutenant Nebamon. Les barges partiront sitôt qu'on aura chargé le cuivre et la turquoise qu'il aura livrés. En demeurant à bord jusqu'à la piste du sud, vous pourrez traverser le désert oriental avec les soldats qui convoieront ce précieux chargement à Ouaset. La cavarane sera bien gardée.

— Je suis favorable à cette suggestion, déclara Ouensou. Pour ma part, j'ai eu mon compte de sable, de rochers et de cadavres.

— Oui, ce serait le plus sage, approuva Ani, contemplant d'un air résigné les trois petits sacs de pierres recueillies depuis Keneh. J'ai l'impression de n'avoir pas vu le quart de ce que j'espérais, surtout dans le désert ; et pour les raisons pratiques que le lieutenant Bak a fait valoir au début, je ne rapporterai pas grand-chose au palais. Néanmoins, je ne veux pas que d'autres meurent à cause de mon désir d'assouvir ma passion.

Ouser observait les deux hommes qu'il avait emmenés, l'air impassible, mais Bak croyait deviner les pensées qu'il retournait dans son esprit. Il ne voulait pas disparaître avec eux comme Ahmosé et Minnakht. Mieux valait regagner Kemet après un voyage infructueux que de risquer leur vie. Comme pour confirmer les conjectures de Bak, l'explorateur remarqua d'un air résigné :

— Par bien des aspects, notre voyage était facile, mais ce lourd tribut en vies humaines… D'accord. Partons avec un des navires royaux et traversons le désert sous bonne escorte.

— Et toi, Amonmosé, s'enquit Bak, iras-tu avec eux ?

Le marchand écarta les mains en un geste d'indécision.

— Seulement à condition que mes pêcheurs puissent retourner au campement sans danger. De toute manière, Nebenkemet ne sera pas en mesure de commencer le travail avant. Sinon, nous pouvons attendre, mais combien de temps ? Évidemment, lieutenant, si j'avais des raisons de penser que tu es près d'attraper le meurtrier…

— Je propose que Nebenkemet et toi suiviez Ouser, éluda Bak.

Le marchand ne dissimula pas sa curiosité.

— Ta réponse semble de mauvais augure, comme si tu doutais de réussir un jour.

Loin de mordre à l'appât, Bak s'adressa à Ouser :

— Quand les barges royales seront chargées, elles ne s'attarderont pas. Si, comme je le crois, elles partent un ou deux jours après votre arrivée, je ne serai pas là à temps. Il me faudra rentrer par un autre moyen. Un bateau de pêche, peut-être ? demanda-t-il à Amonmosé en esquissant un sourire.

Le marchand rit, bon perdant.

— Un bateau de quelle taille ?

— Assez grand pour transporter quatre ou cinq passagers, et le plus rapide de ta flottille.

— Dès que nous serons au port, je parlerai à Noufer. Son navire et son équipage t'attendront.

Avec un manque d'enthousiasme notable, Ouser regardait le campement de Bak où Minmosé et Kaha empaquetaient leurs affaires pendant que Psouro et Nebrê préparaient les trois ânes qui porteraient leurs provisions jusqu'aux oasis.

— Tu prends tous tes hommes avec toi ?

— Minmosé reste avec vous et ramène une partie de nos ânes à Kemet. Kaha est chargé d'une mission qui l'entraîne vers une autre destination. Psouro et Nebrê, eux, voyagent avec moi.

Ces paroles n'eurent pas pour effet de rassurer Ouser.

— Nous ne rentrerons que trois ou quatre jours après vous, insista Bak. On m'a parlé de puits, au départ de la piste du sud, et d'un petit village nommé Tjaou. Un contingent de soldats, chargé de contrôler le passage, y reste en permanence. Vous pourriez nous attendre là-bas.

— Mais alors, nous ne serions plus sous la protection de la caravane.

Bak se rendit compte que, pour qu'ils acceptent, il devait leur donner une motivation, aiguiser leur curiosité.

— Avec l'aide d'Amon, je compte avoir trouvé d'ici là les réponses aux questions que, tous, nous nous posons.

La caravane partit au crépuscule et les ânes, ne portant que le nécessaire pour le retour au port, avancèrent à bonne allure dans la fraîcheur du soir. Par mesure de prudence, le chargement de turquoises avait été divisé et caché parmi les objets ordinaires, sur leurs bâts.

Des acacias clairsemés s'éparpillaient dans l'oued où était installé le centre de production de cuivre de la région. Ils campèrent près des arbres – à bonne distance du puits pour que les ânes n'aillent pas brouter dans le jardin du surveillant, expliqua Nebamon. Bak marcha avec lui vers une palmeraie qui s'élevait au-dessus d'une petite maison en pierre sèche. En chemin, ils passèrent devant les cahutes de pierre où vivaient les ouvriers, et plusieurs tas de scories qui gâchaient la beauté du cours d'eau sous le clair de lune. L'air nocturne sentait la poussière, la chèvre et une plante à l'odeur âcre que Bak ne put identifier.

Nenouaf, le surveillant des mines de cuivre, quitta sa natte pour les accueillir avec un large sourire et un flot de paroles. Son épouse nomade fit une apparition, brève et peu amène, mais ses cinq jeunes enfants se levèrent d'un bond et se précipitèrent sur Nebamon pour recevoir les friandises qu'il leur apportait à chaque fois. La bouche et les doigts poisseux après leur festin de gâteaux au miel, ils restèrent à côté des adultes, fixant, les yeux écarquillés, les deux officiers qui discutaient avec leur père.

Le lendemain, le surveillant volubile escorta le groupe sur les collines, ravi de faire admirer son domaine. Les mines, disséminées dans toute la région, rappelaient beaucoup celles de la montagne de turquoise, sinon qu'elles étaient plus grandes, plus étalées et plus nombreuses. Là aussi, les mineurs venaient de lointains pays afin de travailler pour Maakarê Hatchepsout et les gains généreux qu'ils rapporteraient chez eux. Partant de puits profonds, des galeries étroites suivaient le filon, puis s'élargissaient en salles souterraines. Les tunnels formaient des réseaux compliqués dans lesquels il fallait traîner de lourdes charges de minerai, puis les hisser à la surface.

Ani et Nebenkemet posèrent une multitude de questions, et Nenouaf se prit aussitôt de sympathie pour eux. À la différence de Teti, il autorisa Ani à examiner les piles de malachite déjà extraite et à garder autant de fragments qu'il le désirait. Les pierres vert vif étaient moins précieuses et moins belles que les turquoises, toutefois le joaillier les examina avidement l'une après l'autre, remplissant le morceau de lin sale qu'il conservait sur lui. Quand il eut réuni une collection de belle taille, il les aligna par terre et les tria, ne conservant à la fin que trois pièces de choix.

À mesure que la matinée passait, Nebenkemet révélait sa vaste connaissance de la mine ; Nenouaf le traitait désormais en égal. Bak était intrigué. Amonmosé n'aurait jamais amené cet homme dans le désert s'il le savait incapable de construire des cabanes et un bateau, néanmoins ce n'était pas un simple charpentier.

Après un repas de pain et de bière complété par des oignons verts et des concombres provenant du potager de Nenouaf, celui-ci les fit passer devant les amas de scories où apparaissaient encore des fragments de malachite noircis. Sur la colline au-delà, il les escorta jusqu'à une douzaine de fourneaux et s'arrêta devant l'un des rares à ne pas être en activité. Il avait récemment été utilisé, expliqua-t-il, et on le laissait refroidir. Un monceau de roches, concassées pour faciliter la fusion, s'élevait à côté.

— Comme vous pouvez voir, commença Nenouaf, nous employons les méthodes les plus récentes.

Nebenkemet l'écoutait, les mains derrière le dos, tout en examinant la fosse argileuse creusée à flanc de coteau. Aux soufflets en peau de chèvre sur lesquels il fallait monter pour pomper l'air, on avait substitué un tout nouveau système, muni d'un couvercle en cuir d'où débouchait un tuyau évasé en terre cuite. Ce dispositif pouvait être actionné à la main ou au pied, rendant la manœuvre plus efficace.

— En plaçant la fosse sur le flanc de la colline, on tire également parti du vent, expliqua Nenouaf.

— Que mettez-vous dans le fourneau pour favoriser le processus de séparation ? demanda Nebenkemet.

— Plusieurs matériaux que l'on trouve par ici.

Nenouaf s'attacha à décrire le procédé en détail. Pour autant que Bak pût en juger, la méthode était à peu près similaire à celle employée à Bouhen pour fondre de l'or, quoique plus sommaire. Il observa ses compagnons. Ouser semblait s'ennuyer ; les autres étaient dépassés, sauf le charpentier qui suivait ces explications sans peine et posait des questions tout aussi incompréhensibles.

Bak s'apprêtait à crier grâce quand le surveillant indiqua la cavité entourée de pierres devant l'orifice situé à la base du fourneau. Au fond, une masse de cuivre fondu commençait à se figer en refroidissant.

Les entraînant plus loin, Nenouaf leur exposa chaque étape du processus. Si Ouser n'avait montré le long train d'ânes arrivant à l'endroit où les lingots étaient entreposés, le surveillant aurait sans doute discouru pendant le reste de la journée.

Alors qu'ils retournaient vers la caravane, Bak attira Nebenkemet à l'écart.

— Qui es-tu, Nebenkemet ? Et quel est au juste ton métier ?

L'autre le regarda droit dans les yeux.

— Je ne vois pas ce que tu veux dire.

— Tu es peut-être charpentier, mais tu possèdes une connaissance de l'exploitation du minerai dont peu d'hommes peuvent se targuer. Tu as compris les moindres mots de Teti, sans parler des explications de Nenouaf qui, pour moi, étaient absconses.

On n'entendit plus, soudain, que le bruissement de la brise dans les feuilles d'acacia et le chant solitaire d'une alouette. Enfin, Nebenkemet répondit :

— Je suis curieux de nature, voilà tout.

— Non.

Nebenkemet se tourna vers lui, manifestant toute sa méfiance, toute son aversion envers ce que Bak représentait.

— J'en ai connu, des comme toi, lieutenant ! Prompts à accuser un homme d'un acte méprisable et plus prompts encore à briser sa vie, en l'envoyant loin de son foyer, de sa famille, et souvent vers la mort.

Contenant sa colère devant ce présupposé insultant, Bak répondit d'un ton calme et froid :

— Tu es un ancien prisonnier.

— Autant dire la vérité ! intervint Amonmosé en étreignant l'épaule de Nebenkemet. Tu ne sais pas mentir. Un aveugle comprendrait que tu en sais autant, sinon plus, que Nenouaf.

Nebenkemet repoussa sa main et toisa Bak d'un air de défi :

— Cherches-tu à m'accuser de tous les meurtres qui ont eu lieu depuis Keneh ?

— Je cherche la vérité, rien de plus.

Le marchand se tenait prêt à s'interposer ; de toute évidence, il craignait une bagarre. Il entreprit de raisonner son compagnon.

— Le lieutenant est un homme juste. Mais si tu te tais, il supposera le pire.

— Il le supposera quoi que je fasse.

— En réalité, es-tu charpentier ? interrogea Bak. Ou bien mineur ?

— Dis-lui ! l'exhorta Amonmosé.

— Le savoir ne m'aidera peut-être pas à retrouver le tueur, argua le policier, mais pour peu qu'un des suspects soit éliminé – toi, en l'occurrence –, j'aurai fait un pas sur le chemin de la vérité. Et ce pas-là pourrait m'aider à éviter qu'un autre périsse d'un coup de dague.

Nebenkemet regarda le lieutenant, puis son ami. Sa méfiance se muait peu à peu en indécision.

— Ce que tu as fait dans le passé ne me concerne pas, affirma Bak. Je suis venu avec une mission à accomplir et j'ai l'intention de la mener à bien. Rien d'autre ne m'intéresse.

Nebenkemet consulta Amonmosé du regard et fut encouragé d'un bref hochement de tête. Les yeux dans le vague, contemplant le passé, il céda.

— Je travaillais sur un chantier naval de Mennoufer, comme apprenti. Croyant passer pour un homme – jeune idiot que j'étais ! –, j'ai volé une babiole dans l'intention de l'offrir à une femme qui me plaisait. J'ai été arrêté dans l'heure, puis condamné à quatre ans de travaux forcés dans une mine du désert, à l'est d'Abou. Mais, contrairement aux autres prisonniers, j'aimais extraire le minerai et j'avais du flair pour suivre les filons. Le surveillant m'a élevé au grade d'assistant. Quand j'ai fini de purger ma peine, il m'a demandé de rester. J'ai refusé, dit-il avec un rire amer. Je croyais reprendre mon ancienne vie sur le chantier de Mennoufer ! Mais mon maître m'a renvoyé. J'étais un criminel, indigne de confiance.

Voyant le désarroi de son ami, Amonmosé prit la relève.

— J'avais connu Nebenkemet alors qu'il était adolescent. Le hasard a voulu que je tombe sur lui, ivre et ne parlant que de vengeance. Je l'ai emmené, je l'ai aidé à cuver sa bière et, quand j'ai entendu son histoire, je lui ai demandé de venir avec moi.

— Et me voilà prisonnier d'une autre sorte, conclut Nebenkemet avec un petit rire. Plus amoureux du désert, de silence et de solitude que d'aucune femme que je connaîtrai jamais.

Bak sourit. Oui, Nebenkemet avait volé, et pour ce crime il avait été châtié. Aurait-il tué… tué encore et encore ? Il avait mené une vie rude, à coup sûr, mais d'après son comportement durant ce long voyage, il était sérieux, accommodant et dénué d'orgueil. Un homme aux plaisirs simples. La cupidité et la soif de l'or lui étaient étrangères.

— Tu es resté dans un dessein précis, lieutenant ?

Assis sur un banc de brique crue à l'ombre des palmiers, Nenouaf regardait ses cinq enfants revenir dans l'oued. Les deux plus grandes portaient un panier entre elles afin d'en partager le poids. Elles avaient suivi la caravane pour ramasser le crottin. Ces déjections, comme celles laissées par les bêtes au campement, seraient façonnées en galettes, puis séchées au soleil, et serviraient de combustible.

— Te rappelles-tu l'explorateur Minnakht ? demanda Bak, qui s'était assis sur une souche d'arbre mort tandis que Psouro demeurait debout, l'épaule contre un palmier.

— Comment l'oublier ? Parler avec lui était une joie, répondit Nenouaf, qui offrit à Bak une poignée de dattes et posa le reste sur le banc.

— A-t-il expliqué pourquoi il venait ?

— Pour étudier l'exploitation minière. Il voulait tout savoir sur la façon de suivre un gisement tout en préservant la solidité des tunnels. Il a montré un très vif intérêt pour les fourneaux et l'extraction du minerai. À l'exception de Nebenkemet, peu d'hommes m'ont posé des questions aussi pertinentes, remarqua-t-il, souriant à ce souvenir. Il voulait aussi visiter la région minière qui se trouve au sud. Je lui ai assuré que les fourneaux utilisés là-bas sont vétustes, de même que la méthode pour fondre le métal.

— Les mines ne sont donc pas toutes opérées de la même manière ? s'étonna Bak.

— Les oueds du sud sont exploités depuis de nombreuses générations, bien plus qu'ici. Le cuivre s'épuise. Bientôt, il ne sera plus rentable d'y envoyer des ouvriers et du ravitaillement ; on ne prend donc pas la peine de les adapter aux nouveaux procédés. Malgré tout, Minnakht semblait déterminé à y aller. C'est ce qu'il a fait, je suppose ?

Bak était heureux de ces informations, et Nenouaf menait une vie terriblement morne. Satisfaire sa curiosité semblait une bien modeste récompense.

— Comme on était à la fin de la saison, le lieutenant Pouemrê n'a pas voulu lui fournir de guide. Il lui a recommandé d'attendre au port que la dernière caravane vienne du sud. Minnakht a suivi ce conseil et a discuté avec le surveillant, selon Pouemrê.

— J'espère qu'il en a appris assez, vu tout le mal qu'il s'est donné.

— Tu penses que non ? s'enquit Bak, qui l'observa avec une attention accrue.

Un petit garçon nu grimpa sur les genoux de Nenouaf, tandis qu'une fillette posait la tête sur sa cuisse. Un autre gamin, de quatre ou cinq ans, se planta devant Psouro et se mit à bavarder dans un mélange de langues apprises au contact des mineurs. Les deux grandes déposèrent leur fardeau près de la maison où leur mère, assise par terre, pilait le grain pour le pain.

— Il voulait aussi tout savoir sur l'exploitation de l'or. Je n'ai rien pu lui dire, sinon qu'à mon avis cela exige les mêmes efforts qu'ici. Je doute que quelqu'un s'y connaisse mieux que moi, dans ce désert. Nous cherchons la turquoise et le cuivre, non les métaux plus précieux.

Bak échangea un rapide coup d'œil avec Psouro, qui ne se laissait pas distraire un instant par le babillage de l'enfant.

— Minnakht était un explorateur, un aventurier. Cela ne t'a-t-il pas surpris qu'il marque tant d'intérêt pour ces aspects pratiques ?

— J'ai déjà rencontré des gens comme lui, curieux du monde qui les entoure. Ses questions m'ont paru naturelles.

— Moi qui ne l'ai pas connu, j'ai l'impression qu'il était aimé et admiré de tous ceux qui l'approchaient. Et toi, Nenouaf, comment le voyais-tu ?

— Le point de vue de Nenouaf concordait avec celui de Teti, remarqua Bak. Son jugement ne semblait pas faussé par le charme de Minnakht, ou par ses récits d'aventure qui renvoyaient aux autres le reflet de leurs propres désirs.

Il leva les yeux vers les étoiles : ils allaient vers le nord, comme il le fallait. Il ne se défiait pas du guide nomade que Houy leur avait donné, néanmoins, si quoi que ce soit arrivait, il jugeait préférable de pouvoir s'orienter.

Psouro, qui marchait à côté de lui dans l'oued, acquiesça.

— Tous deux sont des hommes de bon sens, qui connaissent trop la vie pour se laisser duper par les apparences.

— Contrairement aux membres du groupe, ajouta Nebrê, qui avançait quelques pas devant, avec le guide et les trois ânes.

Le clair de lune faisait luire le sable et accentuait les ombres. Les tertres et les plateaux aux couleurs vives sous le soleil semblaient désormais ternes et plats. Une armée aurait pu être tapie, invisible, sur ces pentes rocailleuses, et Bak demeurait sur le qui-vive.

— Je sais qu'on va à l'oasis parce que tu crois y trouver Minnakht, dit Nebrê, mais pourquoi nous aurait-il suivis de ce côté-ci de la mer ?

— Et pourquoi a-t-il noué le contact, pour ensuite se cacher comme s'il se défiait de nous ? maugréa Psouro.

— Quand, manquant à sa promesse, il n'est pas venu nous rejoindre sur le rivage, j'ai été frappé par une idée. Depuis, j'ai posé une multitude de questions et reçu d'innombrables réponses, dont maintes m'ont conforté dans mon impression. Il est temps de vous exposer mes conclusions et mon plan. Dites au guide de continuer. Ce que j'ai à dire, vous seuls devez l'entendre.

— Écoute les oiseaux de nuit, les cris aigus des chauves-souris, dit Nebrê en scrutant l'oasis dont ils approchaient. Je parie qu'il n'est pas là.

Bak gardait les yeux fixés sur la longue rangée irrégulière de palmiers et de tamaris. Des broussailles enchevêtrées étaient en partie dissimulées par l'ombre épaisse, sous les arbres. Il avait espéré arriver plus tôt, mais ses révélations avaient pris du temps, et il ne regrettait pas l'heure qu'ils avaient consacrée à mettre au point une stratégie. Maintenant, dans l'obscurité profonde, un tel abri ne lui inspirait aucune confiance. Sa raison l'exhortait à la prudence.

Il montra une étendue de sable, à bonne distance de l'oasis.

— Campons là-bas. Personne ne pourra nous attaquer par surprise.

— Je monterai la garde, déclara Psouro.

— D'accord, mais reste avec nous. En t'éloignant, tu mettrais peut-être ta vie en danger – et nous avons déjà perdu Rona.

Nebrê leur montra une épaisse couche de cendres autour d'un trou dans le sol, des traces de pas embrouillées et l'empreinte d'une natte en jonc tressé.

— Un homme a campé ici.

— Ses ânes sont malades, dit Psouro, devant des déjections molles où bourdonnaient les mouches. Il n'est pas parti depuis longtemps. Quelques heures au plus.

Bak s'agenouilla près du courant bordé de roseaux qui donnait vie à la palmeraie. D'après le guide, l'eau surgissait de nulle part et disparaissait de façon tout aussi mystérieuse. Elle avait une odeur étrange et un goût saumâtre, mais cela ne dissuadait pas les animaux de brouter la végétation qui l'entourait.

Espérant apprendre où Minnakht était allé, Psouro et le guide remontèrent le courant paresseux pendant que Bak et Nebrê partaient en sens inverse. Comme le guide l'avait prédit, l'eau se réduisait en un mince filet, dont il ne resta bientôt que quelques franges de sable humide. Au-delà de tamaris rabougris, Nebrê trouva des signes de l'arrivée de l'explorateur, en partie effacés par le vent ; il était venu par l'ouest, mais rien n'indiquait qu'il était parti.

— A-t-il apporté assez d'eau pour ne pas avoir à se réapprovisionner ? interrogea Bak.

— Assez d'eau pour lui-même et deux ânes ? Ça m'étonnerait ! répondit Nebrê.

Psouro et le guide les retrouvèrent au campement abandonné. La chance leur avait été plus propice.

— Il s'est enfui, annonça le sergent. Il a remonté le courant avec ses ânes. Mais je ne crois pas qu'il ait pu aller loin.

Bak sourit et lança avec une froide détermination :

— Que diriez-vous de partir à la chasse ?

Laissant leurs ânes au guide, Bak et ses Medjai marchèrent le long d'un oued profondément encaissé que la chaleur du soleil transformait en four. L'eau qu'ils buvaient ne pouvait étancher leur soif.

Armés d'arcs, ils cherchèrent des signes de passage. Le gravier rendait les empreintes difficiles à trouver, mais des essaims de mouches les attirèrent vers deux petits tas de cailloux qui recouvraient du crottin pareil à celui de l'oasis. Si Minnakht avait laissé les ânes boire l'eau saumâtre, ceux-ci ne pourraient continuer longtemps sans soins.

Fréquemment, il criait : « Minnakht ! Nous avons quitté la caravane et voyageons seuls. Montre-toi, à présent ! », ou alors : « Tes ânes sont malades ! S'ils meurent, tu ne tiendras pas une semaine. »

Plus d'une heure après qu'ils se furent mis en route, au détour du chemin, ils distinguèrent un homme qui venait dans leur direction. Deux ânes derrière lui pliaient sous la charge, trébuchant parfois sur le gravier. À mesure qu'il approchait, Bak et Nebrê reconnurent Minnakht. Malgré ses vêtements immaculés, il avait le menton bleui par une barbe de plusieurs jours, les cheveux trop longs et l'air hagard. Il portait un arc et des flèches. Une lance, un bouclier et un harpon étaient accrochés au bât d'un des ânes.

Il approchait avec lenteur, prudent, méfiant. Puis un sourire hésitant éclaira son visage. Bak lui sourit en retour.

— Tu as trop longtemps connu la solitude, Minnakht. Tu dois réapprendre qu'on peut parfois accorder sa confiance. À mes Medjai et moi, par exemple.

Avec un rire perçant, Minnakht lâcha les ânes et courut vers Bak pour le serrer par les épaules tel un ami qu'il aurait cru perdu.

— Tu ne peux pas savoir à quel point je suis heureux de te revoir, lieutenant. Je ne fais qu'un avec le désert oriental et sa solitude ne me gêne pas, mais, ici, je me sens comme un oiseau à l'aile brisée, incapable de voler.

— C'est fini, promit Bak en riant. Tu resteras avec nous jusqu'à ce que nous te ramenions chez toi.

Minnakht eut un haut-le-corps.

— Je te l'ai déjà dit : je ne peux pas rentrer chez moi. Si quelqu'un apprenait que je vis toujours, la nouvelle se propagerait tel le feu sous le vent. Ceux qui ont essayé de me tuer me retrouveraient, me battraient pour apprendre un secret que mon cœur ignore, et m'ôteraient la vie sans un remords.

— Ton père aspire à te revoir. Tu dois retourner auprès de lui.

— Le voyage s'achèverait sans moi.

Nebrê s'apprêtait à mener les ânes vers l'oasis et Psouro attendait sur le côté, son arc à la main. Bak fit signe qu'ils rentraient, puis il s'employa à convaincre le jeune homme, qui s'était mis à marcher malgré lui.

— Pourquoi rester prisonnier de cette contrée sauvage ? N'as-tu pas envie de te baigner dans un vrai fleuve, de te promener au milieu de champs dorés, de mener la vie d'un homme libre et fortuné dans un pays d'abondance ?

— Rien ne me plairait davantage, mais…

— Ton père n'est-il pas cher à ton cœur ? N'aimerais-tu pas le revoir ?

— Tu sais bien que si ! Mais je crains que tu n'aies plus à lui porter que mes modestes possessions et la nouvelle de ma mort.

— Je serai garant de ta sécurité.

Les lèvres de Minnakht s'incurvèrent en un sourire cynique.

— Senna m'a raconté les meurtres qui ont jalonné votre voyage. Ils ont culminé avec le sien, pendant que tes hommes et toi dormiez en toute quiétude.

Bak ravala une riposte cinglante. Pour fondée qu'elle fût, l'accusation ne le blessait pas moins. Un sifflement derrière lui révéla le mécontentement de Psouro, ou peut-être de Nebrê.

— Mes hommes et moi, nous ne te quitterons pas un instant des yeux, je te le jure. Nous te garderons jour et nuit.

— Tu me fais miroiter la liberté, toutefois, je serais votre prisonnier, observa Minnakht avec amertume.

— Je ne nie pas que nous resterons toujours près de toi, mais seulement pendant la traversée et le voyage dans le désert. Une fois à Kemet, tu pourras dire à tout le monde que tu n'as pas trouvé d'or, et ta vie ne sera plus menacée.

Minnakht ne put dissimuler son irritation.

— Fort bien, lieutenant, je viendrai avec toi. Mais si je devais être blessé ou assassiné, je prie pour que ta conscience ne te tourmente pas jusqu'à la fin de tes jours.

18

Bak s'accroupit à côté du sergent Psouro, qui écorchait un lièvre pris au collet, et lui demanda à voix basse :

— Les ânes de Minnakht survivront-ils ?

— Si leur mal a été causé par l'eau viciée, comme Nebrê et moi le croyons, et si nous partageons notre bonne eau avec eux, ils devraient s'en remettre. Il faut aussi alléger leur faix et ne pas les presser. Quant aux plaies causées par les bâts, nous les avons déjà soignées.

De mépris, Psouro cracha par terre, fidèle imitation du capitaine Neboua.

— Ce Minnakht ! Qu'est-ce qui lui a pris de les maltraiter ainsi ?

— La peur l'a poussé à la cruauté. C'est d'autant plus stupide que sa propre survie dépendait de la leur.

Les lèvres pincées, Psouro observa celui dont ils parlaient, qui se lavait le visage et les bras au bord du ruisseau.

— Et ça se prend pour un homme du désert !

Du fait que les ânes de Minnakht étaient faibles et que ceux de Bak devaient porter un poids supplémentaire, le voyage vers la mer prit deux jours de plus que prévu. Psouro, Nebrê et le guide nomade ne se gênaient pas pour afficher leur mépris envers un homme capable de maltraiter ses animaux par égoïsme. Bak, qui voulait mettre Minnakht à l'aise, avait soin de cacher sa réprobation.

L'oued débouchait sur le rivage. Après tant de jours passés dans le désert, ils furent attirés comme des fourmis par le miel vers l'eau bleue. Riant tels des enfants, ils coururent dans les vagues sans prendre le temps de se dévêtir et s'accordèrent une longue baignade rafraîchissante. Plus tard dans la journée, leur guide les conduisit à l'oasis suivante, au sud. Un bassin d'eau douce alimentait une palmeraie luxuriante, de l'herbe, des joncs et des tamaris, ainsi qu'un minuscule jardin tenu par un vieillard qui habitait une cabane au toit en feuilles de palmier. De leur campement, ils voyaient l'eau scintillante se confondre avec le ciel à l'horizon.

Tôt le lendemain, Psouro et le guide emmenèrent les ânes vers le port. La mission du sergent consistait à les laisser dans l'enclos où le lieutenant Nebamon gardait ses bêtes de somme, à trouver le pêcheur Noufer pour lui indiquer l'endroit où Bak attendait, et enfin à acheter les vivres nécessaires au voyage de retour.

Bak ne pensait pas que le Medjai reviendrait avant trois jours. Plutôt que de rester dans l'oasis, où Minnakht devenait irritable et furtif chaque fois qu'une famille nomade venait abreuver son troupeau, ils passaient la journée sur le rivage. Ils nageaient tout habillés pour se protéger du soleil. Nebrê et Bak ne laissaient jamais l'explorateur sans surveillance. Pendant que l'un se baignait avec lui, l'autre restait sur la plage avec leurs armes.

Minnakht ne fit aucun commentaire jusqu'au surlendemain du départ de Psouro. Ce jour-là, il se laissa tomber sur le sable et dit d'un ton enjoué :

— Je sais, tu as juré de me protéger, Bak, toutefois ton zèle met ma patience à rude épreuve. Ne puis-je au moins me promener seul le long du rivage ? Sans provisions ni ânes, je n'irai pas loin.

— Quelqu'un pourrait se cacher là-bas, guettant ton approche, argua Bak en montrant une colline arrondie et grisâtre qui s'élevait dans la plaine.

— Aucun archer, quelle que soit son habileté, n'atteindrait sa cible d'aussi loin.

— Avec un arc ordinaire, soit, mais tu n'as jamais vu la distance que parcourt une flèche tirée par un arc à double courbure ?

— Qui en possède, par ici ?

Alors même que Minnakht s'esclaffait à cette idée, ses yeux ne quittaient pas les arcs posés sur le sable, près de Bak, tous deux à double courbure.

— Où tu iras, nous irons, affirma Bak d'un ton qui, il l'espérait, mettrait un terme à la discussion. Tu ne cesses de nous répéter que tu crains pour ta vie. Dans ce cas, tu ne devrais pas te plaindre de notre compagnie.

Minnakht dessina une spirale sur le sable chaud, devant ses jambes croisées, puis l'effaça d'un geste brusque.

— Je n'aurais pas dû laisser Psouro emmener mes ânes et mes jarres. Tu admets toi-même que tu ne connais pas les pêcheurs qui doivent nous prendre à leur bord. Comment sais-tu qu'on peut se fier à eux ?

— J'ai confiance en celui qui me les a recommandés.

Minnakht semblait vouloir poursuivre, mais l'expression fermée de Bak l'en dissuada. Il ne se donna plus la peine de cacher son énervement.

— Entassés à quatre sur une coquille de noix, et avec combien de pêcheurs ? Seth seul peut le dire ! Certains de mes cauchemars n'étaient pas pires.

Bak se leva, épousseta ses fesses et ses jambes couvertes de sable.

— Veux-tu, oui ou non, être en sécurité ?

— Oui, tu le sais bien ! répondit l'explorateur, se levant aussi. Je n'ai pas d'autre choix que de m'en remettre à ton jugement. Mais cela ne veut pas dire que ça me plaît, pas vrai ?

— Un jour, tu penseras à ce voyage comme à un de tes plus beaux souvenirs.

Incrédule, Minnakht rit tristement.

— Traverserons-nous tout de suite la mer vers le désert oriental pour en longer la côte, ou suivrons-nous d'abord ce littoral ?

C'était, soupçonna Bak, la question vers laquelle l'explorateur avait tendu tout du long.

— Je laisserai aux pêcheurs le soin d'en décider.

Psouro revint à bord du navire et l'équipage jeta l'ancre non loin de la plage. Le sergent sauta dans l'eau, barbota jusqu'au rivage et rapporta à Bak le succès de sa mission. Comme Amonmosé l'avait promis, ce bateau de pêche était plus grand que la plupart de ceux qui croisaient au large du désert oriental. Outre son capitaine, Noufer, il comptait trois hommes d'équipage. Il offrait tout l'espace nécessaire à quatre passagers et, en sus des provisions indispensables durant une longue expédition, assez pour que Bak et sa troupe mangent à leur faim trois semaines durant. Satisfait de ce que Psouro avait accompli, Bak entra dans l'eau et se hissa à bord, où il conféra longuement avec Noufer.

Ils levèrent l'ancre de bonne heure le lendemain matin.

— Quelle vie parfaite ! s'extasia Minnakht, coinçant sa canne à pêche entre ses genoux pour s'étirer avec volupté. Si je ne préférais pas courir le vaste monde, je resterais avec ces hommes à jamais.

Bak réprima un petit rire.

— Pas un jour n'a passé sans que tu me rappelles que tu es un homme du désert, et non un marin. D'où te vient cette affection soudaine pour ce vaisseau et pour la pêche ?

— Ne puis-je donc savourer l'instant présent tout en aspirant à être libre, à aller où bon me semble ?

En riant, l'explorateur reprit sa canne et amorça la ligne, faisant danser le bouchon de bois à la surface de l'onde.

— Je t'apprécie, Bak, et je te sais animé des meilleures intentions du monde, mais ta compagnie perpétuelle me pèse. La tienne et celle de tous ceux avec qui je partage cet espace confiné.

— Jusqu'à maintenant, nous avons bien avancé. Ces îles indiquent que nous sommes à mi-parcours.

D'un geste ample, Bak montra la multitude d'îles brunes ou grises autour d'eux. Certaines étaient à peine assez grandes pour abriter un nid de balbuzard. D'autres offraient un havre à des milliers d'oiseaux de mer sur leurs plages sablonneuses. Dans l'eau, des poissons aux couleurs éclatantes nageaient entre des plantes aquatiques dont les longs tentacules ondoyaient au rythme du courant.

— Quand nous les aurons passées, nous suivrons la côte du désert oriental.

— Enfin ! Tu n'as pas idée comme j'ai hâte de dormir sur cette terre chère à mon cœur.

Noufer, en capitaine prudent, refusait de naviguer par la nuit la plus claire. Pendant les quelques jours qu'ils avaient mis à descendre la côte, ils avaient jeté l'ancre au bord de l'eau et campé sur le sable. La plaine était nue, inhospitalière, barrée à l'est par des montagnes menaçantes. Bak avait beau savoir que leur tâche serait plus ardue de l'autre côté de la mer, il se réjouit lorsqu'ils laissèrent derrière eux ce paysage désolé.

Un sourire s'épanouit sur ses lèvres et ses yeux pétillèrent de malice.

— Tu penses que nous t'avons serré de trop près jusqu'à présent ? Ce n'était rien, par rapport à la protection dont tu feras l'objet dès que nous débarquerons sur la terre où ta vie est le plus menacée.

Minnakht leva les yeux au ciel.

— Ne puis-je respirer autre chose que l'air que tu expires ?

Les trois nuits qui suivirent, Noufer fit escale sur des îlots stériles, des masses de sable et de rochers situées au large du continent. Minnakht le taquinait sur ces choix et demandait à Bak s'il craignait qu'il s'échappe. Le lieutenant avait l'impression qu'il ne se plaignait plus que pour la forme.

La quatrième nuit, ils s'installèrent à l'embouchure d'un oued qui découpait profondément le paysage et dormirent enfin dans le désert oriental. Néanmoins, Minnakht montra peu d'intérêt pour cet accès tentant vers l'intérieur des terres. Avait-il enfin décidé de leur accorder sa confiance ? Ou attendait-il son heure ?

Tard le lendemain, ils campèrent sur une étroite langue de terre où des rochers noirs bordés de sable s'incurvaient autour d'un bassin calme ; l'eau couleur émeraude était pareille à un miroir. Armés de harpons, Psouro et deux pêcheurs partirent à la recherche d'un coin tranquille où attraper du poisson pour le repas du soir. Bak, Nebrê et Minnakht nagèrent parmi un banc d'alevins qui avaient trouvé refuge dans la crique. Les mouettes tournoyaient dans le ciel en lançant leur cri moqueur, et trois pélicans se lissaient les plumes au bord du bassin. Noufer, à qui l'eau inspirait une peur bleue, resta sur le rivage avec le troisième membre de son équipage, à échanger des plaisanteries gaillardes.

Le froid vint avec l'obscurité. La lune semblait un croissant blanc et les étoiles, des éclats de lumière aussi brillants que du cristal de roche. Noufer entretenait le feu, attendant le retour de Psouro et des pêcheurs pour préparer le repas. Minnakht sortit de l'eau. Frissonnant dans sa tunique trempée, les bras croisés sur son torse, il se hâta de regagner le campement. Il dépassa le feu, ramassa ses affaires et disparut dans la nuit.

Bak et Nebrê échangèrent un coup d'œil. Le temps s'étira, interminable. Un long sifflement aigu brisa le silence.

Bak et Nebrê regagnèrent le bord de l'eau. Noufer plongea une torche imprégnée d'huile dans le feu pendant que les deux policiers enfilaient leurs sandales et s'armaient. Minnakht leur avait faussé compagnie.

Bak ne s'attendait à rien d'autre de sa part.

Les trois hommes foncèrent dans la nuit en semant derrière eux une gerbe d'étincelles. Ils contournèrent le pied de la crête, sautant par-dessus les affleurements rocheux, faisant jaillir l'eau des flaques et craquer sous leurs pas des coquillages brisés aussi coupants que des lames. Bak se félicita de sa prévoyance : par précaution, il était allé repérer les lieux au préalable.

Un autre sifflement leur confirma qu'ils approchaient du but. Et en effet, un peu plus loin, ils distinguèrent quatre silhouettes. Psouro et les deux pêcheurs entouraient Minnakht, tenant leurs harpons pointés vers sa poitrine.

— J'aurais dû m'en douter, c'était bien trop facile, lança Minnakht avec un mince sourire. Tu préférerais me voir mort plutôt que de me laisser rentrer seul à Ouaset.

Bak, la mine grave, lui fit signe de retourner vers le camp.

— Ne t'ai-je pas bien protégé, jusqu'à présent ?

— Tu m'as isolé de ceux qui me veulent du mal, certes, mais le pourras-tu encore ? Non, pas sur une voie aussi fréquentée que la piste du sud. Ceux que nous rencontrerons répandront la nouvelle que je suis en vie. Une armée ne pourrait me sauver de mes ennemis.

— Nous te garderons bien, n'aie crainte.

— Je parie que ce sont mes ennemis qui ont tué Senna et les autres.

— Un seul homme leur a ôté la vie, et non une multitude. Si c'est toi qu'il vise plutôt que moi, nous le capturerons dès qu'il approchera.

Minnakht s'arrêta et lança un rire cynique :

— Ainsi, je suis la chèvre attachée à un piquet pour attirer la hyène !

Bak le prit par le bras et le pressa d'avancer.

— Tu resteras avec nous. Nous veillerons à ce que tu arrives sain et sauf à Kemet. Après…

Il laissa sa phrase en suspens, ouvrant sur tous les possibles.

— Minnakht est-il toujours d'humeur maussade ? demanda Bak.

Une nuit et un jour avaient passé depuis la tentative d'évasion. Psouro secoua la tête.

— Il est de nature trop joyeuse pour faire la tête longtemps.

Afin de parler sans qu'il entende, ils s'étaient éloignés sur le rivage. La houle se ruait vers le sable, qu'elle éclaboussait avant de se retirer en chuchotant.

— Ne te laisse jamais attendrir par son charme, sergent. Il s'enfuira à la première occasion.

— Il ne se résigne pas à notre protection.

— Peut-être ne nous fait-il pas entièrement confiance, répondit Bak avec un demi-sourire.

— Noufer estime que nous arriverons à la piste du sud demain ou tôt le lendemain. Que ferons-nous de lui, alors ?

Bak se baissa pour ramasser un coquillage inconnu. Lui trouvant une odeur nauséabonde, il le rejeta à la mer.

— Mieux vaut que tu le gardes à bord pendant que j'irai à terre. Je dois m'entretenir avec les soldats et voir si Ouser et les autres nous attendent. Je dois aussi chercher Amset, le petit nomade – ou Nefertoum, quoique sa venue me paraisse improbable.

— Kaha aurait-il pu le trouver si vite ?

— Oui, à condition que Nefertoum le veuille bien ! S'il a ajouté foi à mon message, il a dû envoyer le petit dans l'heure qui a suivi.

— Le désert est vaste, chef.

— Un homme seul voyage beaucoup plus vite qu'une caravane.

— Et si Amset n'est pas là ? voulut savoir Psouro.

— Nous attendrons.

— Lieutenant Bak ! lança une voix juvénile sur le point de muer.

Bak sortait de la bâtisse de pierre qui servait de bureau et d'entrepôt aux soldats de Tjaou, à côté d'un puits et de l'enclos des ânes. Il regarda dans la direction d'où venait cet appel, des cabanes en terre mêlée de roseaux, occupées par des nomades. Amset, qui avait ramassé du bois mort sous un bosquet de tamaris, laissa tomber son fardeau devant une porte et accourut.

Souriant, Bak alla à sa rencontre, dispersant un troupeau de chèvres en chemin, et le serra par les épaules avec affection.

La propriétaire des chèvres se tenait sur le seuil de la cabane, observant de près l'homme et l'adolescent.

Une fillette aux cheveux noirs s'accrochait à sa tunique et un bébé rampait à ses pieds. Un chien blanc au poil touffu surveillait les chèvres, la tête posée sur ses pattes. Bak se demanda si la femme était la mère d'Amset ou si elle l'avait accueilli chez elle le temps que lui-même arrive.

D'une bourse en cuir à sa ceinture, Amset tira le pendentif de quartz et un petit paquet enveloppé d'étoffe. Avec un sourire timide, il les remit à Bak. Celui-ci déballa un fragment de calcaire couvert de hiéroglyphes. Le message, de l'écriture soigneuse qui trahit le manque de pratique, était bref et direct :

J'ai hâte de revoir mon frère Minnakht. Et toi aussi, lieutenant. Tu devras aller vers l'ouest sur la piste de la caravane. Ton Medjai Kaha et moi t'attendrons au puits, à mi-chemin entre la mer et Ouaset. De là, nous continuerons le voyage ensemble.

Bak sourit. Cette réponse n'aurait pu être plus à son goût. Il s'accorda quelques instants pour décider d'une ligne de conduite.

— Connais-tu Ouser ? demanda-t-il en montrant le campement ombragé par un immense acacia, un peu plus loin.

Le sergent de l'avant-poste lui avait appris que le groupe était arrivé quatre jours plus tôt. Il avait encouragé les voyageurs à continuer vers l'ouest avec la caravane, mais ils souhaitaient regagner Kemet avec Bak.

Amset le fit entrer dans la cahute. La femme et les enfants reculèrent, craintifs devant l'étranger. À l'intérieur, sur un lit de peaux de chèvre, il vit un rouleau d'étoffe bigarrée, plusieurs pointes de lance et de harpon en bronze, et une jarre de miel.

— Tu as fait du troc avec lui ?

— Troc. Oui.

— Ouser est ton ami ?

Le garçon hocha le menton.

— Ennemi ?

Amset secoua la tête avec véhémence. L'explorateur avait fait sa conquête.

Lui faisant signe d'attendre, Bak retourna en hâte à la bâtisse des soldats et demanda du papyrus et des instruments d'écriture. Aucun d'eux ne savait lire ni écrire, aussi furent-ils lents à le prendre au sérieux. Il aboya un ordre qui dissipa toute équivoque. Le sergent s'empressa de découper un morceau de papyrus dans un inventaire vieux de plusieurs mois, et un soldat dénicha une palette de scribe dont il fallut ôter l'épaisse couche de poussière avant de pouvoir humidifier l'encre. Bak rédigea un court message à l'intention de Nefertoum, le roula et l'attacha à l'aide d'un lien. Le sergent fixa le nœud avec un cachet d'argile, marqué d'un sceau dont il n'avait encore jamais eu l'occasion de se servir.

Bak passa le rouleau sous sa ceinture et se mit en quête d'Amset, qui était retourné sous les tamaris. Après l'avoir aidé à porter le bois jusqu'à la cabane, il tenta de lui faire comprendre son intention.

— Ouser, dit-il en montrant le campement, et toi... ajouta-t-il, touchant la poitrine d'Amset. Marcher vers l'ouest, continua-t-il en désignant le début de la piste.

Le jeune garçon le regarda en hésitant. Soit il ne se rappelait pas le sens du mot « marcher », soit il n'avait pas envie de s'en souvenir.

— Marcher, insista Bak, déplaçant deux doigts comme un homme en train d'avancer.

Amset acquiesça à contrecœur.

— Tu marches avec Ouser jusqu'au puits. L'eau.

Bak montra à nouveau le gamin, puis le campement, plaça deux doigts de chaque main côte à côte et mima le geste de marcher, puis indiqua l'ouest. Il feignit de boire dans sa main pour lui rappeler le mot « eau ».

Amset secoua la tête.

— Je marche avec toi jusqu'à l'eau.

— Tu marches avec Ouser. Je viens après.

Bak imita le mouvement de la marche avec sa main droite, suivie par deux doigts de la main gauche. L'air obstiné, Amset tourna les talons. Bak le retint par le bras, tira le papyrus de sa ceinture et le lui tendit.

— Pour Nefertoum.

Amset prit le rouleau et inspecta le sceau. Il réfléchit, puis montra d'un hochement de tête qu'il comprenait : le message devait précéder Bak.

— Je marche avec Ouser.

— Tu veux que nous allions au puits sans toi ? dit Ouser d'un ton méfiant. Qu'est-ce que tu trames, lieutenant ?

Bak éclata de rire.

— Je n'arriverai qu'un jour après vous.

— Que devrons-nous faire en arrivant ?

— Installer le campement et m'attendre. L'eau est bonne, d'après les soldats, et l'homme qui vit là-bas est amical. Il sera heureux de bavarder avec de nouveaux visiteurs, pour une fois, et son épouse appréciera tes marchandises.

Bak avait laissé Amset rassembler ses affaires et s'était rendu au campement. Minmosé l'avait accueilli en souriant de toutes ses dents et Amonmosé en le serrant dans une étreinte d'ours. Les autres marquèrent avec plus de mesure leur plaisir de le revoir, mais s'inquiétèrent de l'absence de ses Medjai. En apprenant que tous se portaient bien, ils retrouvèrent le sourire et le pressèrent de s'asseoir avec eux, de partager leur bière et de leur raconter ses voyages. Il y consentit mais, fidèle à sa parole, il ne fit aucune mention de Minnakht.

Ouser, qu'il avait emmené à l'écart dès qu'il l'avait pu sans froisser les autres, n'en avait pas fini avec ses questions.

— La piste est facile à suivre et je la connais depuis ma jeunesse. Pourquoi le gamin vient-il avec nous ? Pas pour nous guider, à coup sûr.

— Il souhaitait m'accompagner. Je préfère qu'il voyage avec vous.

— Tu as une raison, je suppose.

— Elle deviendra claire quand tu arriveras au puits.

L'explorateur se renfrogna, contrarié par ce faux-fuyant.

— Pourquoi ne nous as-tu pas dit d'aller avec la caravane ? Maintenant, nous serons à la merci du tueur.

— Son attention sera concentrée sur moi. Ainsi, vous serez plus en sûreté.

— Fassent les dieux que tu aies raison, maugréa Ouser, nullement convaincu et fort mécontent ; puis, mesurant ce qu'impliquaient les paroles de Bak, il ajouta : Et que tout se passe bien, pour toi ainsi que pour nous.

— Tu ne regretteras pas le voyage, je peux te l'assurer.

Auprès des soldats, Bak obtint trois ânes pour transporter les provisions. Vingt-quatre heures après le départ du groupe d'Ouser, Bak, Nebrê, Psouro et deux marins armés prêtés par Noufer escortaient Minnakht le long de la piste. L'explorateur ne tenta pas de s'échapper, mais il mettait constamment les nerfs de ses gardiens à l'épreuve. Bak supposa qu'il connaissait mal cette partie du désert et attendait de se retrouver en terrain familier.

À l'aube du quatrième jour, ils pénétrèrent dans une vallée tapissée de sable et entourée de collines brunes. Le soleil baignait déjà le ciel de rouge et d'orange, révélant un bouquet d'arbres au milieu de la plaine. Alors, ce qu'ils avaient pris pour des tertres de rochers dans le petit jour blafard s'avéra être trois édifices en pierre sèche et un puits ceint par un muret.

Minnakht marchait lentement, répugnant à approcher de la minuscule oasis. Quand l'aurore révéla un troupeau d'ânes dans un enclos, il s'arrêta.

— Tu avais juré d'assurer ma protection.

— Il paraît que l'homme qui habite l'oasis échange des ânes en bonne santé contre les bêtes malades des caravanes.

Psouro ne cessait de rappeler à l'explorateur, de façon détournée, ses mauvais traitements envers ses animaux.

— Il les soigne, veille à ce qu'elles mangent bien et boivent de la bonne eau, jusqu'à l'échange suivant.

Bak doutait que tel fût le cas, toutefois cette pique sembla tranquilliser Minnakht, du moins provisoirement.

Ils reprirent leur marche, le long de multiples sentiers tracés par le passage répété des sabots. L'oasis s'animait peu à peu. Une oie caqueta. Des chiens mirent des oiseaux en fuite. Bak s'attendait à les voir accourir, et ils surgirent bientôt, aboyant bravement de loin, mais trop craintifs pour approcher.

Plus les hommes avançaient vers les bâtiments, plus Minnakht était crispé. Il n'était pas le seul. Bak affermit sa prise sur sa lance. Il s'obligeait à garder une allure régulière, sans se presser. Psouro, Nebrê et les marins balayaient continuellement des yeux le terrain de chaque côté. Nebrê récupéra son arc et son carquois sur le dos d'un baudet.

Une femme quitta l'une des bâtisses pour puiser de l'eau ; un bambin la suivit et la harcela jusqu'à ce qu'elle ait fini sa besogne. En se détournant du puits, elle regarda dans leur direction, agita la main et, nonchalante, rapporta la lourde jarre à l'intérieur.

À une courte distance du bâtiment le plus proche, Minnakht s'arrêta à nouveau.

— Va devant, lieutenant. Assure-toi que l'endroit est sûr.

Bak rit d'un air narquois.

— Tu sacrifierais ta mère si tu croyais y trouver un intérêt. N'est-ce pas, Ahmosé ?

— Comment ?

— Ahmosé. N'est-ce pas là ton nom ?

— Tu as perdu l'esprit !

Bak et Psouro s'écartèrent de l'explorateur. Leur expression résolue disait mieux que des mots qu'ils étaient sérieux et ne se laisseraient pas berner par ses protestations.

Minnakht – ou plutôt Ahmosé – se tourna vers les marins, les moins méfiants de ses gardiens. Il en frappa un du bras, poussa l'autre d'un coup d'épaule et fila à toutes jambes.

Bak s'y attendait et le poursuivit, Psouro, Nebrê et les marins se déployant derrière lui. Soudain, une vingtaine d'hommes surgirent de l'arrière du premier édifice. Ahmosé bifurqua de l'autre côté. Bak se rapprocha de lui, bondit et l'empoigna au vol pour le plaquer à terre. Son prisonnier se débattit, mais Psouro lui tordit un bras, le força à s'agenouiller et plaça la pointe de sa lance contre sa poitrine.

Les hommes soudain apparus s'avancèrent, menés par Nefertoum et par Ouser. Le groupe incluait Amset, les membres de l'expédition et une douzaine de nomades. Ils encerclèrent Bak, ses hommes et son prisonnier.

— Tu avais promis d'amener Minnakht, déclara Nefertoum, l'air menaçant. Celui-ci n'est pas mon ami.

— Ce n'est pas l'homme que j'ai connu, confirma Ouser. Qui est-ce ?

— Non, Nefertoum, je n'ai pas pu amener Minnakht. Il n'est hélas plus de ce monde. À la place, voici son meurtrier.

Le tirant par les cheveux, Bak obligea le captif à relever la tête afin que tous contemplent son visage.

— Il se nomme Ahmosé. Comme Minnakht, il explorait le désert oriental, mais plus au nord, dans la région où Senna avait grandi. Senna était non seulement son guide, mais son ami intime. Cela ne l'a pas empêché de le tuer, de peur que je lui extorque la vérité. Je crois qu'il avait tenté de gagner l'amitié de Minnakht. Voyant qu'il n'y parvenait pas, il a voulu le forcer à révéler où était l'or, et Minnakht a succombé.

Le chef nomade, la bouche crispée de fureur, darda un regard mauvais sur le prisonnier, puis lui assena une gifle si violente que l'écho en résonna à travers la vallée.

19

— Tu es un homme mort, Ahmosé. Tu le sais, n'est-ce pas ?

Assis sur un rocher devant le puits, Bak avait perdu patience avec son prisonnier, qui refusait de prononcer un mot. Les doigts de Nefertoum n'avaient pas seulement laissé quatre marques écarlates sur sa joue ; ils avaient scellé ses lèvres.

— Que tu restes avec les nomades ou que nous te ramenions à Kemet, ton sort repose entre les mains de Maât. Ce n'est pas une déesse qui pardonne aisément.

— Moi non plus.

Nefertoum, qui avait jusqu'alors gardé le silence, se leva de son tabouret pour dominer, menaçant, l'homme assis sur le sable, les mains liées dans le dos.

— C'est pour cela que tu as risqué ta vie, sale chien ? Pour un vague espoir de richesse ? L'or que tu ne trouvais pas, tu as voulu le voler !

Le nomade siffla entre ses dents, tel un serpent prêt à frapper. Ahmosé se recroquevilla sur lui-même, mais demeura muet.

Ouser, perché sur trois briques en terre crue empilées en guise de siège, attisait le feu au-dessus duquel cuisait une gazelle. Les Medjai, les membres du groupe d'Ouser et les nomades étaient assis par terre, en demi-cercle autour d'eux. La famille qui résidait dans l'oasis s'était installée devant sa maison, et les regardait. Les hommes de Kemet suggéraient divers moyens, tous plus désagréables les uns que les autres, de briser le silence du prisonnier. Un jeune nomade connaissait leur langue et traduisait pour ses frères, qui ajoutaient à ces propositions des idées de leur cru.

Ouser tira un bâton du foyer et le fit tourner en contemplant sa pointe incandescente.

— Dedou était mon ami. Non content de le tuer, tu l'as offert en pâture aux charognards. Moi, déclara-t-il aux autres, je dis qu'on devrait lui crever les yeux et l'abandonner dans le désert, sans eau ni nourriture.

Un murmure d'approbation parcourut l'assistance.

— Non ! protesta Ahmosé en reculant précipitamment, les yeux fixés sur le bâton. Il faut m'emmener à Kemet, lieutenant ! Mes crimes doivent être pesés sur les plateaux de la justice, et non jugés par ces gueux.

— Tiens ! Il a retrouvé sa langue, remarqua Nefertoum en reprenant place sur son tabouret.

Lançant à Ouser un regard de gratitude, Bak se radossa au muret du puits.

— Avons-nous raison de croire que Minnakht a préféré mourir plutôt que de parler de l'or que tu cherchais ?

— J'ai passé ma vie à explorer le désert, pensant devenir riche. Je savais que cette terre renfermait des trésors, et qu'un jour…

Ouser, qui jouait toujours avec le bâton rougeoyant, s'éclaircit la gorge pour le convaincre d'en venir au fait. Le prisonnier obéit avec célérité.

— J'avais rencontré Minnakht à Ouaset, par hasard – ce devait être il y a un an –, et il avait fait allusion à sa bonne fortune. Plus tard, j'ai décidé de percer son secret. Il n'a rien voulu dire et, dans ma colère, je l'ai tué.

— N'omets-tu pas quelques détails de ta noirceur ? interrogea Bak d'une voix dure. La première fois que nous nous sommes parlé, tu as prétendu qu'on t'avait déposé sur le rivage, où tu avais été roué de coups et laissé pour mort. Ne serait-ce pas l'histoire de Minnakht, plutôt que la tienne ?

Ahmosé hésita, mais finit par acquiescer.

— Tu as feint d'être son ami, s'indigna Ouser, la bouche tordue par le dégoût. Puis tu lui as tendu un piège et, après l'avoir réduit à l'impuissance, tu l'as battu à mort. Quelle espèce d'homme es-tu ?

Ahmosé ne répondit pas, ce qui, en soi, revenait à un aveu.

De la gorge de Nefertoum monta un grondement de colère et de douleur mêlées. Les nomades assis autour d'eux, qui avaient aimé Minnakht comme un des leurs, toisaient le prisonnier en murmurant des paroles courroucées. Ouensou et Ani, Amonmosé et Nebenkemet paraissaient à la fois tristes et choqués.

Le vieillard qui cuisinait pour Nefertoum se précipita soudain sur le captif et lui cracha en pleine figure, avant de retourner, méprisant, à son rôti. Bak reprit ses questions, sans dissimuler l'écœurement que lui causait un meurtre d'une telle lâcheté.

— Pourquoi as-tu envoyé Senna chez le père de Minnakht ? Pourquoi n'a-t-il pas simplement disparu dans le désert ?

— Je pensais convaincre Inebny que son fils était mort, répondit Ahmosé en essuyant le crachat contre son épaule. De plus, Senna voulait récupérer le bétail et les provisions qu'on lui devait. Jamais il ne nous serait venu à l'esprit que le commandant chargerait un policier expérimenté – toi, lieutenant – d'entreprendre des recherches, et qu'il exigerait que Senna serve de guide. Ou que tu te joindrais à la caravane d'Ouser.

— Cela ne serait pas arrivé si l'on n'avait trouvé un homme assassiné au premier campement, répliqua Bak d'un ton dur. C'est toi qui l'as tué, n'est-ce pas ?

Voyant Ahmosé réticent, Ouser agita le bâton tel le doigt d'un maître semonçant un élève. La pointe avait noirci en refroidissant, cependant elle conservait son effet persuasif car le prisonnier répondit d'un hochement de tête.

— Qui était-ce ?

— Un soldat, nommé Paser. Un ami de Minnakht. Il nous avait vus ensemble à Ouaset, alors que nous parlions de l'or du désert oriental. J'avais cru ne jamais le revoir, mais, dès que je l'ai aperçu à ce puits, j'ai su qu'il devait mourir.

— Comment as-tu réussi à ne pas laisser d'empreintes ? interrogea Ouser.

Ahmosé retroussa la lèvre, trahissant un sentiment de supériorité pour le moins déplacé.

— Je suis, bien plus que Minnakht, un homme du désert. Il retournait régulièrement à Kemet, se dépouillant de cette partie de sa vie tel un manteau, tandis que je restais souvent toute l'année avec le clan de Senna. J'en connais plus sur l'art de marquer ou de dissimuler mon passage que tes Medjai et toi n'en saurez jamais, lieutenant !

Bak jeta un coup d'œil à ses hommes, qui dardaient sur le prisonnier des regards meurtriers.

— Dès lors, tu as décidé de nous surveiller jour et nuit.

— Vous me surnommiez « le guetteur », confirma-t-il avec orgueil.

— Tu as réussi à passer pour un nomade.

— Je n'osais pas m'approcher des puits, de peur d'être vu, et je ne m'étais pas baigné depuis un certain temps. Quand Senna m'a dit que vous me preniez pour un nomade, j'ai eu l'idée d'en tirer parti.

Devant tant de suffisance, Bak dut résister au désir de le frapper.

— Et Dedou, pourquoi l'avoir supprimé ?

— Je commençais à me lasser de cette poursuite. Plus je m'efforçais de te décourager, plus tu t'obstinais. Alors, j'ai eu l'idée de me faire passer pour Minnakht. Seulement, je ne pouvais courir le risque que Dedou me voie. Je l'avais connu, il y a longtemps, et il ne l'aurait pas oublié.

— C'est toi qui as brisé la vie de sa fille, devina Bak. Tu l'as engrossée.

Ahmosé laissa échapper un rire pareil à un aboiement.

— Quand Dedou a compris que j'allais le tuer, il a voulu jouer sur mes sentiments en prétendant que j'avais un enfant, une petite fille. Je ne l'ai pas cru, et je ne te crois pas davantage à présent.

— Tu as assassiné le grand-père de ta fille, Ahmosé.

Un air de doute, ou peut-être de chagrin, passa fugitivement sur ses traits, vite effacé par un sourire froid.

— Dedou ne t'aurait jamais confié, à toi, un étranger, un secret aussi douloureux.

— Crois ce qu'il te plaît, rétorqua Bak avec un haussement d'épaules. De toute façon, tu n'auras jamais l'occasion de voir cette enfant. Mais pourquoi avoir tué Senna, un ami de longue date ?

— Tu le sais très bien. Il avait essayé de te tuer en te poussant dans l'eau. Tôt ou tard, tu lui aurais fait cracher la vérité. Je l'avais sauvé, un jour – tu as vu la cicatrice sur son épaule. Alors, je suppose qu'en quelque sorte sa vie m'appartenait, conclut-il avec impudence.

— Et Rona ? demanda Bak.

Le prisonnier regarda Psouro, Nebrê, Kaha et Minmosé, à l'expression sombre et menaçante. Il baissa la voix comme s'il préférait qu'ils n'entendent pas.

— Je ne lui voulais pas de mal, mais il m'a vu tuer Senna…

Bouillant de rage, Nebrê se leva d'un bond. Psouro, malgré sa fureur, le retint par le bras et d'un ordre sec à Kaha et à Minmosé, leur défendit de bouger.

— Puis tu as provoqué notre rencontre et nous avons parlé, reprit Bak, se dominant à grand-peine. Si je n'avais pas insisté pour que tu te joignes à notre caravane, où certains auraient pu dévoiler ton imposture, nous aurais-tu suivis de l'autre côté de la mer ?

— Je savais, en manquant à ma promesse, que tu devinerais la vérité, dit Ahmosé, frottant à nouveau son visage contre son épaule comme s'il y sentait encore la salive du cuisinier. Je tenais de Senna que tu avais parlé avec Nefertoum. Je craignais que vous unissiez vos forces et je n'osais te tuer dans ce désert. Je t'ai donc suivi sur une terre étrangère, que je pourrais quitter sans que des hordes de nomades cherchent à te venger.

Se penchant en avant, les coudes sur les genoux, Nefertoum intervint d'une voix aussi douce que le ronronnement d'un lion.

— Parle-moi de mon père, Ahmosé. Tu as pris sa vie à lui aussi, n'est-ce pas ?

Si voilée fût-elle, la menace était indéniable ; personne ne s'y méprit et Ahmosé moins que quiconque.

— Je ne sais rien de sa mort.

Ouser ressortit le bâton des flammes et avança la pointe rougeoyante tout près des yeux du prisonnier.

— Pas de mensonge, Ahmosé !

Celui-ci recula, affolé. Il était difficile de dire s'il craignait plus le chef tribal ou l'explorateur.

— Au début, je croyais que, pour savoir où Minnakht avait trouvé de l'or, il fallait que Senna gagne sa confiance et donc devienne son guide. Mais tant que ton père vivait, Minnakht n'aurait voulu de personne d'autre. J'ai versé du poison dans son outre, avoua Ahmosé, qui, voyant la fureur de Nefertoum, détourna les yeux. Je pensais que sa fin serait foudroyante, mais il buvait par trop petites quantités. Il a eu le temps de rentrer chez lui avant de mourir.

Nefertoum se jeta sur lui et referma les mains autour de son cou. Ahmosé martela le sol de ses pieds, le teint presque violacé. Bak lança un ordre à Psouro et, avec l'aide d'Ouser, ils parvinrent à écarter le nomade de sa victime.

Le chef tribal se démenait encore, tentant d'atteindre l'assassin de son père, quand Bak cria :

— Nefertoum, arrête ! Il doit voir la vérité.

Ces paroles s'insinuèrent dans le cœur du nomade et le calmèrent. Sans quitter Ahmosé des yeux, il se dégagea et essuya son visage en sueur. Un rire dur s'échappa de ses lèvres.

— Oui, qu'il mesure par lui-même l'étendue de sa bêtise !

À la tombée du jour, tous quittèrent l'oasis en direction du nord. Bak avait cru que Nefertoum s'opposerait à la venue de l'explorateur et de son groupe, mais ses craintes se révélèrent infondées. Le chef tribal estimait qu'ils étaient en droit de connaître la vérité.

Ils se reposèrent toute la nuit et partirent bien avant l'aube pour suivre une série d'oueds qui s'enfonçaient dans le désert. Une heure après le lever du soleil, ils arrivèrent à un campement très simple, habité par des nomades. Plusieurs tentes qui ressemblaient singulièrement à celles fournies aux soldats de Kemet étaient dressées au pied d'une colline. Un mur en pierre grossier supportait un auvent de roseaux. Dans un coin d'ombre, des ânes mâchaient du foin, peut-être volé à une caravane de passage.

Un grand nomade très mince ôtait des paniers de grains du dos d'une mule. Bak sourit. C'était l'animal sur lequel on l'avait transporté pendant son enlèvement.

L'homme lui retourna son sourire.

— Lieutenant Bak, je me réjouis de te revoir.

Bak le dévisagea, sachant qu'il l'avait déjà vu quelque part.

— Ouaset ! s'exclama-t-il. Ta femme et toi, vous alliez quitter la ville.

— Tu as volé à notre secours. Je l'ai raconté à mon frère, dit l'homme en regardant Nefertoum.

— Ton frère ? répéta Bak, stupéfait.

Nefertoum lui adressa un sourire qui, chez un homme de moindre envergure, aurait passé pour penaud.

— Quand je t'ai capturé, tu m'étais inconnu. Quelques jours plus tard, Hor est revenu dans notre campement. Lorsque je lui ai parlé de toi, il m'a expliqué comment tu les avais sauvés, lui, sa femme et l'enfant à naître. Alors, j'ai acquis la conviction que je pouvais me fier à toi.

Voyant Hor sous un nouveau jour, Bak demanda :

— Tu étais allé à Ouaset pour y commercer ?

— Ma femme portait notre premier enfant, dit le nomade, souriant à ce souvenir. Je voulais qu'elle consulte une femme de Kemet qui aide les autres à enfanter. Je l'ai payée cher afin qu'elle révèle ses secrets, dans l'espoir d'améliorer leurs chances de survivre à cette épreuve.

— Pendant qu'ils étaient en ville, ajouta Nefertoum, ils ont acheté quelques objets que l'on ne peut se procurer par ici.

Bak pensa aux vauriens qui avaient attaqué Hor par pure malveillance. S'ils s'étaient doutés qu'il avait apporté dans la capitale toute la richesse du désert !

— Ta femme est en bonne santé, j'espère ?

— Oui. Et j'ai un fils, annonça Hor, rayonnant de fierté. Nous l'appelons Minnakht.

— Je n'ai jamais rien vu de pareil, dit Ouser, impressionné, en contemplant la gigantesque entaille dans le sol.

— Moi non plus, dit Bak, tout aussi stupéfait.

Nebenkemet secoua la tête, sans que l'on sache si cela exprimait l'incrédulité ou la réprobation.

— Ce n'est pas le meilleur moyen d'extraire de l'or. Ça demande vraiment beaucoup trop d'efforts.

— Je préférerais travailler en plein air que dans l'obscurité d'un tunnel, supputa Ani. Cependant, ces hauts murs n'ont pas l'air très solides.

Ahmosé, les mains liées derrière le dos, fixait la longue tranchée pratiquée dans le flanc de la colline. Des nomades brisaient la pierre à l'extrémité, d'autres en rapportaient de lourds paniers. Le prisonnier avait le teint grisâtre. Il avait été si près de découvrir ce qu'il cherchait ! Et maintenant, il contemplait son échec.

— Tu connais la mine ? demanda Nefertoum à Nebenkemet avec intérêt. Minnakht affirmait qu'il devait exister une meilleure méthode, mais c'est la seule que nous ayons trouvée.

— Il n'y a pas longtemps, j'ai travaillé dans les mines d'or à l'est d'Abou. Je pourrais vous donner quelques conseils, si tu le souhaites.

Bak se détourna de l'excavation et suivit le sentier jusqu'à l'endroit où les porteurs vidaient leurs paniers près d'un deuxième groupe de nomades. Ceux-ci, assis par terre, martelaient les pierres pour les réduire en un sable grossier. Un de leurs compagnons répandait les grains dans une bassine métallique en partie remplie d'eau. Il faisait tournoyer le liquide, et les précieuses paillettes se déposaient au fond.

— J'ai compris que Minnakht avait trouvé son trésor quand j'ai su qu'il posait des questions sur les mines de turquoise et de cuivre, expliqua Bak. Ou est-ce toi qui as découvert la veine, Nefertoum ?

— Nous extrayons l'or de cet endroit depuis de nombreuses années, mais nous pensions que le filon était épuisé. Je savais pouvoir me fier à Minnakht, aussi l'ai-je amené ici. Il nous a recommandé de creuser plus loin. Il avait raison. La veine continuait. Notre fossé devenait de plus en plus profond, les murs plus hauts et plus instables. Un homme est mort sous un éboulement, et plusieurs autres ont été blessés. Minnakht a eu l'idée d'aller apprendre un meilleur procédé de l'autre côté de la mer.

Dans un bol en terre cuite posé près de l'homme à la bassine, un petit tas d'or scintillait. Bak, regardant Ahmosé à cet instant, remarqua la convoitise sur ses traits.

— Je suppose qu'il a trouvé d'autres veines, dans l'oued.

— Oui.

Nefertoum fit signe à un nomade qui se tenait à proximité. Celui-ci vida le contenu du bol dans un sac de cuir déjà lourd, puis il le remit à son chef.

— Mon peuple n'a pas besoin de grandes richesses. Nous ne tirons de la terre que ce qu'il nous faut pour subsister. Lorsque nous aurons épuisé cette veine, nous passerons à une autre.

— J'ai besoin de me soulager, dit Ahmosé.

— Tu ne peux pas attendre ? demanda sèchement Psouro.

— Libérez mes mains pour que je puisse me défaire.

Il gémit et se plia en deux, montrant que le besoin était pressant. Chacun, en son for intérieur, imagina combien il serait désagréable d'avoir à le nettoyer en ce lieu où chaque goutte d'eau était précieuse. Le sergent adressa un signe du menton à Nebrê, qui dégaina sa dague et trancha la corde de cuir enserrant les poignets du prisonnier.

Ahmosé se redressa et se débarrassa de ses liens. Soudain, il écarta Nebrê d'un coup d'épaule, arracha le sac d'or des mains de Nefertoum et dévala la piste en direction du campement. À cet instant, Hor et quatre autres nomades lui barrèrent le chemin. Se retournant, il vit Bak, Psouro et Nebrê foncer derrière lui ; alors il obliqua sur la pente qui montait vers la mine. Des deux côtés de l'excavation, le sol aplani par les mineurs formait un sentier d'où ils pouvaient se suspendre pour creuser dans le mur. Ahmosé choisit celui du bas.

La colline s'élevait vers le ciel ; la fracture formée par la main humaine semblait un gouffre. Bak, ulcéré de la facilité avec laquelle le prisonnier les avait dupés, était décidé à le rattraper. Peu à peu, l'écart diminuait. Quinze pas. Douze. Dix. La terre fraîchement retournée ralentissait sa course. Il fut pris d'inquiétude : ils approchaient de l'extrémité la plus profonde de la mine. Au-delà, la colline s'élevait, parsemée de rochers aux arêtes vives. Ahmosé savait mieux qu'eux se frayer un chemin entre ces obstacles naturels pour disparaître.

Forçant l'allure, Bak réduisit de moitié la distance qui le séparait du fuyard. Celui-ci entendit le martèlement de ses pieds. Il tourna la tête… et marcha sur une grosse pierre qui roula sous son poids. Il écarta les bras pour recouvrer l'équilibre et Bak s'élançait, la main tendue afin de l'attraper, quand une flèche siffla, manquant de peu son épaule, et s'enfonça dans le dos d'Ahmosé. Il bascula dans la mine d'or.

— Il devait mourir de ma main.

Nefertoum, assis sur son tabouret près du foyer,

regardait le vieillard alimenter le feu sur lequel mijotait un ragoût d'agneau.

— Il a tué mon père, il a ôté la vie à Minnakht, mon frère. Ce que j'ai fait est donc juste et approprié.

Bak se résignait difficilement à la perte de son prisonnier. En un sens, le chef tribal l'avait aidé à échapper au courroux de la déesse Maât.

— J'avais l'espoir d'apprendre où il a enseveli Minnakht. Son père aurait voulu qu'on le ramène à Kemet pour le placer dans une véritable sépulture.

— Minnakht aimait ce désert plus que tout autre lieu. C'est là qu'il restera.

Au fond de lui, Bak l'approuva. Le commandant Inebny s'affligerait d'avoir perdu jusqu'à la dépouille de son fils, mais nul n'y pouvait rien.

— Avait-il une femme ici, une famille ?

Nefertoum laissa son regard se perdre dans le vide, bien que, Bak en était convaincu, il connût la réponse. Au bout d'un long silence, il déclara :

— Tu as sauvé mon frère, son épouse et leur enfant. Tu as confondu le meurtrier de mon père, de Minnakht et de Dedou, qui jouissait d'une haute réputation parmi mon peuple. Tu m'as même amené un homme qui peut nous apprendre à mieux extraire l'or.

Un sourire inattendu s'épanouit sur ses traits alors qu'il jetait un coup d'œil vers Nebenkemet. Amonmosé et le chef tribal étaient convenus que Nebenkemet pourrait partager son temps entre le campement de pêche et la mine, à la satisfaction de chacun.

Le sourire de Nefertoum s'effaça.

— Je te suis à jamais redevable, toutefois… Minnakht avait-il pris une épouse parmi mon peuple ? Cela, vois-tu, je ne peux te le dire.

Bak comprenait. Si Inebny apprenait qu'il avait des petits-enfants, il agirait en sorte qu'ils viennent vivre chez lui, à Ouaset. Ce serait intolérable pour un chef tribal.

— Lieutenant, regarde !

Amset prit le bras de Bak et tendit le doigt vers le ciel.

Des milliers de grues semblaient glisser au-dessus des montagnes qui marquaient la ligne de partage des eaux. Bien qu'elles fussent loin au nord, Bak croyait entendre bruire le vent dans leurs ailes. Elles virèrent au gré d'un courant ascendant et leur couleur passa du blanc au noir, puis du noir au blanc tandis qu'elles achevaient leur cercle. Une fois franchis les sommets, elles déployèrent leurs ailes et se laissèrent porter vers Keneh, et le fleuve généreux qui donnait sa richesse au pays de Kemet.

Dans sa jeunesse, Bak avait souvent regardé ces grues passer dans le ciel au fil des saisons, et les revoir fit naître en lui une soudaine nostalgie. Il remercia Amon d'avoir enfin terminé sa mission et de pouvoir bientôt s'en retourner, lui aussi, vers une terre où régnait l'abondance.

Lauren Haney

Les enquêtes du lieutenant Bak

Sous le règne de Maakarê Hatchepsout, en 1483 avant J.-C., le lieutenant Bak fait respecter la loi et l'ordre dans tout le pays avec courage et droiture. Accompagné de son scribe Hori et de Kasaya, son fidèle Medjai, il élucide, souvent au péril de sa vie, les affaires les plus mystérieuses. Entre les fastes de la cour et les troubles politiques, Lauren Haney nous fait pénétrer au cœur de l'Égypte ancienne et restitue avec rigueur la vie sur les bords du Nil, quand l'ombre des dieux planait encore sur la terre.

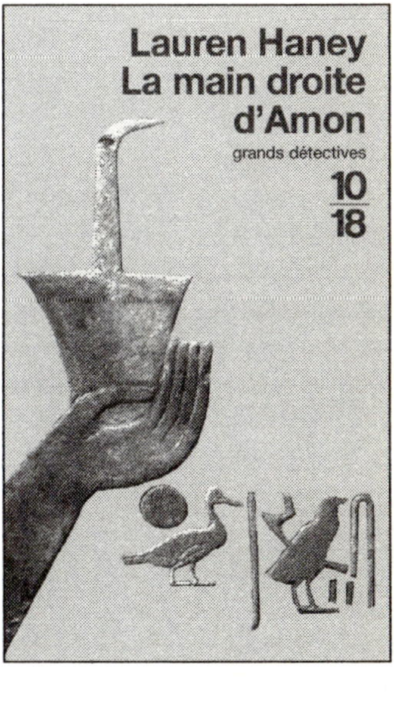

n° 3386 – 7,30 €

GRANDS DÉTECTIVES, DES POLARS HORS LA LOI DU GENRE

Paul Doherty

Les enquêtes de Télamon

En 334 avant J.-C., Alexandre le Grand se lance à la conquête de la Perse. Mais les chemins qui mènent à la gloire sont semés de pièges, et autour du jeune empereur les conspirateurs sont nombreux. Il en appelle alors à son ami de toujours, Télamon, comme lui ancien élève d'Aristote, pour faire obstacle aux complots qui se nouent dans les rangs des garnisons impériales. Le pacifique médecin devra mettre son infaillible sens de l'observation au service d'un Alexandre au caractère souvent imprévisible...

n° 3738 – 7,80 €

GRANDS DÉTECTIVES, DES POLARS HORS LA LOI DU GENRE

Impression réalisée sur Presse Offset par

BRODARD & TAUPIN

GROUPE CPI

La Flèche (Sarthe), 36119
N° d'édition : 3864
Dépôt légal : juillet 2006

Imprimé en France